本书得到广州文学艺术创作研究院资金支持

帆影

FANYING

Haishang Sichou Zhi Lu Qiannian Jishi

海上丝绸之路千年纪实

丁炜 著

广州新华出版发行集团
广州出版社

图书在版编目（CIP）数据

帆影：海上丝绸之路千年纪实 / 丁炜著. —广州：广州出版社，2021.4

ISBN 978-7-5462-2968-3

Ⅰ. ①帆… Ⅱ. ①丁… Ⅲ. ①纪实文学—中国—当代 Ⅳ. ①I25

中国版本图书馆CIP数据核字（2020）第198006号

书　　名　帆影——海上丝绸之路千年纪实
　　　　　Fanying Haishang Sichou Zhi Lu Qiannian Jishi
出版发行　广州出版社
　　（地址：广州市天河区天润路 87 号 9 楼、10 楼　邮政编码：510635
　　网址：www.gzcbs.com.cn）
责任编辑　李素娟
责任校对　吕丹丹　张　苹
装帧设计　广州市韶艺广告有限公司
印刷单位　广州市怡升印刷有限公司
　　　　　（地址：广州市番禺区沙头街横江村第二工业区　邮政编码：511400）
规　　格　787 毫米 ×1092 毫米　1/16
字　　数　227 千
印　　张　13.5
版　　次　2021 年 4 月第 1 版
印　　次　2021 年 4 月第 1 次
书　　号　ISBN 978-7-5462-2968-3
定　　价　68.00 元

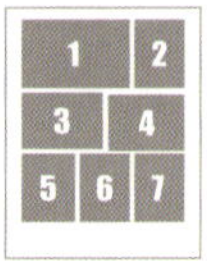

1. 扬州大明寺鉴真堂（丁炜　摄）
2. 鉴真大和尚坐像（丁炜　摄）
3. 唐代胡人牵骆驼俑（丁炜　摄）
4. 唐三彩胡人骑骆驼俑（丁炜　摄）
5. 唐代长沙窑褐彩贴花双系壶（丁炜　摄）
6. 唐三彩骑驼乐舞俑（丁炜　摄）
7. 唐三彩骑马风帽仕女俑（丁炜　摄）

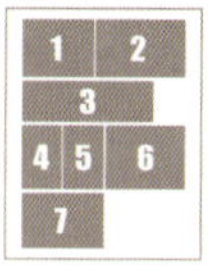

1. 宋代“南海一号”沉船出水瓷器（丁炜　摄）
2. 宋代丝绸褐色罗印花褶裥裙（丁炜　摄）
3. 宋代外销瓷：三彩瓷枕（丁炜　摄）
4. 宋代泉州市舶司遗址（丁炜　摄）
5. 宋代磁州窑剔花鱼纹梅瓶（丁炜　摄）
6. 泉州艾苏哈卜清真寺（丁炜　摄）
7. 陆上丝绸之路之西夏王陵（丁炜　摄）

1. 扬州马可·波罗骑马雕像（丁炜　摄）
2. 马可·波罗向鲁斯梯谦讲述自己的经历（丁炜　摄）
3. 元世祖忽必烈（丁炜　供图）
4. 元代马可·波罗护送的阔阔真公主（丁炜　供图）

1. 大明宣宗皇帝像（丁炜　供图）
2. 南京三保太监郑和雕像（丁炜　摄）
3. 南京三保太监郑和墓（衣冠冢）（丁炜　摄）

1. 传教士利玛窦神父塑像（丁炜　摄）
2. 明代外国海船进入广州黄博古港（丁炜　摄）

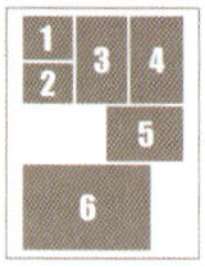

1. 16世纪葡萄牙三桅大帆船航海罗盘（丁炜　摄）
2. 景德镇御窑厂出土青花高足凤纹杯（丁炜　摄）
3. 17世纪葡萄牙人使用的航海晴雨计（丁炜　摄）
4. 景德镇御窑厂遗址（丁炜　摄）
5. 景德镇窑神童宾塑像（丁炜　摄）
6. 明代泉州港福船模型（丁炜　摄）

1. 西沙群岛海域“碗礁一号”出水的明代青花瓷器（丁炜　摄）
2. 明代外销瓷：将军罐（丁炜　摄）
3. 景德镇御窑厂遗址出土的明洪武釉里红梅瓶（丁炜　摄）
4. 荷兰代尔夫特生产的青花瓷盘（丁炜　摄）
5. 明嘉靖青花五彩鱼藻纹大罐（丁炜　摄）
6. 明永乐南京大报恩寺龙纹瓦当（丁炜　摄）
7. 明永乐南京大报恩寺琉璃塔拱门（丁炜　摄）

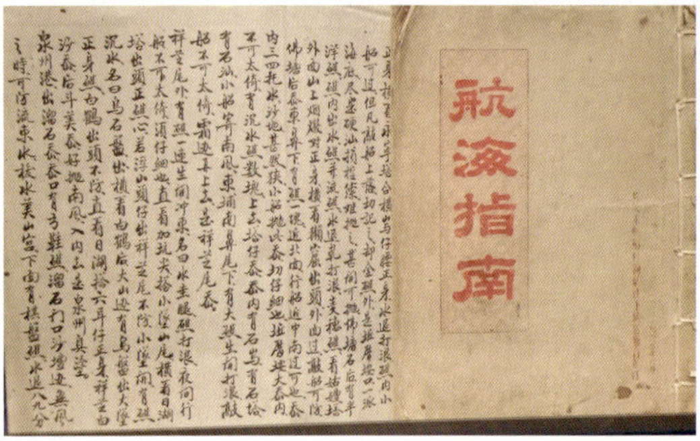

1. 清代广州十三行（丁炜　供图）
2. 清代航海指南（丁炜　摄）
3. 清代航海指南水鱼（丁炜　摄）
4. 清代外国商船进入广州黄埔古港（丁炜　供图）

1. 西沙群岛海域“碗礁一号”沉船出水的清代青花瓷（丁炜　摄）
2. 泰国暹罗王进贡给清朝皇帝的贡品（丁炜　摄）
3. 清代乾隆藏传佛教佛塔（丁炜　摄）
4. 清代景德镇青花瓷御窑厂全景图瓷盘（丁炜　摄）
5. 清代外销瓷：人物瓶（丁炜　摄）
6. 清代外销瓷：斗彩提梁壶（丁炜　摄）

1. 清代外销瓷：康熙开光龙盘（蒋晓明　摄）
2. 清代外销瓷：雍正纹章瓷（蒋晓明　摄）
3. 清代外销瓷：雍正珐琅彩人物盘（蒋晓明　摄）
4. 清代外销瓷：雍正青花瓷盘（蒋晓明　摄）
5. 清代外销瓷：雍正青花五彩镶金人物盘（蒋晓明　摄）
6. 清代外销瓷：乾隆纹章瓷盘（蒋晓明　摄）
7. 清代外销瓷：雍正青花五彩碟碗（蒋晓明　摄）
8. 清代外销瓷：龙缸（丁炜　摄）

CONTENTS

目录

第三编 元：丝路驼铃

第四编 明：丝路祥云

第一编

唐：丝路花雨

第1章 大食国使节乘大食舶“黑石号”远航大唐记

巴格达皇宫：皇帝婚礼之夜

公元825年8月初的一天夜晚，大食国皇帝（阿拉伯语称“哈里发”）麦蒙举行大婚典礼，婚礼在巴格达皇宫的夏宫举行。

巴格达皇宫宫殿众多，唯有夏宫与众不同，这是一个有柱无墙的大厅，面积有近千平方米，巨大的拱顶与柱面都装饰着由黄、蓝、绿、黑、白五色瓷砖拼成的花纹，地面铺着豪华的白色大理石，一条红色的纯羊毛地毯一直铺到皇帝的黄金宝座下面，宝座的靠背上披着一张阿拉伯大羚羊皮，宝座的黄金踏板下摆放着一只大雄狮标本。红色纯羊毛地毯的两边，摆放了许多个圆圆的纸莎草编的蒲团。很明显，这些纸莎草蒲团是给参加大婚典礼的嘉宾坐的。

皇帝大婚典礼司仪官是来自埃及努比亚地区的两个头戴骆驼色高帽子、身穿白色袍子的黑人侍从。大食国皇宫里的侍从全部是来自努比亚地区的黑人，后宫妃子则全部是来自高加索地区的肌肤雪白、金发碧眼且有很强生育能力的白人美女。很显然，一旦后宫妃子与侍从警卫有染，生下的婴儿一定是黑皮肤，一点也赖不掉。不过，这些黑人侍从是很难和后宫妃子打照面的，即使是皇帝麦蒙举行大婚典礼的这个夜晚。

依据伊斯兰教义，夏宫里挂满了上万匹红色和白色的十分珍贵的丝绸。微风拂动，轻柔的丝绸帐幔随风飘逸。此刻，月亮出来了，亮亮的光在宫殿周围飘逸着的红、白两色丝绸帐幔的空隙闪烁，如无数只眼睛在眨。丝绸帐幔的影子穿过宫殿的柱子，落在白色大理石地面上，恍恍惚惚，一片斑驳。

“罗马帝国皇帝使节到。”

“天竺帝国皇帝使节到。”

“室利佛逝帝国使节到。”

“狮子国国王使节到。”

“渤泥国国王使节到。”

皇帝大婚典礼司仪官声音悦耳，如唱歌吟诗一般的唱报此起彼伏，参加大婚典礼的嘉宾陆续坐满了红色地毯两边的纸莎草蒲团。

夏宫外的阔大草坪上也摆了近千个纸莎草蒲团，大食国的皇亲国戚、达官显贵及各国使节由夏宫一路落座至宫殿外的草坪上。

“大食国第40次遣唐使正使伊本·苏哈答兹到。”“第一副使蒲末罗，第二副使蒲诃粟到。”随着两位皇帝大婚典礼司仪官的朗声唱报，原本一片欢声笑语的夏宫霎时噤声。

众人皆一脸狐疑地注视着这三位最后入场的嘉宾：正使伊本·苏哈答兹，年约50岁，身材高大，相貌英俊，头裹白色缠头巾，头巾上的配饰为黄金镶红宝石，一袭白色丝绸礼服着身，步态稳健轻盈。第一副使蒲末罗，年纪大约45岁，同样身材高大，相貌英俊，也头裹白色缠头巾，头巾上的配饰为黄金镶绿松石，一袭白色丝绸礼服着身。第二副使蒲诃粟是一位年仅12岁的阿拉伯男孩，他是第一副使蒲末罗的儿子，继承了父亲英俊的相貌，尤其是那一双黑溜溜的大眼睛特别明亮而深邃。这个12岁的阿拉伯小男孩也着一袭白色丝绸礼服，但裹头的缠头巾却是玫瑰红色，缠头巾上的配饰为黄金镶绿松石。

正使伊本·苏哈答兹是大食国宫廷的掌玺副大臣，是皇帝麦蒙的心腹之臣，也是大食国最早的一部地理著作《道里与诸国志》的作者伊本·忽尔答兹贝的父亲。

第一副使蒲末罗是常年居住在室利佛逝帝国的阿拉伯商人，也是大食国著名的航海家，曾在公元798年作为大食国第39次遣唐使副使出使大唐。而第二副使蒲诃粟则用了近两年的时间随父亲蒲末罗驾驶蒲氏家族特有的大食舶，从大食国的尸罗夫港远航至大唐的广州港，完成一次极端凶险的旅程。

10天前，蒲氏父子驾驶的大食舶“黑石号”刚刚返航靠泊尸罗夫港，大食国皇帝麦蒙宣诏任命蒲氏父子为大食国第40次遣唐使第一副使和第二副使的宣诏使就已等候在了尸罗夫港的码头上。蒲氏父子随即乘坐等候在码头上的皇家御象随宣诏使一起前往巴格达，受邀参加皇帝的大婚典礼。

此刻，大婚典礼现场的皇亲国戚、达官显贵和各国使节纷纷用惊诧的目光扫视着年仅12岁的蒲诃粟，一直到蒲诃粟在夏宫外草坪上的纸莎草蒲团上坐下，全场仍是鸦雀无声。“呼——咣！”一声巨大的炮响，接着是两位皇帝大婚典礼司仪官的齐声唱报：“大食国皇帝麦蒙陛下驾到！”

皇帝麦蒙和他的先祖一样，喜欢这个称呼，也喜欢帝国臣民将自己的国家称为“大食国”，他认为这个称呼是一种荣耀。

此刻，这位光荣的君主就高高地坐在一顶由100个戴骆驼色高帽子、穿白色丝绸袍子的来自埃及努比亚地区的黑人侍从抬着的木轿之上。轿子的扶手用黄金包镶，大量的红、蓝宝石镶嵌在黄金扶手上，轿子上装饰着成行的各色鹦鹉羽毛和绿鸽羽毛，并镶嵌着祖母绿宝石和猫睛石。

皇帝麦蒙身材高大，长相英俊，手持一柄黄金权杖，端坐在木轿的黄金宝座上。他身着一袭喜庆的红色丝绸袍子，头上桃红色的缠头巾则缀满了黄金流苏并镶缀了流光溢彩的钻石、红蓝宝石、青金石和绿松石。

随着皇帝麦蒙的出场，整个夏宫霎时一片欢呼。

“肃静！皇帝麦蒙陛下大婚典礼现在开始。”随着皇帝大婚典礼司仪官的一声锐叫，现场又霎时鸦雀无声。

皇帝麦蒙走下轿子，走到夏宫草坪上一个由红色丝绸帐幔围起的纱帐中，与来自高加索地区的漂亮新娘交换了戒指。

随后，100名伊斯兰教教徒出场，教徒个个皆穿白袍，皆戴骆驼色高帽，皆双手抱肩，头斜枕肩。

一名头戴红色高帽子、穿白袍的主礼教徒出场，念完贺喜祈祷词后，教徒们一一上前向端坐在红色丝绸纱帐中的皇帝和皇后行礼。

然后，教徒们皆慢慢放开抱在胸前的双手，举高升向天，而后平举到与肩齐，一只手手心向上，一只手手背向上，不停地转，不停地转……教徒们或闭着眼，或低垂着眼睑，脸上恍惚中有喜悦，好像陷入催眠状态。

主礼僧则一边旋转，一边低声吟唱：

哦，麦蒙。
亲爱的麦蒙。
你是国王中的国王。
你就住在我心中。
你让无助的宿命得以扭动。
哦，圣人。
哦，圣人，神的子民。
你是至高的顶峰。
我主将我带到你身边。
我在你身边，我得到了庇护。
无论我有多骄傲，只在你身边。

皇帝麦蒙深受教徒们的感染，此刻也缓缓站起，缓步走出红色丝绸帐幔，走入旋转的教徒阵中，慢慢将双手举到与肩齐，然后一只手手心向上，一只手手背向上，抬头仰望星空，开始旋转，不停地转，不停地转……

终于，所有的教徒停止了旋转，虽然汗流浃背，但皆抑制住气喘，依然谦恭、静默，斜着头、低着眼地绕着依然在旋转的皇帝麦蒙，缓缓地退场。

终于，皇帝麦蒙也缓缓地停止了旋转。

“请皇帝麦蒙陛下点燃龙涎香烛。”随着皇帝大婚典礼司仪官的一声锐叫，有两名黑人侍从举着火把走了出来。

龙涎香原是抹香鲸的分泌物，漂浮于海上，由渔人采得，是一种贵过黄金的名贵香料。

在皇帝的邀请下，12岁的蒲诃粟举起火把，颤抖着手，与麦蒙陛下一起点燃了这支二百磅重的巨大的龙涎香烛，霎时一股奇异的芳香之气弥漫开来……

蒲诃粟眼含热泪，眺望着亮如白昼的夜空，似乎望见了同样被灯塔照亮的停泊在尸罗夫港的大食舶“黑石号”；他翕动着鼻翼，透过阵阵龙涎香气，似乎嗅到了东大食海那腥咸的海风……

尸罗夫港：清真寺

尸罗夫港的清真寺位于海堤西端，希拉乌山谷的山脚下。因为清真寺全部以产自狮子国和室利佛室帝国的柚木为柱，故当地的阿拉伯居民皆称其为“柚木清真寺”。

大食国第40次遣唐使正使伊本·苏哈答兹、第一副使蒲末罗和第二副使蒲诃粟走进柚木清真寺是在公元825年9月初的一个上午。

这天天气晴好，阳光如鲜花般绽放。三位遣唐使节皆穿正装，鱼贯进入柚木清真寺。

走在前面的正使伊本·苏哈答兹手捧一个镶嵌着黄金和红、蓝宝石的柚木宝匣，表情庄重肃穆。这个珍贵的柚木宝匣是一个月前麦蒙陛下在其大婚典礼上亲自颁授给第40次遣唐使团的。

第二副使蒲诃粟紧跟在父亲蒲末罗后面，一进入柚木清真寺，就忽闪着一对黑豆子似的大眼睛打量着尸罗夫港最著名的柚木清真寺。

大厅里没有任何东西能够避开日光：一进门，就见到地面铺垫的巨大方簟。簟子是用纸莎草纺织的，颜色墨绿，常换常新。一些低矮的柚木斜架，托着一本本《古兰经》在贴近地面的高度摆着，祈祷者就跪在架前诵经。

蒲诃粟放眼环顾，大厅的四角皆立有闪闪发亮的柚木柱子，阳光在高大的柚木柱子间照射，明亮洁净，毫无阴影。

偌大的穹顶上，开着一些小窗眼，从那里伸出四个巨大的横向拱门，把各个穹隅连接在一起。明亮的阳光从上面透进来，闪闪烁烁的穹顶像一顶金光璀璨的王冠。“冠顶”又垂下无数个吊着黄金杆子的细绳，几乎直达地面，黄金杆子上挂着小油灯，按着同心圆的阵式排列旋转。

祈祷者已在大厅的几个区域，赤足排成几行，不时一起倒地伏拜，祈祷台上的阿訇作了布道，说出一声“安拉”。

之后，众祈祷者等待漫长的几秒钟，或跪着头磕地面，或站着眼望祈祷台，双手作敬礼状，用深沉的声音跟着喊“安拉”。

接下来，祈祷人群中有人用祭拜仪式上领颂的尖锐声音念起了《古兰经》。起初声调平缓，但突然一下声调上扬，接着又哀伤地、忧郁地落下来，显得十分伤感。

念毕，大家起身，却并不散去，而是让开一条路，在那个领颂人面前让开一条直达祈祷台的路。众人定睛细看，领颂《古兰经》的人正是大食国第40次遣唐使团正使伊本·苏哈答兹。

只见伊本·苏哈答兹双手捧着柚木宝匣，表情肃穆地朝祈祷台缓步走去。蒲末罗父子紧紧跟在他的身后，皆表情肃穆，步履缓慢。

伊本·苏哈答兹将柚木宝匣捧至祈祷台庄重地放下，用领颂时的尖锐声音说道：“哦，安拉，这是大唐颁赐给大食国第三任皇帝奥斯曼大帝的朝贡使符节‘铜鱼’，自公元651年至今，已使用了超过一个半世纪。大食国向大唐遣使达39次之多，这套铜鱼符节一直保佑大食国使团平安往返。哦，安拉，奉大食国皇帝麦蒙之命，我将率领第40次遣唐使团远航大唐，现经过一个月的紧张准备，万事俱备，只欠每年9月至10月的东北季候风。哦，安拉，请赐给我风吧……安拉。”

关于朝贡使符节铜鱼的使用，大唐是这样规定的：“西蕃诸国通唐使处，悉置铜鱼，雄雌相合，各十二只，皆铭其国名。第一至十二，雄者留在内，雌者付本国。如国使正月来者。赍第一鱼。余月准此，闰月赍本月而已。校其雌雄合。乃依常礼待之。差谬，则推按闻奏。”此刻，伊本·苏哈答兹徐徐打开柚木宝匣，只见12只宝光四射的铜鱼皆铭刻着“大食国”的字样。祈祷台上的阿訇抚摸了一下这12只铜鱼，用深沉的声音说道："使节大人们，希拉乌山谷会带来你们需要的东北季候风，大食国的所有信众会保佑你们平安远航至遥远的大唐……安拉！"

又等待漫长的几秒钟，大家皆眼望祈祷台，双手作敬礼状，用深沉而浑厚的声音跟着喊"安拉"。

念毕，信众各自散开。宽阔的祈祷大厅只剩下三位使节和布道的阿訇。

阿訇一抬头，惊讶地看见三位使节大人皆神情激动，眼含热泪。第二副使蒲诃粟更是鼻翼翕动，泪流满面。他嗫嚅道："希拉乌山谷……东北季候风……"

尸罗夫港：希拉乌山谷

大食国第40次遣唐使团的三位使节是在公元825年9月中旬前往尸罗夫港海拔最高的希拉乌山谷祈风的。那一日，尸罗夫港与希拉乌山谷的天，好像没有云，也没有雾，似乎连一丝浮尘也没有，是一个晴朗的巨大空白。

三位使节从停泊在尸罗夫港海堤内的大食舶"黑石号"的舷梯跳到满是洁白细沙的海滩上时竟见到一只大鸟赫然站在近前。这只大鸟，形类鹰，白羽，鹅黄色的锋利大嘴，如一把弯弯的阿拉伯猎刀。这只大鸟在沙滩上站稳后，就拿黑白分明的眼眸朝三位使节看。

三位使节看向这只大鸟，人与鸟有了眼神的交流，似乎心有灵犀。

随后，这只大鸟就用那张阿拉伯猎刀似的大嘴，在洁白细沙上迅疾地左一刀右一刀地书写起来。霎时，三位使节就看见了一幅行云流水般的阿拉伯书法作品。只是，三位使节仔细欣赏了一会儿，仍是表情疑惑，似乎看不懂。

于是，大鸟停止了书写，站在那里思索了一会儿，轻柔地振了振翅膀，就朝希拉乌山谷飞去。

三位使节就随着这只大鸟走进了希拉乌山谷。

9月的希拉乌山谷，有很多蔷薇花，皆盈尺高，花朵如绣球般的，团蝶般的，盘状的，拳状的，娇、笑、羞、媚、含怒、欲语，真是千娇百媚……谷底似铺了一层寒烟，香气浓烈极了，三位使节站在希拉乌山谷的最高处也能闻到。

"我们大食国出口大唐的最著名的产品'蔷薇露'就产自这片谷底。"正使伊本·苏哈答兹不无自豪地说。

"正使大人，大唐人称蔷薇花为玫瑰花，甚至也称为月季花，可在我看来，这三种花就是一种花，在我们大食国就叫蔷薇花。"第二副使蒲诃粟忽闪着一双黑亮的大眼睛，说，"这种蔷薇花制作的名贵香水蔷薇露最得大唐皇帝和宫廷后妃的喜爱，是大食国出口大唐换取丝绸和陶瓷的抢手货。"

"是呀，正使大人，两年前我们在大唐的广州都督府和扬州，用十桶蔷薇露就换得上万匹丝绸。"第一副使蒲末罗也兴奋地说。

"的确，正如两位副使大人所说，使用产于希拉乌山谷的蔷薇花提炼的名贵香水蔷薇露是我们大食国出口大唐大宗香料中最著名的香料，其他的香料还有乳香、苏合香和没药。"正使伊本·苏哈答兹说，"由希拉乌山谷香农提炼的100桶蔷薇露将由大象驮载，由尸罗夫地方长官亲自押运，今天下午就会运抵尸罗夫港码头。"

"正使大人，消息这么快，该不是信鸽报的信吧。"第一副使蒲末罗笑着说。

"的确，我昨夜放出的信鸽，今早就带回了准确的信息。"正使伊本·苏哈答兹笑着用手指了指希拉乌山谷的北坡崖面，崖面上可见蜂窝状浅穴，很多为天然的空洞，"我们大食国最优良的信鸽也产自这座希拉乌山谷，是由一种叫短嘴柞灰的野鸽子驯化而来的。"

希拉乌山谷的北坡崖壁满是苔藓，黑中显碧，灰中透青，其蜂窝状的浅穴里住了数以万计的野鸽子。这种野鸽子学名叫大食岩鸽，是所有阿拉伯信鸽的始祖。

"喂，风——来吧，风——"

"请赐给我们大食舶'黑石号'需要的风吧——"

“风——来吧——”

三位使节站在希拉乌山谷的山顶，皆举高双手向天，而后手平举到与肩齐，一只手手心向上，一只手手背向上，不停地向大海的方向祈风。

三位使节大人响亮的祈风声掠过希拉乌山谷谷底的蔷薇花海，和着花的香气，惊动了北坡崖壁的蓝灰色大食岩鸽。上千只蓝灰色大食岩鸽飞出来，鸽群打着唿哨，如一条蓝灰色的纱巾浮在空中，忽上忽下。

一阵带着花香的微风拂来，这条由万千鸽子织成的纱巾又晕染如梦幻，飘向了遥远的天际。

三位使节大人倏忽听见了象铃声。

果然，希拉乌山谷的远方，一列大象驮着椭圆木桶，在默默地跋涉前行。一个穿白袍的阿拉伯男人，被一条白色的阿拉伯头巾裹住了头脸，就骑坐在领头的大象脖颈处打瞌睡。

三位使节知道，虽然东北季候风没有祈来，但是运送香料蔷薇露的大象驮队来了……这些香料将由大食舶“黑石号”的水手装船，待东北季候风吹起，就会拔锚起航，驶往遥远的大唐……

大食舶：画师·翻译

在三位使节前往希拉乌山谷祈风的第二天上午，大食舶“黑石号”开始装载供给这次航行10个月所需的食物，有牛肉、牛奶、奶酪、阿拉伯大饼、大豆、椰枣、大麦粉、橄榄油、糖、盐、胡萝卜、洋葱、橙子、油橄榄；此外，还有活的绵羊、母鸡、鸭子、鹅、骆驼、牛和阿拉伯马，以及喂这些活物的米糠、麦秸和稻草。其他给养还有灯油、蜡烛和石油弹。其中石油弹是在航行途中对付海盗时使用的一种武器，类似今天的燃烧弹。

大食舶“黑石号”搭载的遣唐使团，实际上是一个大型的大食国政府的政治、经济、贸易和文化代表团，其组成人员除了正副使节，还有翻译、领航员、医师、药师、香料师、画师、驯鸽师、阿訇及大量的商人，再加上水手，共有1000余人。

这么多人在这艘远洋商船上航行至少需要10个月，除了携载大量的饮用淡水，麦蒙陛下还特批了100桶名贵的饮料舍儿别（是阿拉伯语“Sharbat”的音译，指一种传统的阿拉伯果汁饮品）。

舍儿别的种类很多，其区别主要在于所用的水果原料，制法大同小异：把水果加水、糖、蜜，煮透，滤去渣滓，冷却，便得到色泽美丽、酸甜适口的舍儿别。这种饮料今天仍流行于整个阿拉伯半岛及中亚和北非地区。

在这一天的黄昏时分，又有骆驼队运来了乳香、栀子花、腽肭脐、没药、芦荟、阿魏、木香、苏合香油、象牙、珊瑚树、猫儿睛、珍珠，以及阿拉伯弯刀和波斯剑等货物，另外还装载了20箱产自西非加纳王国的黄金。

最后，由大食国邮政总监亲自运来200只训练有素的信鸽。在正使伊本·苏哈答兹、第一副使蒲末罗和第二副使蒲诃粟的监督下，装载200只名贵信鸽的200个纸莎草编织的鸽笼被小心翼翼地搬运到了大食舶“黑石号”的甲板上。

三位使节一笼一笼地检查信鸽的状态，他们深知，“黑石号”要顺利航抵大唐，就全靠这200只信鸽了……

公元825年9月下旬，强劲的东北季候风掠过波斯湾，有力地吹拂尸罗夫港。港内停泊的商船纷纷扯起白色的四角风帆，陆续扬帆出海。大食舶“黑石号”也扯起了狭而高的平衡式斜桁四角纵帆。

尽管强劲的风鼓胀了双桅上的白帆，但“黑石号”却并没有解缆。尽管系在码头缆桩上的头缆和尾缆被风帆扯得“嘎吱”作响，“黑石号”的船长——第一副使蒲末罗却迟迟不下达开船的命令。

一连三天，三位使节就伫立在“黑石号”的瞭望甲板上，皆表情焦急地朝希拉乌山谷的官道眺望。

9月的最后一天的早晨，随着第一声鸟鸣，希拉乌山谷很快就有了雾。白雾先是在山谷的边上一抹，接着繁衍成一个带状，霎时就笼罩住了整个希拉乌山谷及山脚的尸罗夫港。

三位使节登上“黑石号”的瞭望甲板时，雾气恰好欲去未去，视线有些模糊，希拉乌山谷便看得不甚清晰。

倏地，透过雾气隐约传来驼铃声。

“来啦，来啦，皇帝陛下派来的翻译和画师来啦。”蒲诃粟眼尖，一对黑豆子似的大眼睛一眨，欣喜地大叫。

果然，晨雾散去后的希拉乌山谷的官道越来越清晰，一列驼队渐渐走来。驼队由七匹阿拉伯双峰骆驼组成，五个人骑乘，另外两匹骆驼驮着四个木箱。

随着驼队进入尸罗夫港，能看清骑乘在前面两匹骆驼上的是手握阿拉伯弯刀的大食国宫廷侍卫。而骑乘在后面三匹骆驼上的人皆着一袭阿拉伯白色袍服，有着大唐人样貌，但白色缠头巾上的配饰却是黄金镶绿松石，显然，这三位的身份是大食国官吏，且等级至少与第一副使蒲末罗、第二副使蒲诃粟相当。是的，这三位是大食国宫廷画师，其中两位有50余岁，名叫樊一和乐进，第三位则鹤发童颜，有80余岁，名叫樊淑。（樊一是樊淑的儿子，而乐进则是已经故去的大食国宫廷织络师乐隈的儿子。）

无论樊淑还是乐隈，都曾在大唐德宗皇帝时代宰相杜佑的族侄杜环所著的关于介绍大食国的著作《经行记》中被提到。他们是杜环的朋友，也是怛罗斯战役中被大食国军队俘虏的数万大唐士兵中的两位。

公元748年（大唐玄宗皇帝天宝七年），大唐高丽族大将、镇西节度使高仙芝率军出征石国（今乌兹别克斯坦首都塔什干）。石国一直亲附大唐，但大将高仙芝却因受到吐火罗国挑拨，出兵攻下石国都城，俘虏国王车鼻施和王妃，并将国王和王妃押赴长安处斩。石国王子逃脱唐军搜捕，向西域诸国控诉高仙芝，致使西域诸国背叛大唐，转而勾结侵入中亚地区的大食国军队对付大唐。

公元751年（大唐玄宗皇帝天宝十年），高仙芝闻讯，从西北诸部中征兵西进，迎击大食国军队。

年仅十二三岁的杜环、樊淑、乐隈随高仙芝的十万大军与大食国的十万大军在巴尔喀什湖以西大草原之怛罗斯河畔（今哈萨克斯坦江布尔）展开激战。

双方血战数日。至激战第五日，大唐军队侧翼之葛逻禄部骑兵叛变，彪悍的葛逻禄骑兵助大食国军队夹击高仙芝，致使大唐军队战败。

杜环、樊淑、乐隈随数万大唐官兵被俘，随后经石国（今乌兹别克斯坦塔什干）、康国（今乌兹别克斯坦撒马尔罕）、亚梅（今土库曼斯坦卡拉梅）、末禄（今土库曼斯坦马雷），被押送至大食国后方的巴格达。

关押数年后，杜环、樊淑、乐隈先后被释放。

杜环很快掌握了阿拉伯语，开始撰写介绍大食国风土人情的著作《经行记》。杜环在这部著作中也写到了他偶遇难友樊淑在巴格达街头卖画的轶事。

大食国著名地理学家马苏迪（Masudi）也在其著作中讲道："那时有一位叫樊淑的中国人在巴格达的集市中卖画，画是绘在一幅绢上，画面是一只鸟栖息在一棵草上。这幅画在集市上展示了很长时间，每个路过的人都为这个中国人将鸟画得如此栩栩如生而赞叹。只有一位路过的巴格达皇宫画师强烈贬低这幅画。于是，两人先是争论，继而扭打起来，随后被赶来的皇宫侍卫带到了皇帝面前。皇帝仔细看了一会儿这幅画，很欣赏，就问宫廷画师，这幅画哪里画得不好。宫廷画师指出，世人皆知鸟是不可栖息于直立的草上，因为鸟的重量会把草压弯。于是，皇帝问这位中国人，能重新画一幅吗。于是，这位名叫樊淑的中国人就立即当着皇帝的面重新画了一幅画，画面中把草画直，而鸟则飞在了空中。皇帝十分欣赏这幅画，就请这位名叫樊淑的中国人做了宫廷的画师。"

怛罗斯之役被俘的数万大唐军人中，因有一技之长而被招入巴格达皇宫任职的除了画师樊淑，还有画师刘泚、织络师乐隈和吕礼。

此外，这批被俘的大唐士兵中还有造纸工匠，将中国的造纸术传授给了大食人。

根据阿拉伯史料记载："大食人利用怛罗斯（塔拉斯）之役被俘的唐军工匠在撒马尔罕造纸，并将造纸术传入中亚，由大马士革传至巴格达。"直至现今，在波斯语中仍称中国式的宣纸为"撒马尔罕纸"。

直到公元762年（大唐代宗皇帝宝应元年）于尸罗夫港搭乘大食国遣唐使

团商船回国，杜环一直用撒马尔罕纸撰写《经行记》。也就在这一年，在大食国全境，撒马尔罕纸正式取代了大食国传统的埃及芭芘纸和羊皮纸。

杜环在乘船回国前，曾劝好友樊淑和乐隈一同回国，但两人因已在当地娶妻生子，就含泪谢绝了杜环的归国之邀。

岁月如梭，一晃几十年过去了，世事沧桑。

大食国宫廷织络师乐隈已在两年前去世，而宫廷画师樊淑则已届耄耋。两人的儿子樊一和乐进也已50余岁。

此次，受麦蒙陛下派遣，樊一作为大食国第40次遣唐使团翻译兼画师，乐进作为翻译兼织络师，乘大食舶“黑石号”远航大唐。

画师樊淑已不能骑马，但仍要乘骆驼亲自来尸罗夫港为子侄送行。

此刻，笼罩在希拉乌山谷和尸罗夫港的雾气已散，一轮火红的太阳升起，万道热气顺阳光下注，又浮阳光上腾，忽聚忽散，散则丝丝缕缕，聚则一带一片，晕染如梦幻。

耄耋之年的樊淑在尸罗夫港的码头上，用颤抖的手拉着儿子樊一的手，颤声叮嘱道：“儿呀，你的家乡是大唐湖南道草市石渚孟子有明樊家。你此次肩负大食国遣唐使团翻译和画师的重任，一定要将皇帝交代的在长沙窑烧造瓷器、绘制大食国画样的任务完成好。另外，使团还要去长安拜见皇帝，你和乐进抽空去看看你杜环伯伯，他若还活着，也快90岁了。儿呀，你代表老父在祖宗坟墓前多磕几个头吧。”

樊一看着水手将四个木箱从骆驼背上小心翼翼地卸下，他知道，那是父亲花了一个月的时间亲手绘制的近千张大食国宫廷督造的长沙窑瓷器绘样，有椰枣图、胡旋舞人物图、菩提图、桫椤图、卷草图、对鸟团花图、折枝忍冬图、莲蓬图、纸莎草图、羽叶图、缠枝花图、菠萝图、胡人背琴图及阿拉伯诗文图等。

樊一知道，耄耋之年的父亲已无法回到故国。此次远航，海上凶险，也不知道还能不能再见到父亲。想到此，樊一热泪盈眶，“噗通”一声跪在码头上，重重地磕了几个响头。樊一站起身时，看见父亲也是泪流满面。

乐进也过来给樊淑跪下，重重地磕了几个头。“樊淑伯父，你保重身体……我和樊一哥远航归来，再去看你。”乐进哽咽着说。

“乐进侄儿，你父亲生前曾跟我说起，你的故乡是大唐淮南道扬州，那里也是丝绸之都。此次使团商船抵达大唐靠泊的第二个港口就是扬州，回故乡看看吧。”樊淑声音也有些颤抖。

樊一和乐进刚随搬运箱子的水手登上大食舶“黑石号”的甲板，一股强劲的东北季候风将两人吹了一个趔趄，待两人手扶船舷站定，船长蒲末罗嗓音洪亮地下令：“起锚，收缆，开航！”

狮子国：宝石

大食舶“黑石号”在驶离尸罗夫港的第20天，帆船鼓胀着风帆，顺风顺水地疾驶在东大食海（今阿拉伯海）附近海面上。

这一天的夜晚，皓月当空，繁星点点，蒲诃粟手拿观星尺在瞭望甲板上观星。

观星尺是用优质乌木制成的正方形木板，12块为一副，另有四角缺边的象牙块。蒲诃粟左手拿观星尺一端的中心，手臂伸直，使观星尺和海平面垂直，眼看夜空，使木板的上边缘对准所测的北极星，下边缘对准海平线，这样便能测量出北极星离海平面的高度。

在测量高度时，随北极星高低的不同，蒲诃粟以12块观星尺和四角缺边象牙替换调整使用，一直到所选之板上边缘和所测的北极星相切，下边缘同海平线相合为止。每块观星尺皆有刻度，以手指量度，一指、二指……直至十二指。

此时与北极星相切的指数是几指，则北极星的高度就是这个指数。若不能相切，则从略大的那块观星尺边上细分划处观测，再辅以象牙块测角的度数，就可以测量得到北极星离海平面高度之指数与角的度数。

蒲诃粟这天晚上观测的是北极星，则求得北极星的指数再换算成度数，就可以得出测点的地理位置，从而确定大食舶“黑石号”此时在大海中的定位。

除了观测北极星，蒲诃粟还能熟练地观测天蝎星、人马星、猎户星、金牛星和摩羯星。当然，这些观星技巧还是上次远航大唐时父亲教他的。

蒲末罗航海经验极为丰富，他甚至可以在船头利用眼睛瞄手指对准天上的星座来确定航向和推算船的方位。此外，蒲末罗还教会儿子蒲诃粟通过观察不同的海鸟、海藻的出现和潮水涨落来确定是否靠近陆地或岛屿。

“黑石号”进入东大食海（阿拉伯海）后，航行的方向似乎永远朝着南方，越走天气越热。

“黑石号”离开尸罗夫港时天气已渐入冬季，而此刻却好像冬季已渐渐远去。

“黑石号”鼓满了帆，风向逐渐固定从东面刮来，这种风被称为“贸易风”，意指自东方向赤道吹来的定向风——如在赤道以北就是从东北向西南吹，如在赤道以南则是从东南向西北吹。

眼下，贸易风从东北朝西南吹，“黑石号”的风帆鼓胀着，顺风顺水，航速极快。

贸易风的风向是固定的，风力也几乎是固定不变的，因此，“黑石号”的水手们在驾驶操控方面不需要花费太多的力气。

水手们除了用桶拎海水冲洗甲板，大多数时间可以一边喝着清甜可口的舍儿别，一边打牌或下棋。

在一个曙光如鲜花般绽放的上午，驯鸽师哈桑悠闲地在甲板上为200只信鸽用淡水洗澡。信鸽春秋两季每天要洗一次，夏季则每天洗两次，冬季每个星期洗一次。驯鸽师哈桑为信鸽沐浴的澡盆是乌木做的，十分宽大，尽管水浅，信鸽沐浴却并不拥挤。乌木浴盆外加铁箍，浸以桐油，以防渗漏。

观赏了一会儿信鸽洗澡，伊本·苏哈答兹捋着胡子，满面笑容地说道：“观信鸽沐浴，初洗如飞雁衔着芦苇，接着如野鸥映水嬉戏，最后则像熏风吹动的荷花，娇艳袅娜，令人叹为观止。”

蒲末罗和蒲诃粟也各拿一个纸莎草蒲团在浴盆两边坐下，饶有兴致地欣赏驯鸽师哈桑为信鸽洗澡。

哈桑先倾入清冽淡水，深约半尺，然后打开纸莎草编鸽笼，放出十只信鸽，不一会儿，信鸽便聚到盆边。有两三只信鸽先跳上盆沿，似乎只想清漪照影，并无入浴之意。一只被称为“菊花风腰翻白”的雄鸽，眨着一对淡金眼，先探身用嘴勾水，勾了几下才勾着，摇头又把水甩掉。

不一会儿乌木澡盆边上的信鸽已多起来。那只“菊花风腰翻白”的雄信鸽很勇敢地先跳下水，愣了一下，才伏身以胸触水，一触即起，尝试几次后才伸展两翅拍打水面。随后有两三只开始效仿。

这时因盆沿太挤，信鸽们打起架来，互以喙啄，有的信鸽被挤下水。落水的信鸽不再打架，开始洗澡。

霎时，十只信鸽全部入盆，摇颈簸身，散开尾翎，恣意扑腾，水花四溅，如雨跳珠，直至鸽羽尽湿。不一会儿，十只信鸽沐浴完毕，皆抖擞羽毛，抖掉水珠，然后跑到甲板上晒太阳。

给200只信鸽洗完澡，驯鸽师哈桑将晒干羽毛的信鸽放入纸莎草笼时，天已正午。

天上浮云和海面海水互相吸引，云和海似乎打成了一片，衔接起来。虽然太阳直射到海面上，但由于海上风小，气候非常舒适。

带着白色长尾的飞得很高的热带鸟开始出现。

海豚也在海面嬉戏。

大批飞鱼在海面上前赴后继地飞翔，水下有旗鱼在追击。

海面上出现了一些水柱，似喷泉般长上来，几乎同低云衔接，那是三五头鲸鱼在喷水。

……

航行已有一个月，坏血病开始在“黑石号”的水手中时有发现。船长蒲末罗下令厨师在饮食中多加酸泡菜和腌白菜，又每天定量给大家分发富含维生素的饮料舍儿别。这些措施使那些有了坏血病早期症状的水手们陆续好转。

船长蒲末罗希望“黑石号”能早些靠近陆地，寄希望于陆地上的水果蔬菜能产生一些更有效的治疗作用，让得病的水手们尽快康复。

“黑石号”离开尸罗夫港后第40天，海面开始出现了一些杂草、陆地鸟和经常栖息在岸边的鱼类，水手们觉得离陆地不远了。

船长蒲末罗在船头利用眼瞄手指对准天上的太阳，很快确定航向并推算出“黑石号”的方位。他欣喜地朝伊本·苏哈答兹大叫：“正使大人，我们就快抵达狮子国啦。”

伊本·苏哈答兹立即用撒马尔罕纸写了一个小纸条：“尊敬的狮子国国王波隆纳鲁沃一世陛下：奉麦蒙陛下的派遣，大食国赴大唐使团将于明天中途停靠狮子国别罗里港码头。大食国遣唐使团正使伊本·苏哈答兹。”

伊本·苏哈答兹、蒲末罗、蒲诃粟目睹驯鸽师哈桑将这个小纸条绑在那只名为“菊花风腰翻白”的雄信鸽的腿上，一撒手，这只白羽、淡金眼的信鸽一下子就飞到了桅杆上，似乎有些站不稳，但立即抖抖身子，“咕咕”地叫了一声，倏忽就消失在云天里。

翌日上午，大食舶“黑石号”驶近了一片珊瑚岛。

海水非常平静。

珊瑚岛的质地坚硬似岩石，有大量珊瑚虫附在珊瑚石上，视之肉肉的，柔软而又有韧性。珊瑚的种类有很多，有石珊瑚、管状珊瑚和大树珊瑚，形状不一，有的是扁形，有的是圆形，有的还分枝杈。珊瑚的颜色也有褐色、白色和蓝色。大量的珊瑚岛礁呈环状分布，中间是雪白浮沙一片。

上午的太阳金光闪烁，照得这片在浅蓝海水中若隐若现的雪白浮沙波光潋滟。雪白浮沙旁的一个珊瑚小岛上，一株椰子树下有一个椰子叶搭的小屋，此刻寂静无声。

大食舶“黑石号”在不远处抛了锚，第二副使蒲诃粟率领翻译乐进（乐进的母亲是狮子国人，所以乐进精通僧伽罗语）和两名水手，放了一艘小艇，沿珊瑚岛礁的潟湖，小心翼翼地划入那片雪白浮沙。

四个人划入雪白浮沙，瞬间目瞪口呆，只见雪白浮沙上聚满了银白壳的珍珠螺蚌。

乐进说：“第二副使大人，这里是狮子国国王的珍珠池，大量含珠的珍珠蚌天然入池，国王每两年采珠一次。”

蒲诃粟拾起一个珍珠蚌，拔出水手刀撬开，果然一粒硕大、浑圆、瓷亮的珍珠就藏在蚌壳中，四个人惊喜地大叫。

“嗖”的一声，一支乌木羽箭射中蒲诃粟手中的珍珠蚌。

四人皆抬头望，只见椰子叶小屋旁站立着一位狮子国勇士，正弯弓搭箭准备射第二箭。

乐进见状，立即边摆手边大叫 ：“我们是大食国使团，正要靠泊狮子国别罗里港码头，误入此处，我们马上退回大船，驶离此处。”乐进的僧伽罗语非常地道。

那个看守珍珠池的狮子国勇士就收了弓箭，摆了摆手。

“黑石号”吊起这艘小艇，又起锚扬帆，朝别罗里港码头的方向驶去。

正午时分，“黑石号”驶抵狮子国西南部的别罗里港锚地抛锚停船。

午餐后，伊本·苏哈答兹下令全船人员整饰服装。大家穿上了雪白的阿拉伯长袍，戴上了红白格的阿拉伯头巾。水手们笔直地立正在帆桁两端，所有人尽可能地靠拢，手紧拉着手，两臂张开，每排水手皆横系着绳索以防跌倒。

“黑石号”的所有帆桁都站满了人，一直到大桅楼。

水手们维持着这个姿势站着，一直到“黑石号”缓缓地驶入别罗里港并靠上码头为止。

接到信鸽报信的狮子国国王波隆纳鲁沃派出两名皮肤黛黑、穿着半截红白格裙子（当地称“纱笼”）、头发梳得光溜溜的僧伽罗官员送来了赠品，内中有：水牛10头，鸡160只，鸭130只，大米200袋和当地产的芒果酒60大瓮。另外，还有20头大象在码头待命，听候大食国使团调遣。

正使伊本·苏哈答兹率领第一副使蒲末罗、翻译兼画师樊一，随一名僧伽罗官员携带大食国麦蒙陛下给狮子国国王的赠品（黄金、阿拉伯马、阿拉伯弯刀和撒马尔罕纸），骑乘十头大象赴距别罗里港20公里的狮子国王宫，朝觐国王波隆纳鲁沃一世。

第二副使蒲诃粟则率领翻译乐进和两名水手随另一名僧伽罗官员骑乘十头大象，携带黄金和十匹阿拉伯马及撒马尔罕纸，赴狮子国南部拉特纳普勒

（Ratnapura）地区采购红、蓝宝石和猫睛石。

公元8世纪起，狮子国的别罗里港和加勒、贝尔瓦拉、摩诃帝多（今曼奈尔）、亭可马里一带，成了阿拉伯人往来狮子国最重要的港口。有些阿拉伯人在港口附近盖房子住了下来，让港口慢慢变成一个又一个热闹的小城镇。

此后的一个世纪，别罗里港逐步发展，最后形成了狮子国最大的城市——科伦坡。

这座偌大的城市，在离海不远的地方长满铺天盖地的热带植物——椰子树、棕榈树、木瓜树、面包果树、波罗蜜树和芒果树。这里的芒果树特别多，结的芒果也特别香甜，僧伽罗人就给这个偌大的海港起了个名字叫“kola-amba”，意思就是“芒果港”。

午后乍雨初歇，终年如夏的芒果港，浸润在一汪难得的清凉里。第二副使蒲诃粟和翻译乐进各骑乘一头大象随领路的僧伽罗官员行走在芒果港的大街上。这里的街巷挤满了棕色皮肤、穿着半截裙子、头发梳得光溜溜的僧伽罗人，剃光头的泰米尔人和缠着橘红或白色头巾的天竺人。当然，还有相当一部分戴着小白帽的阿拉伯人。这些大食国的子民们在狮子国定居已经数代，狮子国的僧伽罗人称呼他们为“摩尔人”。

阿拉伯人在狮子国经商，主营马匹、宝石和黄金。来自天竺南部的泰米尔人则主要经营黄金和珍珠。僧伽罗人则经营香料、水果和蔬菜。

大街上蔬菜、水果堆成小山：蔬菜有扁豆、蛇豆、西红柿、土豆、胡萝卜、茄瓜、洋葱和姜；水果的种类则多得令人惊叹，菠萝、木瓜、芒果、香蕉、红毛丹，还有金黄的国王椰子、黏糊糊形如豆角的罗望子、巨硕无比的木菠萝、裹着一件木质外套的木苹果、光溜溜的百香果。

象队走到一处堆积如山的椰子堆前停了下来，那十匹阿拉伯马也停了下来。卖椰子的僧伽罗小贩立即用短斧打开椰壳，逐一让大象用鼻子吸饮清香甜美的椰子汁。那十匹阿拉伯马也畅饮了椰子汁。

当然，蒲诃粟和乐进及两名水手也美美地喝饱了椰子汁。

僧伽罗人将成熟椰子的椰肉晒干做成椰蓉，与辣椒和香料拌在一起做成狮子国一种配米饭的小菜“博桑”。

那名僧伽罗官员叫卖椰小贩拿一撮“博桑”让蒲诃粟品尝，蒲诃粟只闻了闻，就立刻打起了喷嚏。僧伽罗官员见状，哈哈地笑了。

……

芒果港的大部分生意是由定居的阿拉伯人经营的，以物易物，或进行黄金买卖，以换取僧伽罗人手里的宝石。所谓以物易物，主要是用优良的阿拉伯马和精钢打造的阿拉伯弯刀换取宝石。当然，僧伽罗人喜欢黄金首饰，故来自大食国的商人和来自室利佛逝帝国的商人也会用黄金购买僧伽罗人手里的宝石。

大食国第40次遣唐使团要在狮子国采购大量宝石，以便向大唐皇帝朝贡和换取大唐的丝绸、茶和瓷器，所以象队要向狮子国东南腹地拉特纳普勒进发，那里是狮子国最大的红、蓝宝石和猫睛石的产地。

象队在走出芒果港之后的第七天，终于来到了拉特纳普勒。

这是一个清新的早晨，天际泛着乳白色的鱼肚白，薄纱似的晨雾几乎瞬间就在卡鲁河谷舒缓地袅袅升起。

太阳升起时，碧蓝的天在金色阳光映衬下将一片大好风光呈现在象队的眼前。天空中飞翔着许多鸟儿，皆色彩鲜艳：有绿孔雀、大嘴犀鸟、侏儒翠鸟；有百合色胸脯的金丝雀、淡黄色的织布鸟和食蜂鸟；还有一种鸟儿跟墨水瓶一样大小，翅膀是纯黑白色的蜡染印花般的图案。它们十几只一群，超低空飞行，如一阵风似的掠过卡鲁河谷那如茵的青草地。

象队进入拉特纳普勒时正赶上每天一次的宝石早市。早市从每天早上八点开始到下午一点结束。在拉特纳普勒这条最繁华的宝石大街上，人头攒动，叫卖喧哗，热闹非凡。

象队置身早市，许多只黛黑色的手就会竞相伸到大象的鼻子旁，象鼻卷起手上的象粪纸包递给领头大象背上的大食国使节蒲诃粟。蒲诃粟打开纸包一看，里面是五颜六色的经过粗加工的细碎宝石。蒲诃粟知道，这些细碎宝石不是他需要的。

早在七天前“黑石号”刚抵达芒果港的时候，他就放出信鸽通知拉特纳普勒的土王，七天后要来拉特纳普勒交易宝石。

在宝石早市的尽头，象队与在此等候的土王的迎宾官会合。

在迎宾官的引领下，象队在中午时分赶到了将卡鲁河分为两支的那片浅滩。拉特纳普勒土王正坐在一把蕉叶伞下，一边悠闲地喝着清甜的椰汁，一边盯着眼前的浅滩。大约1000名僧伽罗男人正肩并肩地用脚在浅水中探寻宝石。

在拉特纳普勒土王的脚前，平铺着一片硕大的绿色芭蕉叶，上面已放了一小堆蓝宝石、红宝石、紫水晶和金绿宝石。

“土王殿下，这是你需要的10匹优良的阿拉伯马，还有20把精钢打造的阿拉伯弯刀和100张雪白的撒马尔罕纸。”蒲诃粟一跳下象背，就径直过去，与土王行了碰鼻礼。

蒲诃粟与土王是老朋友，去年蒲诃粟和父亲蒲末罗航抵狮子国购买宝石，就曾在拉特纳普勒土王的王宫住了十天。

“欢迎，副使大人，我的老朋友，你就坐在我身旁，喝上一个时辰清凉香甜的椰子汁，至黄昏时分，你需要的100颗上好蓝宝石、100颗上好红宝石和100颗猫眼宝石就会准备好。你瞧，这些都是捞宝石的熟手，用不着太阳坠入卡鲁河，就会捞上成千上万的宝石。副使大人，你只管挑好的。另外，你还可以挑选1000颗紫水晶，算我送你的。”土王吸了一口椰子汁，笑着说。

拉特纳普勒土王大约50岁，是一个头发梳得光溜溜的僧伽罗男人，也穿着半截纱笼，只不过纱笼的颜色是明黄色的。土王脖子上挂了一条很粗的黄金项链，右手戴了5个蓝宝石戒指，左手戴了5个红宝石戒指。

“副使大人，这100张撒马尔罕纸正是我需要的，为表谢意，我也赠送100张象粪纸给贵使团。”土王一挥手，一个侍者就将一盒镶有镀金字母的象粪纸恭敬地递上。

象粪纸是狮子国除了宝石、辣木油、芳草、肉桂、热带水果之外的又一著名特产。狮子国象粪纸的制作过程相当原生态：大象刚排出的还冒着热气的象粪被分类，拣出杂质，剩下粗纤维在太阳底下晒干，然后煮成象粪糊，经过3至6小时的高温处理，最后压制成纸张。

当然，无须担心，这纸一点也不臭。别看大象吃得多、排得多，却是标准的草食动物，而且大象消化能力不好，绝大部分的草或树木纤维都被保留下来，又经高温消毒杀菌，绝无一丝异味。

狮子国的象粪纸分两种：暗颜色的象粪纸来自吃棕榈树的大象的粪便；亮颜色的象粪纸来自吃椰子的大象的粪便。

在狮子国，暗颜色的象粪纸供普通民众用，亮颜色的象粪纸则是宫廷皇室和各地土王的专用纸。拉特纳普勒土王赠送给蒲诃粟的象粪纸就是亮色纸。

当然，自从狮子国王宫进口了大食国制造的撒马尔罕纸后，宫廷用纸就换成了撒马尔罕纸，连狮子国各地的土王也以使用来自阿拉伯的撒马尔罕纸为时尚。

黄昏时分，平铺在土王面前的硕大的绿色芭蕉叶上，熠熠闪光的各类宝石已堆成小山。蒲诃粟左挑右拣，很快挑出100颗上等蓝宝石、100颗上等红宝石、100颗上等猫眼，以及1000颗上等紫水晶。

室利佛逝帝国：黄金水池

大食舶“黑石号”载着在狮子国购买的红宝石、蓝宝石、猫眼石、珍珠、珊瑚树、胡椒、肉桂、姜黄及孔雀、蓝鹊、原鸡、大嘴犀鸟、金丝雀、白喉蜂鸟、白鹇等物品和珍禽，驶离狮子国的芒果港时，已是公元825年12月底。

“黑石号”在这里靠泊月余，一是采购当地特产，二是躲避每年12月横扫孟加拉湾的暴风。

12月底，东北季候风如约而至。它在经过印度北部高空时，还是一股干涩的气流，吹过孟加拉湾时却吸饱了水汽，湿漉漉、沉甸甸的气旋打着呼哨，鼓胀了“黑石号”的风帆，顺着印度洋暖流而北折，疾速朝婆露国伽蓝州（今尼科巴群岛）驶去。

“黑石号”横渡孟加拉湾足足用了15日，抵达婆露国伽蓝州已是公元826年1月中旬。

“黑石号”在婆露国伽蓝州仅仅停靠两天，汲取淡水，随后又拔锚起航，顺风航行6日抵哥罗（kalah，今泰国所属之马来半岛之吉打），再次汲取淡水，补充蔬菜、水果，又扬帆起航，航行至婆罗师（Balus，今印度尼西亚苏门答腊岛北部西海岸大鹿洞附近）附近海面。

这天早晨，苏门答腊岛北部西海岸大鹿洞附近海域大雾弥漫。乳白色的雾气在海面上缓缓缭绕，海面偶尔裸出，海水显得黝黑恐怖。“黑石号”穿过雾气，若隐若现地鼓浪前进。

瞭望甲板上，伊本·苏哈答兹正双目炯炯有神地凝视远方。他的身旁站着蒲末罗和蒲诃粟父子。

就在“黑石号”横穿一座孤岛时，两艘速度奇快的单桅多桨大帆船出现了，帆船的横桁上升起了绘有象征死亡的骷髅和交叉刀剑的黑色海盗旗。随后，海盗船主桅的横桁上各自升起了一面黑底上绘一块闪闪发光的金锭，金锭上方绣一个大大的字母“ S”的旗帜。

“正使大人，大事不妙，我们遭遇的是室利佛逝帝国最残暴的苏腊巴亚海盗。”蒲末罗惊恐地大叫，“苏腊巴亚海盗极为凶残，杀人越货。”

“正使大人，苏腊巴亚海盗会杀死所有的俘虏。”蒲诃粟也惊恐地叫道。

伊本·苏哈答兹在巴格达皇宫里就听说了苏腊巴亚海盗的凶恶残暴。

他脸色苍白，神情惊恐，眼神变得有些迷离，似乎沉浸在了在巴格达皇宫里初听闻苏腊巴亚海盗匪帮凶残轶事的极度惊恐中……

苏腊巴亚是一个独眼龙，他还有一个双胞胎哥哥叫苏拉卡尔塔，也是一个大海盗头目，后来被室利佛逝帝国皇帝砍了脑袋。苏拉卡尔塔和苏腊巴亚为首领的海盗，是马六甲海峡一带最大的一股海盗。他们在抢劫商船时，往往会把俘虏吊在船桅上任凭风吹雨打日晒。他们还强迫俘虏进入装芒果酒的小竹桶，将塞不下的那部分躯体用刀砍掉，然后连人带竹桶一起扔进大海喂鲨鱼。

听说这兄弟俩还会和手下一起用匕首割下俘虏的肉，用铁钎串起，一边在炭火上烤，一边喝着芒果酒，一边看着海里鲨鱼撕咬遇害的阿拉伯俘虏的残肢。

这对双胞胎兄弟认为阿拉伯商人都是狡诈的，做生意不择手段，掠夺了狮子国、天竺国、婆露国、溜山国和室利佛逝帝国的大量财富。所以，他们恨阿拉伯人。

这对双胞胎兄弟的残暴激怒了所有的阿拉伯人。于是，这对双胞胎兄弟率领的海盗攻击任何一艘大食国的商船，阿拉伯人都会拼死抵抗，直至船上最后一个人倒下。

大食国皇帝麦蒙曾赠送室利佛逝帝国皇帝一箱重达1吨的金锭，就是要换这对双胞胎海盗头目的项上人头。

室利佛逝帝国皇帝收了这箱金锭后，还真在一次对海盗巢穴的袭击中俘获了包括双胞胎兄弟在内的13名海盗。

在室利佛逝帝国皇宫前的广场，被皇帝下旨宣判了死刑的13名海盗被手执大砍刀的刽子手押赴广场执行死刑。

穿白袍的监斩官问13名海盗还有什么遗言时，为首的苏拉卡尔塔挺着胸膛大声地说："监斩官，一切罪恶都是我一个人干的，与他们12个人无关。请不要处死他们。"

监斩官阴险地笑了："苏拉卡尔塔，你死到临头还为同伙开脱。你有什么遗言就快说吧。"

"我有一个请求，"苏拉卡尔塔晃了晃被铁链锁住的粗壮的脖子，"在刽子手把我的脑袋砍下后，我若能从这12个兄弟面前跑过，就请保全他们的性命并给他们自由。"

"好吧，就依你。刽子手，准备行刑。"监斩官狡诈地笑笑，下达了死刑命令。

刽子手一刀砍下了苏拉卡尔塔的头颅。

可是，令人震惊的事情发生了，苏拉卡尔塔那没有了头颅的身躯一边喷着血，一边竟快速地从同伙面前跑过，若不是刽子手对他使了个绊子，这个无头之躯说不定真的会从那12名同伴面前跑过呢。

苏拉卡尔塔的无头之躯被绊倒的位置，恰好位于第六位——他的双胞胎弟弟苏腊巴亚面前。

于是，更令人震惊的事情发生了，监斩官竟兑现了他的承诺，宣布释放包括苏腊巴亚在内的六名海盗。另外六名海盗则仍被刽子手砍了头。

在皇宫前的广场围观的室利佛逝帝国的臣民们在震惊之余又感到莫名其妙，一小部分围观者放声大哭，似乎在感念苏拉卡尔塔的情义；还有一部分围观者竟举起双手，高喊："苏拉卡尔塔真是个硬汉！"大部分的围观者表情激动，似有惋惜之情。

这次事件迅速传遍天竺国、婆露国、狮子国和大食国。大食国皇帝麦蒙在获知此事后，气愤而又轻蔑地说："室利佛逝就是个海盗国家。"

……

就在伊本·苏哈答兹精神恍惚之际，两艘海盗船已快速逼近，冲在最前面的那艘稍大的海盗船的前甲板上，一个手执弯刀的独眼龙海盗首领凶神恶煞地吼道："弟兄们，投火油弹！放箭！进攻！"

为了抗击远航中遭遇的海盗袭击，"黑石号"配备了大量的冷、热兵器，冷兵器有阿拉伯弯刀、弓、弩、钩镰、撩钩、犁头镖、飞镖、石灰罐；热兵器有火油箭、铁嘴火鹞和石油弹。此外，参与作战的水手还配备了藤盔和藤牌。

"全船弟兄们，这两艘海盗船属于凶狠残暴的苏腊巴亚海盗帮，即使投降，他们也会杀死大食国商船的所有阿拉伯人。"蒲末罗举起手中的阿拉伯弯刀，"弟兄们，戴好藤盔，藤牌护住两舷，发射火油箭，准备好石油弹。海盗船距离船50米，扔出石油弹、钩镰手和撩钩手，准备对付这帮海盗。"

海盗船前甲板上手舞弯刀的独眼龙正是室利佛逝最凶残的海盗头目苏腊巴亚。

"兄弟们，谁的火油弹能投中这艘双桅帆船的四角纵帆，我将奖赏他十个第纳尔金币。"独眼龙苏腊巴亚挥舞着弯刀，大声叫喊着。两艘海盗船皆降下风帆，海盗桨手拼命划桨。

在距"黑石号"大约50米时，海盗们冒着被火油箭射中的危险，拼命扔出火油弹。

由于距离太远，火油弹纷纷落在"黑石号"附近海面爆炸燃烧。然而，一个身高近2米的海盗巨汉投出的火油弹击中了"黑石号"的前四角纵帆，风帆瞬间燃起大火。

水手们在蒲诃粟的指挥下，用水桶拎海水泼洒风帆灭火，但是风帆还是被烧了一个大洞并被水手迅速降下。

失去前主帆的“黑石号”航速锐减。

两艘海盗船越驶越近，已对“黑石号”形成包围之势。

“跳帮！”苏腊巴亚挥舞着弯刀，大叫。穷凶极恶的海盗们也手持弯刀纷纷号叫着，展开跳帮。

然而，“黑石号”上的撩钩手和钩镰手们，在船长蒲末罗的指挥下，上撩下钩，割喉砍腿，海盗们纷纷惨叫着坠海。

独眼龙苏腊巴亚见势不妙，慌忙下令：“快撤，快撤。”

两艘海盗船与“黑石号”脱离接触。

海盗桨手拼命划桨离开。

两艘海盗船一前一后驶离“黑石号”，远远地与“黑石号”展开对峙。

此刻，天已正午，但这一日的天气状况并不好，是个阴天。

天上有云，并不蓝，是一种燃尽了的灰白。

突然，两艘海盗船的前甲板涌出一群海盗弓箭手，纷纷弯弓搭箭。

箭是火油箭，青铜箭镞裹了蘸满火油的布条。

海盗头目苏腊巴亚手持火把，一一点燃海盗弓箭手们的青铜箭镞，大吼一声：“弟兄们，快速划桨冲前20米，让这帮狡猾的阿拉伯人尝尝火油箭的厉害。”

两艘海盗船的桨手拼命划桨，船如箭一般朝前冲去。在距离“黑石号”大约还剩30米的距离时，苏腊巴亚恶狠狠地将高举的弯刀朝下一挥：“放箭！”燃着火球的火油箭如雨点般朝“黑石号”飞去。

“黑石号”上尽管有藤牌防护，但如蝗的火油箭还是射翻了十余名水手。蒲诃粟的右臂也中了一箭，一下子跌倒在瞭望甲板上。

“医官，医官，快来呀，蒲诃粟大人负伤了。”水手们一阵慌乱，有人大喊医官。

船长蒲末罗也看见儿子负伤了，他一边指挥水手们射火油箭，投掷火油弹，一边大叫：“快拿没药来！”没药产于大食国的伊朗高原，是大食商船随船携带的常备外伤药，也是出口大唐的名贵香料。

大副蒲诃粟的右臂涌出的鲜血已染红了白色的阿拉伯袍服。医官拔出箭镞，立即用一把没药敷在伤口上并用纱布绑好。

蒲诃粟痛得脸上冷汗直流，但仍挥舞着没有负伤的左臂，大叫："快，准备好钩镰和撩钩，海盗又要跳帮啦。"

突然，令人奇怪的事情发生了：两艘海盗船竟手忙脚乱地调转航向并快速升起风帆，海盗桨手也拼命划桨。

海盗船竟撤退了。很快，两艘海盗船遁入远海。

就在"黑石号"全船水手一片惊讶中，远处的海平面上，四艘高大的昆仑舶战舰鼓满风帆，战旗猎猎，战鼓隆隆，劈波斩浪朝这边驶来。

"正使大人，这四艘昆仑舶战舰应该是室利佛逝帝国舟师，是来解救我们的。"蒲末罗激动地大声说。

果然，随着四艘昆仑舶战舰越驶越近，已能看清帆船的横桁上升起的上面绘着金色太阳的旗帜，正是室利佛逝帝国的国旗。

"第一副使大人，我在巴格达皇宫就听说，室利佛逝帝国往往以颇为野蛮的武力手段强迫过境的外国舶商前往该国市易并苛收非常重的过海路税。"伊本·苏哈答兹明显已从惊恐中缓过神来，又恢复了大食国第40次遣唐使团正使的高贵典雅和气定神闲。

"正使大人，室利佛逝帝国舟师往往在海盗袭击发生之后不久，就会出现在事发海域。"蒲末罗将阿拉伯弯刀收入刀鞘，"一年多前，我们父子驾驶商船由大唐的广州港启程驶往爪哇王国贸易，过巽他海峡时也曾遭遇海盗袭击。不过，那一次室利佛逝帝国舟师来得很快，海盗船刚射出第一轮火油箭，室利佛逝帝国的三艘昆仑舶战舰就出现了，感觉与海盗船是前后脚，好像约好了似的。真令人惊惑。"

"第一副使大人，我在巴格达皇宫任掌玺副大臣时，常听麦蒙陛下提到室利佛逝帝国，谓该帝国国无所产，而人人皆习战攻，服药在身，刃不能伤，邻国皆畏服之。如有蕃船过其境，无论大唐舶、昆仑舶、天竺舶、狮子国舶、爪哇舶、哥罗舶、婆露舶、古笪国舶，有不入其国者，必出舟师尽杀之。”正使伊本·苏哈答兹整理了一下白色缠头巾上的黄金镶红宝石配饰，“室利佛逝帝国非常富饶，该帝国除国都巨港附近的穆西河出产少量沙金，大部分国土并不出产黄金，但是来往于室利佛逝帝国的大食人、波斯人、大唐人、天竺人、渤泥人、古笪国人、哥罗人、爪哇人、婆露人、溜山人，甚至远在天边的拂菻人，都一致称呼室利佛逝帝国为‘金洲’，将那里描述成遍地是黄金的富饶国度。”

“的确如正使大人所言，室利佛逝帝国基本不产黄金，却黄金遍地，这全是室利佛逝帝国完全控制了马六甲海峡的缘故。”蒲末罗也整理了一下白色缠头巾上的黄金镶绿松石配饰，“正使大人，不出意外，我们很快就会在驶来的室利佛逝帝国舟师战舰上见到室利佛逝帝国皇帝派出的海路征税官。”

果然，蒲末罗话音未落，即看见疾驶在最前面的室利佛逝帝国舟师战舰前甲板上伫立着一位穿白色腰衣的中年男子。

此刻，伫立在战舰前甲板上的这名官员戴着绿色镶金边的头巾，胸前佩戴着月形扁平金饰，脖子上挂着白色砗磲珠子项链；裸露出的手臂和小腿上则套着一圈圈的环形金镯。他腰系犀皮腰带，左侧挂一把镶满宝石的小腰刀，右侧则挂着一个绿色锦袋。

蒲末罗和蒲诃粟父子皆是长期生活在室利佛逝帝国的阿拉伯人，其中蒲诃粟更是降生在巨港。父子俩不仅精通室利佛逝官方语言——迪雅克语，更熟悉室利佛逝帝国的一切风俗人情。

“喂，来船可是大食国商船？”这名官员双手卷成喇叭筒状，大声打着招呼。

“是的，我们是大食国第40次遣唐使团，奉大食皇帝之命，借道贵国之马六甲海峡水道，赴大唐朝觐贸易。”蒲末罗也手卷成喇叭筒状，大声说道。

“我是室利佛逝帝国海路税务官实武牙，贵国使团商船必须向室利佛逝帝国交纳四万第纳尔金币作为过境税。同时，商船必须停靠巨港互市贸易。”实武牙挥了一下手，刹那间甲板上涌出十几名弯弓搭箭的室利佛逝武士。

“实武牙大人，我们正使伊本·苏哈答兹大人同意交纳四万第纳尔金币作为使用马六甲海峡水道的过境税。同时，商船会进入巨港靠泊一个月，汲取淡水补充给养并进行互市贸易。”蒲末罗挥了挥手，大声说。

“室利佛逝帝国舟师舰队将为贵国使团商船护航，在马六甲海峡水道顺风航行四天抵达巨港。”税务官实武牙又挥了一下手，十几名武士收了弓箭，退回船舱，“如果航行顺利，我邀请贵国使团出席第六天清晨在室利佛逝帝国皇宫举行的皇帝抛金块仪式。届时贵国使团可将四万第纳尔金币面交皇帝陛下。”（室利佛逝帝国有一种奇怪的风俗：每日清晨，皇宫会举行仪式，由皇帝亲手将一块金砖抛入皇宫前面的一个黄金水池，以此来维系室利佛逝帝国皇帝和大海之间的关系。皇帝每天天不亮就起床，在清晨太阳跃出海平线那一瞬间，将金砖抛入黄金水池。直到皇帝去世，继位皇帝才将黄金水池里的金砖全部捞出，一一清点后熔化重铸，然后重新分配，不论男女老少，室利佛逝帝国臣民人人有份。分配完老皇帝的黄金，新皇帝又开始进行每天清晨一次往黄金水池投掷金砖的仪式。）

大食舶“黑石号”的织络师乐进花了一个时辰的工夫，将主桅上破损的风帆进行了缝补修理，随后升了满帆，在舟师战舰的护航下顺风疾驶四昼夜，穿越马六甲海峡，于第五日的黄昏时分靠泊室利佛逝帝国首都巨港的皇家码头。

随着大食国和大唐商贾不间断的东来西去，聚集在巨港港埠的不仅有众多的东西方商人，还有大批从海路去大唐的天竺帝国佛教徒，使得这里俨然成为东西方商船的重要贸易商埠和佛教传播中心。

当大食舶“黑石号”沐浴着流光溢彩的晚霞，溯穆西河入海口缓缓驶入巨港时，沿港靠泊的大食舶、大唐舶、天竺舶、狮子国舶、溜山舶、罗越舶、婆露舶、古笪国舶、琉球舶、新罗舶、渤泥舶、诃陵舶等商船不下百艘，真是白帆点点，巨舶幢幢。

“黑石号”的水手在巨港皇家码头系好缆绳，正使伊本·苏哈答兹对正在指挥靠泊的蒲末罗和指挥水手系缆的蒲诃粟大声说：“两位副使大人，今夜务必准备好四万第纳尔金币的过境税费，明天一早随本使赴室利佛逝帝国皇宫出席抛金砖仪式。”

翌日清晨，帝国皇宫笼罩在一片稀牛奶似的乳白色的晨雾中。

雾气若隐若现，两排帝国武士披着缀着珠宝和黄金饰物的白麻布斗篷，头戴绿色头巾，头巾上插着天堂鸟金色的羽毛，手执青铜矛、铁刀、铜斧和青铜错金的盾牌，每两人一组站在黄金水池的两边。熹微晨光照在武士们黝黑的面孔上，显得肃穆庄严。

黄金水池面向大海，大约30米见方，水深2米，丢进水池的金砖已如暗礁般若隐若现地浮出了水面。

室利佛逝帝国皇帝马哈阿吉头戴黄金天堂鸟羽毛头饰，披着缀着黄金和红蓝宝石饰物的明黄色麻布斗篷，右手持饰有太阳纹的金盾，面朝大海站在黄金水池前。

身穿红色腰衣官服、头戴土黄色头巾的宫廷总管双手托着一块沉甸甸的金砖，恭恭敬敬地侍立在皇帝身旁。

大约100名各国使节和商舶船长则恭恭敬敬地在黄金水池前的小广场上伫立着，伊本·苏哈答兹、蒲末罗和蒲诃粟也在其中。

大约100个装满金币的藤筐整齐地摆放在小广场正中，那是大食舶“黑石号”交纳的过境税费。

几乎是一瞬间，曙光如鲜花般绽放，海空一派光明。

此刻，令观礼的100名各国使节和商舶船长大吃一惊的事情发生了。

“啾——”的一声，马哈阿吉陛下用手在唇齿之间打了一个响亮而悠长的口哨 。一只金色的大鸟从天而降，绕着皇帝马哈阿吉的头顶翩翩飞舞。

“这是什么鸟，这么漂亮。”伊本·苏哈答兹小声询问蒲诃粟。

“这就是室利佛逝帝国的国鸟天堂鸟，我们阿拉伯人也称它为极乐鸟。”蒲诃粟小声说。

“要是能捉几只天堂鸟献给大唐皇帝，我们在大唐的朝贡和贸易一定会顺顺利利。”伊本·苏哈答兹小声说。

“正使大人，蒲诃粟就出生在室利佛逝帝国，他在五六岁时就跟随土著猎手在森林中捕捉过这种金色的天堂鸟。”蒲末罗小声说，“商舶要在巨港至少停靠一个月，可以让他陪大人去森林里捉几只天堂鸟，呈贡给大唐皇帝。”

“好！好！好！”伊本·苏哈答兹听后十分兴奋，一连说了三个“好”字。

这只金色的大天堂鸟显然是皇帝马哈阿吉驯养的，随着皇帝“啾”的一声口哨声，飞落在宫廷总管双手托着的那块沉甸甸的金砖上。

“敬请陛下向黄金水池抛掷金砖！”宫廷总管大声说。

皇帝马哈阿吉右手举起饰有太阳的金盾朝着初升的太阳高举三下，左手接过宫廷总管双手托着的上面站立着金色大天堂鸟的沉甸甸的金砖，奋力朝黄金水池投掷过去。

就在金砖朝黄金水池坠落的瞬间，那只大天堂鸟奋力扇动翅膀，拖着长长的羽毛，朝着初升的太阳飞去……

室利佛逝帝国：天堂鸟

室利佛逝帝国皇帝马哈阿吉一贯与大食国友好，特批准大食使团可以活捉三只天堂鸟，并派出宫廷狩猎官宾图尼全程陪伴。

捉鸟的队伍有七个人，除伊本·苏哈答兹、蒲诃粟、宾图尼外，还有两名室利佛逝帝国土著巴布亚人猎手和两名“黑石号”的水手。

象队由七头成年苏门答腊公象和一头母象组成。七头公象用来骑乘，一头母象则用来驮野营帐篷和狩猎用具。

当然，捕捉活天堂鸟的任务还是由经验丰富的巴布亚土著猎手完成。这两名土著猎手是兄弟俩，分别叫一箭、二箭。两名“黑石号”水手则充当杂役。

象队从巨港出发，沿穆西河的一条支流行进了五天，就进入了苏门答腊岛东南的原始森林。在进原始森林前，象队宰杀了一头肥美的苏门答腊水牛，将牛肉腌制成咸肉，还准备了大量的红胡椒粉和甜西红柿酱。

土著猎手兄弟还爬上高高的槟榔树，摘下芬芳的蒟酱果，把蒟酱叶捆成一把一把的，装进他们的烟袋和柠檬匣子。路途中，他们兄弟俩和宫廷狩猎官宾图尼全程咀嚼蒟酱果和叶子。

土著猎手膝盖以下是赤裸的，只穿着白色短布褂和黑色腰衣，头上缠着很大的白色头巾，折叠得很考究。他们携带有犀牛腿筋做的弓箭，还配了弯弯的砍刀。

宫廷狩猎官宾图尼佩戴着一把金柄短剑，黄金剑柄上还镶了红、蓝宝石和绿松石，剑鞘则是象牙做的。

每头大象的耳朵上都挂了黄金做的铃铛，一路“叮当”作响地走进原始森林。

象队经过一棵从水里斜长出来的大树时，从树洞里传出刺耳的叫声。

“大人们，早餐来啦。”土著猎手一箭兴奋地说。

“正使大人，这树洞里住着一只母犀鸟和幼鸟。公犀鸟会在整个孵卵及哺育期将母犀鸟和幼鸟用湿泥封在树洞里，一直喂养它们，直到幼鸟长大，才会把它们放出来。”宫廷狩猎官宾图尼说。

土著猎手兄弟直接由象背攀上大树，在树洞处捣腾了大约一个时辰，随着一阵嘶哑、喧闹的尖叫声，那只母犀鸟和肥胖的幼鸟被捉住了。

宾图尼用随身携带的竹筒取火器，先用短剑刮出一小蓬竹丝，然后将干燥的竹丝放在半边竹槽中，再用另半边竹筒与这半边竹筒拼命摩擦，只一小会儿，竹槽中的那蓬竹丝就冒出了青烟。宾图尼只吹了一口气，那蓬冒青烟的竹丝竟燃起一蓬火来。

土著猎手找了一些干燥的树枝，很快就点燃了一堆篝火。

只一会儿工夫，母犀鸟和幼鸟就浑身冒油，溢出了烤肉的香气。

七个人美美地吃了一顿香喷喷的烤犀鸟肉早餐。土著猎手和宾图尼还喝了椰果树的花瓣发酵酿制的棕榈酒。四个阿拉伯人因为禁酒，只喝了清凉提神的新鲜椰果汁液。

“宾图尼大人，活的天堂鸟好捕捉吗？”伊本·苏哈答兹又喝了一口清凉提神的新鲜椰果汁液，然后说。

“噢，伊本·苏哈答兹大人，天堂鸟有几十种之多，在室利佛逝帝国能见到十几种，其中最漂亮的金橙色天堂鸟在这里偶有发现，不易捕捉。”宾图尼呷了一口棕榈酒说，“不过，有猎手兄弟，他们可是捕捉天堂鸟的高手，我们还是有希望活捉到最漂亮的金橙色天堂鸟。”

“正使大人，不用担心，我们一定会捕捉到皇帝陛下批准的三只天堂鸟的。”猎手一箭也呷了一口棕榈酒说，“我们射天堂鸟用的弓和箭都经过了特殊的处理，箭的顶端是一个如茶杯大小的圆锥形的木帽，箭射出时伴随着的强风能够致天堂鸟死亡而同时鸟不会因为外伤而出血。但是要捉活的，就不能用弓箭了，要另想办法。”

那一天的正午时分，阳光从浓密树叶的空隙激射进来，红绿光影相衬，分外妖娆。伊本·苏哈答兹、蒲诃粟、宾图尼三人站在草地上，阳光使他们的身上、草地上皆布满斑驳的光斑，且光斑似乎长了脚，四处游走。

不远处的森林中，八头苏门答腊大象被摘了黄金铃铛，由“黑石号”的两名水手保管，因此十分安静。

森林里的树木都很高，普通的都有三四十米高。一箭和二箭兄弟俩分别躲藏在相距10米的两棵高约40米的大树腰部的树叶小屋里。这两个树叶小屋是兄弟俩忙碌了一个晚上的成果。

此外，兄弟俩还每人在树冠的树枝上绑扎了两支叉子状木棍，叉尖上叉着天堂鸟喜欢吃的一种爬行海芋植物结的红色网状果实，两支叉子木棍打了活绳套的结实而细长的棕榈绳垂至树叶小屋，兄弟俩各拽一条棕榈绳的末端，静候天堂鸟群的到来。

突然，一阵鸟叫声在森林中由远及近。

“天堂鸟群来了。”宫廷狩猎官宾图尼用手指在嘴边做了一个噤声的动作。

很快，十余只天堂鸟在高高的树冠上蹦蹦跳跳地聚集过来。可惜的是，鸟群被浓密的树叶挡住了，只能隐约看见深棕色的鸟身和金橙色的羽毛。

天堂鸟不断地跳跃和飞行，渐渐朝猎手兄弟躲藏的大树树冠飞跳而去。随着一阵又一阵急促而惊慌的天堂鸟的叫声，树冠一阵骚动，树叶纷纷落下。

“捉住天堂鸟啦！”宫廷狩猎官宾图尼突然兴奋地大叫起来。

猎手兄弟俩用棕榈绳将绑住了腿的天堂鸟逐一顺至树下，负责接应的伊本·苏哈答兹、蒲诃粟和宾图尼各怀抱了一只。

就在三人兴致勃勃地端详天堂鸟时，猎手兄弟已滑下大树，并且去附近砍了一棵竹子，做了三个硕大的竹笼子。

三只天堂鸟住进了竹笼子。

宾图尼去找了一些无花果树的果实塞进竹笼。蒲诃粟去捉了一些活蚱蜢去掉双腿和双翼喂给天堂鸟，天堂鸟竟也吞了下去。

伊本·苏哈答兹掏出十个第纳尔金币答谢猎手兄弟。

“捉三只活的天堂鸟的任务已经完成了，第二副使大人，象队下一步去干吗？”伊本·苏哈答兹仍十分兴奋地盯着竹笼中的天堂鸟，漫不经心地说。

“正使大人，你忘了吗，我们下一步要去寻找西米树呀，没有西米吃，‘黑石号’将无法航抵大唐的广州港呀。”蒲诃粟眨了眨黑豆子似的大眼睛，说。

“噢，寻找西米树……”伊本·苏哈答兹的目光终于离开了竹笼里的天堂鸟，缓缓地望向了森林的深处……

室利佛逝帝国：西米树

西米树是一种棕榈树，比椰子树要粗壮茂盛，尽管罕有椰子树般高大，但其羽状树叶却十分硕大肥润，片片有刺的树叶长满西米树全身，只有15年以上的西米树老树才偶尔有树叶凋落。西米树还生有匍匐茎，当长到10至15年时，根茎末端就会生出一大串的穗状花，之后西米树就枯死了。

大约2000年前，生活在苏门答腊岛和爪哇岛的土著就发现西米树的树干在剥了皮之后露出的纯奶白色的木髓可制成可食用的食品——西米。

公元651年，大食国皇帝乌马尔向大唐派出的第一个朝觐外交使团所乘大食舶在航抵马六甲海峡时，商舶携带的大麦面粉和阿拉伯大饼因为受潮而发生严重霉变，大食使团不得不在室利佛逝帝国寻找大麦面粉的替代品。商舶在巨港停泊近三个月，才在村庄里发现可替代大麦面粉且在潮湿环境中不霉变的西米。西米烧烤出来的西米大饼可在商舶航行的热带潮湿环境下完好保存至少半年，完全可以在商舶由巨港航行至大唐广州港的航途中供船员们食用。

此后，大食国派出的每一个外交使团在航抵室利佛逝帝国时，毫无例外，都会向土著购买西米，以作商舶补给。

象队在原始森林中行进的第十天的上午，森林里突然飞出一群红色嘴巴、脑袋顶是宝石蓝色的鹦鹉。伴随鹦鹉鸟群飞翔的还有一种头顶像戴了金黄色帽子的太阳鸟。此外，还能看见两三只有球拍状尾巴的翠鸟。

“正使大人，很快就能看见一大片棕榈树了。”宾图尼骑坐在大象的双耳之间，兴奋地说，“美味的午餐就藏在棕榈树林中。”

果然，象队涉过一条小溪，果真就见了一大片棕榈树林。这片树林的棕榈树上皆长有成串的圆形坚果，约有鹌鹑蛋大小，外面包着干燥的绿皮，长着一点点果肉。一种绿色大鸽成群地栖息在这些棕榈树上，数量众多。

这些鸽子比“黑石号”所载的大食信鸽要大些，喙和脑袋看起来很小，然而，令人吃惊的是，它们都在吞食那鹌鹑蛋大小的棕榈树果实。

伊本·苏哈答兹、蒲诃粟和水手们看得目瞪口呆。

宫廷狩猎官和猎手兄弟却都不以为意地笑了。

猎手兄弟中的哥哥一箭弯弓搭箭，“嗖”的一声，一箭就射中一只肥硕的绿鸽。当绿鸽掉在地上的时候，它的嗉囊因为吃了好几个棕榈果竟裂开了。

宾图尼生火的工夫，猎手兄弟又射杀了六只肥硕的绿鸽。

七只绿鸽被篝火烤得冒油。七个人吃了一顿香喷喷的午餐。

三个水手照料大象吃了棕榈果并饮了溪水后，象队又出发了。

中午时分，象队终于来到了那个能大量生产西米的迪雅克小村庄。

这是一个没有任何贫穷迹象的村庄：不论男人、女人、老人、孩子，全都穿金戴银。在这里，黄金手镯极为流行，不分男女老幼，所有人胳膊上都戴着黄金手镯，从膝盖到脚踝的这截腿上也挂满了黄金饰物。

迪雅克人不分男女皆穿棕榈叶做的裙子：女人系裙子的藤环下面是黄金丝环，以及一串小金币；男人略有不同，往往会在藤环中悬挂一把刀鞘上镶有绿松石的弯弯的匕首。

迪雅克人的屋舍都架在柱子上。屋子的地板是用大的竹片铺起来的，地板用藤条紧紧绑住，固定在托梁上，十分坚固。

村庄附近有大片竹林，还有香蕉树和榴莲树。榴莲树上居住着一群半驯服的松鼠，如果有孩童抛撒出西米饼屑或者榴莲果肉，松鼠会立刻飞奔而下，过来舔食食物。小松鼠们吃饱了，就会直立着毛绒绒的灰、黄、棕色相间的环状条纹尾巴，十分乖巧可爱。

宾图尼找来了村庄的酋长，向酋长介绍了大食国使团的正使和副使，随后正使伊本·苏哈答兹表示要购买100包西米。

“正使大人，100包西米要制作五天，购买费用是100个第纳尔金币。”酋长从腰挂的蒟酱果叶袋中掏出一片蒟酱叶塞进嘴里，一边咀嚼一边说。

“酋长大人，没问题，100个第纳尔金币我现在就可以支付给你。只是，制作100包西米的时间能否提前一天，因为商舶要赶季候风起航。”正使伊本·苏哈答兹说。

“正使大人，制作西米的过程十分复杂，我会叫村民尽量提前赶制。”酋长嘴角沁出了蒟酱叶的红色汁液。

果然，大家来到村庄后的西米制作现场，立即感觉到了西米制作工艺的繁复。

要做西米，迪雅克男人要先选好一株发育接近成熟且即将要开花的西米树。把西米树从树根部砍倒，削掉树叶和枝干，剥掉树干上侧的一条宽宽的树皮，露出木髓。木髓接近树根处已变成铁锈色，往上则是奶白色。

迪雅克男人会用一根又硬又重的木棍，在粗钝的木棍头上牢固地嵌着一块锋利的石英石，然后用这种木棍连续敲击木髓，使其成狭长条状被切下来，掉到用树枝做成的圆筒里。

迪雅克女人已在小溪旁边组装好了一台清洗设备：用巨大的西米树鞘状叶做成水槽，用嫩椰子壳做成过滤器。

迪雅克女人将溪水倾倒在成堆的奶白色的西米树干木髓上。木髓被按压在过滤器里，被不断地揉捏，直到浆粉全都溶化被溪水冲走，流入水槽里并在水槽中心凹陷处进行沉淀。

当沉淀物越积越高时，溪水从一个浅浅的出口缓缓流走。大量沉淀的呈浅粉红色的西米浆粉就被装进西米树皮做成的圆筒，每筒大约30斤，然后在上面整齐地铺上一层西米叶，就可以作为未加工的西米出售了。

出售给大食舶“黑石号”的100包西米（每包10筒）还须在太阳下暴晒三天，然后碾成粉，再经过一次仔细的过滤，就可以制成西米饼了。

当然，吃的时候，西米饼还要经过烘烤，才能变得透明松软，涂上黄油或水果酱，十分美味好吃。如果不想立即食用，就把西米饼在太阳下晒干，在潮湿环境中至少可保存半年。

一棵西米树，经过迪雅克人的巧手制作，可生产1800个西米饼，总重量达600斤，可供一个精壮男人吃上整整一年。

酋长为了赶时间，特意调动了100名迪雅克精壮男子，只用了不到三天的时间就生产了100包西米。

象队驮着100包西米，在第四天的早晨，沐浴着稀牛奶似的雾气，踏上了返回巨港的行程。

不过，在离开迪雅克村庄不久，象队就分成了两队：一队由六头大象驮着100包西米，由三名水手和猎手兄弟押运，连同之前捕捉的三只天堂鸟，一起折返巨港。另外两头象组成的象队，带着剩下的三个人，要赶往位于爪哇岛的婆罗浮屠祈风……

室利佛逝帝国：婆罗浮屠

象队涉过巽他海峡，一踏上爪哇岛的土地，立即就见到了一种少见的植物。宾图尼介绍说，这就是豆蔻树。笔直的树干上长着光滑的褐色树皮；树枝整齐地从树干上斜着向上长；树叶是下垂的，呈椭圆形；树叶表面光滑，呈深绿色，树叶的背面当中有一条很粗的叶脉从叶柄直到叶尖，叶子背面好似撒了一层褐色粉末，呈现出一种光亮的褐色。

“正使大人，你可以嗅嗅树叶的香味。”宾图尼摘了一片豆蔻树的叶子递给伊本·苏哈答兹，“从整株豆蔻树的树叶的香味可以预测将来果实的香味。”

豆蔻树的果实大小似油桃，在果皮和内壳之间有一层网状薄膜，这个薄膜干了之后就叫豆蔻皮，壳内的果仁质地很软，称作豆蔻。豆蔻既是香料，亦可入药。

大唐的广州，每年都会通过大食国的大食舶和室利佛逝帝国的昆仑舶输入大量的豆蔻。大唐的郎中认为豆蔻入药，可散肺中滞气，温暖脾胃，亦可治疗赤眼暴发，去白睛翳膜。

爪哇岛上还有一种香料兼药材的植物——丁香树。丁香树往往与豆蔻树和樟树互生，一大片豆蔻树林中往往会有一小丛丁香树及数株高大的香樟树。

此外，爪哇岛上还盛产胡椒，一种蔓延爬生的植物，经常附在肉桂树和槟榔树上。

象队在豆蔻树林中穿行，果然很快就见到了一小丛丁香树。

“正使大人，别看爪哇岛到处都是香料树，也会有一种毒树，爪哇人唤作‘巴斯’，这种树的树叶的汁液滴到人的皮肤上会使人中毒，这种树的气味能毒死飞过的小鸟。”

宾图尼用手拍拍大象的大耳朵，大象本能地绕开了一株爪哇毒树。

“听说爪哇岛上还盛产很多好吃的水果？”伊本·苏哈答兹坐在大象背上的围椅中问。

宫廷狩猎官宾图尼则骑在大象的双耳之间。

“正使大人，爪哇岛和苏门答腊岛一样，遍地是美味可口的水果。爪哇盛产山竹果，一种带点酸甜味道的白色果肉包裹在一层厚的深红色硬皮中，特别好吃。还有一种长在野地的菠萝，爪哇岛上随处可见，丰收时像萝卜一样堆得到处都是。”

“正使大人，菠萝不光好吃，还能擦拭阿拉伯弯刀，好似磨刀石般使刀锋光亮锋利。”蒲诃粟说，“前年我和父亲去大唐广州港远航时，就曾前往爪哇岛的婆罗浮屠祈风，沿途吃了一路的山竹果和菠萝。”

“噢，第二副使大人，我们远航大唐，中途停泊室利佛逝帝国的苏门答腊岛上的巨港，为什么要不辞辛苦地进入爪哇岛的婆罗浮屠祈风呢？”伊本·苏哈答兹说，“我们信奉的是伊斯兰教，可我听说爪哇的婆罗浮屠可是佛教的祭台呀。”

“正使大人，婆罗浮屠刚一建成，就因为战争而荒芜了。但是，靠泊室利佛逝帝国的各国商舶都会听说一个传闻：凡是远航大唐的商舶，都会航行涨海，涨海的海上风暴可是出了名的可怕。据说一艘昆仑舶的船长在起航前曾去婆罗浮屠拜祭，一是祈风，二是祈航行涨海的平安。结果这艘昆仑舶往返涨海虽然都遇到了可怕的风暴，却奇迹般地生还。于是，各国商舶只要是远航大唐，无论去或返，都要专程去爪哇岛的婆罗浮屠祈祷。”

“噢，是这样，那我到了婆罗浮屠，一定会虔诚地祈祷，保佑‘黑石号’平安航抵大唐的广州港。”伊本·苏哈答兹说。

三天后，象队抵达婆罗浮屠。“婆罗浮屠”是梵文，意为“山丘上的佛寺”。

婆罗浮屠佛塔是为收藏佛祖释迦牟尼的部分灵骨，由公元8世纪后半期至9世纪初统治爪哇的夏连特拉王朝修建，当时动用了近百万名奴隶，历时15年建成。

佛塔系由附近的马古令河床中的安山岩和玄武岩砌成的实心佛塔，全塔约用225万块岩石，底层巨石每块重约1吨。塔基呈四方形，每边长约113米，从底层至塔顶高约42米。

佛塔共分十层，四周的中间各有一条石阶通道，可从底层直通佛塔。

佛塔按佛教“三界”之说设计：基层为“欲界”；第一至第六层为“色界”，呈四方形，各层共建有石壁佛龛432个，内皆置一尊佛像；第七层至第九层为“无色界”；第十层为塔顶。

整幢佛塔，各层皆有回廊，廊壁刻有浮雕，描述佛教故事。

婆罗浮屠竣工后不久，夏连特拉王朝与在爪哇岛新崛起的诃陵王国发生战争，夏连特拉王朝战败。婆罗浮屠随之废弃。

象队抵达婆罗浮屠时，天已黄昏，整个婆罗浮屠佛塔被腐蚀了一层锈红。

由于宗教信仰的考虑，伊本·苏哈答兹决定他本人不登婆罗浮屠佛塔，改由蒲诃粟以“黑石号”大副的身份登临婆罗浮屠佛塔祈祷。宾图尼则陪同伊本·苏哈答兹在佛塔前的空地上休息，他十分理解伊本·苏哈答兹在宗教上的选择。

蒲诃粟踏上“欲界”的阶梯时，整个佛塔一片静寂，唯有一片“咕咕咕”——类似鸽子的叫声听得真切。

“喂——”蒲诃粟手卷喇叭筒状大叫一声。

果然，从那藏佛的石龛里霎时飞出数只野鸽子，旋风般上下翻飞，一片白影，满空哨音。

野鸽子如一条白带缠绕到塔顶时，蒲诃粟十分惊讶地看见塔顶竟升腾起一条淡蓝色的烟岚，岚气飘浮，夕阳上腾，忽聚忽散，散则丝丝缕缕，聚则一带一片，晕染如梦幻。

蒲诃粟低头揉了揉眼睛，抬头再看，竟看出那缕岚气彩光耀眼，细辨，有红，有黄，有白，有紫，亦有蓝。莫非佛祖释迦牟尼显灵，出现佛光？蒲诃粟霎时膝软，就跪拜在地。

跪下亦惊讶。蒲诃粟看见眼前精美的浮雕上正吊下一只血红色的蜘蛛，大若拇指肚，用手指触之，血蜘蛛就沿丝而上，一瞬间就爬到浮雕上的一艘长条形双桅斜横帆帆船的横桁上。

蒲诃粟大惊失色，立即举高双手，一只手手心向上，一只手手背向上，嘴里不停地嗫嚅道：“保佑‘黑石号’平安航渡涨海吧！”

涨海：风暴

公元9世纪初的阿拉伯航海家兼地理学家苏莱曼在其著作《中国印度见闻录》中曾描述了涨海，他写道：“船进入涨海后，暗礁浸没在海水之下，船舶从暗礁之间的隘道通过，安全航行要靠真主保佑。”

涨海，其实就是今天的中国南海，涵盖了今天南海的曾母暗沙、南沙群岛、中沙群岛和西沙群岛等南海诸岛。

早在中国的东汉帝国时代，历史文献已将南海海域称为“涨海”。

《后汉书》记载："交趾七郡贡献，皆从涨海出入。"

《太平御览》之《扶南传》也说："涨海中，列珊瑚洲，洲底在盘石，珊瑚生其上也。"

此地航道暗礁密布，水道曲折复杂，再加上常有突如其来的风暴，的确是阿拉伯航海家驶往大唐的一段最危险的航程。

在巨港靠泊了两个多月以后，大食舶"黑石号"在公元826年3月下旬扬帆起航横过邦加槟榔岛，并于四天后的夜里驶入了涨海。

"黑石号"船长蒲末罗依靠观星导航。他用右手拇指测星，辅以牵星板，以较高而明亮的灯笼骨星为主要的导航星座，配合以牵星位较低的北辰星来确认在牵星地点测星的准确性。

突然，海面开始有磷光闪烁，空气也好像从热锅里蒸出来一样，令人感到疲倦无力。随着一声惊叫，一个水手由于缺乏气力而从桅杆上摔到海里淹死了。随后，又有一个水手在船舷边撒尿时因为乏力而一头栽进大海中。

在涨海的第一个夜晚航行，就令"黑石号"损失了两名水手。

翌日早晨时分，得知消息的伊本·苏哈答兹顿时吓得脸色惨白。

这一天的上午，由于风大浪高而引起"黑石号"左右摇摆，在昨夜的航行中已经感到不适的人现在又开始晕船。船上的医官上上下下地奔波在各层甲板和舱室替水手们医治，可他自己也很快晕起船来，把早餐吃进去的食物都呕吐了出来，然后是吐绿色的胆汁，最后吐的是鲜血块。正使伊本·苏哈答兹也吐得一塌糊涂。

船长蒲末罗强忍着不适，测量潮流与海流的流向和流速：他先将一片木板丢下水，人走到船尾，此木板先到，证明流向正确，流速极快。当然，若人走到船尾，而此木板尚未到船尾，则证明此时海流为逆流。

大食舶"黑石号"进入涨海航行的第三天黎明时分，西南风转为北风，船逆风航行。

"黑石号"的上缘斜桁帆、主帆、船头三角帆和中帆都已转到背风向，后桅三角帆则犹如利刀般绷紧，抵抗逆风。"黑石号"的右舷压得极低，海水淹过船背风舷的排水孔。

大副蒲诃粟亲自操舵。船长蒲末罗则把全副精力都放在风势和布帆上。

这一天的晚间，船长蒲末罗发现了台风预兆：傍晚，天空忽然变成不寻常的红色，同时烟雾弥漫。太阳降到海平线之下，从东北方向升起了一股浓厚黑云，云彩的中间部分还透出火红颜色。不久之后，整个天空被低垂的黑云压住。

船长蒲末罗忧心忡忡地凝视高处。水手们踩着踏脚索，身子摇摇晃晃，悬空在右舷上方的海面上。松开上帆绳索，布帆展开后瞬间拍打桅杆；拉紧帆脚索，布帆升上帆桁时被撑得饱满。

突然，一道耀眼、迅猛的闪光划破了黑沉沉的天空，像是把重重乌云撕开一个口子，紧接着，天空深处响起了一声震耳欲聋的炸雷。

船长蒲末罗立即下令，将船帆落下，以使风力打不到帆面；同时下令在甲板作业的水手全都用细白缆绳绑住腰部。水手们似一条绳上的蚂蚱般连起来，以防被巨浪卷下海去。

涨海的热带风暴暴发的速度迅猛无比，力量大得惊人。一阵狂风打着呼哨径直从西面刮来。这股先遣的风刮过“黑石号”，将船头的锚球割断了。风的呜咽声，霎时变成了呼啸声。一阵紧似一阵的狂风令人撕心裂肺。海面霎时掀起了排山倒海的巨浪。

船长蒲末罗由操舵间望出去，30米高的浪头掼来掼去，好像深达千米的海底要翻上来似的。

突然，又一道闪电，紧跟着竟然快速地闪了50多下。粗大的雨点伴着噼啪作响的电光火石，犹如条条火龙在穹窿中漫天飞舞。毫不夸张地说，天空这时已是一片火海，轰隆隆的炸雷响成一团。

在这片惊心动魄的天空中，暴风挟着尖厉的呼啸声将炽热的乌云卷动着、旋拧着，似乎偌大的天空变成了一把巨大的蒲扇在拼命地扇风，使整个天空越烧越旺。

大副蒲诃粟率领水手们拼命降下风帆，帆布在风的撕扯下发出吓人的响声：“嘎——嘎——嘎——”那种响声像是刀子在割玻璃，十分瘆人。

伊本·苏哈答兹在瞭望楼看见海面浪峰鼓起三十几米高，一浪接一浪地朝“黑石号”扑来。浪峰与船体猛烈地撞击，兜头将冲到瞭望楼的船长蒲末罗和呆若木鸡的伊本·苏哈答兹浇了个透身湿。

“完啦，完啦，船要沉啦……”伊本·苏哈答兹脸色惨白，声音颤抖地说。

“正使大人，相信真主，真主会保佑我们的。”船长蒲末罗抹了一把脸上的腥咸海水，说。然而，冰凉腥咸的海水还是使船长蒲末罗打了一个冷战。

此刻，夜幕已降临。

泛着白色泡沫的浪涛恶狠狠地撞击着操舵间。大量海水涌进了水手们的住舱。

“船长，我要去看一下放置信鸽的住舱。”驯鸽师哈桑说。

“你陪哈桑去。”船长蒲末罗朝身边的乐进挥了一下手。

乐进拿出一扎白缆绳，说：“哈桑，来，绑住腰。这么猛烈的风暴，别把我们吹到海里去。”说完，用缆绳拴住了哈桑的腰，接着又拴住了自己的腰，好像一条绳上拴了两个蚂蚱一样。

在甲板上，哈桑和乐进撞见了樊一和两个水手，他们说：“大副蒲诃粟不见了。”于是，哈桑和乐进也顾不得去看信鸽了。

五个人用细白缆绳拴住腰，哈桑将缆绳的一头打了个死结拴在主桅杆上，一边走，一边松缆绳。

黑暗中，狂浪早已将五个人淋成了落汤鸡。冰冷和恐惧使他们周身颤抖，每跨出一步都要鼓起巨大的勇气。

突然，领头的哈桑被一根细缆绳绊了一下，差点摔倒。紧接着，就听见了一声微弱的呼救声：“救……救救我……”哈桑朝声音处一摸，竟有一条细嫩的手臂勾在船舷的外栏杆上。

此刻，又一道闪电伴着沉闷的雷声划破夜空。哈桑借着一闪而过的闪电光一看，勾在舷外的竟是蒲诃粟。原来蒲诃粟去察看牛、马、羊、骆驼的住舱时，被一个横浪击出舷外，幸运的是，他腰里系着救命的细白缆绳。

哈桑抓起这条缆绳，想把蒲诃粟拉上来。

然而，这条细白缆绳已在船帮上磨得差不多快断了。

此刻，恶狠狠的大浪仍一个接一个地扑来，随时都可能将蒲诃粟卷下海去。

“快，快抱住我的腰。”哈桑大叫一声。

随即，哈桑伸出一条腿探出舷外，大叫：“大副，快，抓住我的腿。”

“我……我快……快不行了！”蒲诃粟的声音越来越弱。

“大副，你不要吓我，你不是懦夫。”哈桑急得大叫，声音都变调了，“蒲诃粟，拿出你抗击海盗时的勇气来！”

蒲诃粟艰难地抬起头，突然用尽全力往上一蹿，一只手抓住了哈桑的左小腿。巨大的扯力一下子将哈桑拉倒。哈桑险些滑下海去。乐进也被扯倒，双脚前冲，一下子踹到了哈桑的右肩。一阵刺骨钻心的痛，哈桑的右胳膊立即软了。哈桑知道，右胳膊被乐进踹得脱臼了。绑在一起的细白缆绳也将樊一和两个水手扯倒。

就在这危急关头，乐进灵巧地就地一滚，一下扯住了蒲诃粟绑腰的绳头，狠命一拽，竟一下子将蒲诃粟拉上了甲板。

蒲诃粟连冷带吓，被抬进瞭望楼就昏迷了。紧急赶来的医官拿没药在蒲诃粟的鼻孔一喷，没多久他就苏醒了。医官又看了看哈桑的右胳膊，叫乐进和樊一将哈桑扶起。医官端着哈桑的右胳膊运了运气，突然用力向上一提，只听“嘎啦”一声脆响，哈桑脱了臼的右胳膊又接上了。

伊本·苏哈答兹惊吓过度，十分疲倦，迷迷糊糊地睡着了。也不知什么时候，“轰隆”一声巨响，把他从睡梦中惊醒。接着船上响起了一阵急促的警钟敲响。有人大喊：“桅杆被风吹倒啦！”

伊本·苏哈答兹跑出瞭望楼时，蒲末罗和蒲诃粟父子已朝后甲板跑去——原来被狂风刮断的是后甲板的副桅杆。

幸运的是主桅杆依然完整地耸立着。

后甲板的副桅杆一头撞穿了后甲板。崩断的桅杆旗索像皮鞭一样，恶狠狠地扫来，将一名正在排水的水手的脑袋抽得头破血流。

突然，又一个汹涌的横浪从右舷猛击过来，击起近30米的巨大浪峰，船体“吱吱嘎嘎”地尖叫着被压向左侧。

“快，快，大家快把牛、马、骆驼、绵羊拉下海，否则船要翻了。”船长蒲末罗急得大叫。

大副蒲诃粟率领众人用水手刀割断系绳，将船上的牛、马、骆驼、绵羊等牲畜都抛进了大海。终于，在大家的惊恐注视下，船开始“吱吱嘎嘎”地往中线恢复。

“船长，放信鸽吧！”驯鸽师哈桑绝望地说。

“好吧，请阿訇来。”船长蒲末罗脸色苍白，声音有些颤抖地说。

“黑石号”的船员都知道，请阿訇祈祷，然后放飞所有信鸽，只意味着一件事：船要沉了。

阿訇被两名水手架到后甲板时，脸色惨白、双膝打战。此刻，大量的海水顺着被副桅杆撞破的大洞涌入后甲板。

阿訇手捧《古兰经》，声音颤抖地说：“真主保佑伟大的穆罕默德的子孙们平安吧！”话音刚落，驯鸽师哈桑放飞了200只信鸽。

这200只信鸽有100只是从大唐广州的鸽巢带回的，另100只是大食国提罗卢和宫廷邮递中心的信鸽。

这200只信鸽都佩戴纯银脚环，上面有大食国提罗卢和行省名称的第一个字母“D”和每只信鸽的编号。

在这样狂风暴雨的恶劣天气下，大部分信鸽会坠海，极少部分会把“黑石号”沉船的消息送到大食国巴格达皇宫及大唐的广州港。

此刻，又一道闪电伴着炸雷划破夜空。“黑石号”在涨海猛烈飓风的蹂躏中煎熬。这种不知道死亡什么时候降临的感觉真是令人恐惧到了极点。

这一夜，“黑石号”所有不当班的船员都裹着毛毯在舱室枯坐，气氛凝重。

翌日晨，就着黎明的微光，伊本·苏哈答兹发现枯坐在瞭望楼航行椅上的船长蒲末罗的头发和胡须竟然全白了。

“第一副使大人，你的头发全白了。”伊本·苏哈答兹说。

船长蒲末罗一愣，旋即跑到海图室，再出来时已泪流满面。

画师樊一说：“中国古代有个典故，说的是春秋战国时代的伍子胥过昭关，一夜愁白了头，我还不信，现在我信了。”

黎明终于来临了。飓风已经过去。鸭蛋黄似的太阳跳跃着从东方钻了出来。

大副蒲诃粟举起右手大拇指，经过计算，此刻“黑石号”帆船在军突弄山（今越南昆仑岛）以东三百里的涨海海面上。

“黑石号”的水手们在大副蒲诃粟的指挥下，用了一天的时间将副桅杆修复并重新立了起来。主副双桅都升了满帆。

船长蒲末罗看了一下海图，说：“正使大人，航行两日至奔陀浪州（越南藩朗），再向北顺风航行十四五日，就能航抵大唐的广州港了。”

正使伊本·苏哈答兹长吁了一口气，说：“真主保佑使团平安航抵广州。”

广州：绣衣坊码头

史载，西汉帝国以前，现今广州城的十分之九为大海所淹。北魏帝国地理学家郦道元所著《水经注》载：“广州负山带海，博敞渺目。”

西晋帝国时，穿过广州城的珠江最窄处也宽达1500米；大唐时代珠江宽1400米；大宋时代珠江宽900米；大明时代珠江宽700米；大清时代珠江宽500米；现如今，珠江在广州城最窄处只有180米。

1700年的岁月，岭南以北躲避战乱的人口大量涌入广州城及珠江三角洲筑堤护田，促使冲积平原不断扩大，滩涂变成平原良田。

往昔宽达2500米的扶胥港在1700年后，也因“淤积既久，咸卤继生，沧海为田，潮当涨，就岸犹易，水稍退，则平沙十里，挽舟难珩，进退两难”（崔弼《婆罗外纪·卷二》载）而让位于如今的黄埔港。

然而，在大唐时代，扶胥港确是蕃舶进入广州港的停泊之地。通过“广州通海夷道”与大唐有海上贸易联系的国家多达二十几个，其中较为密切的有大食国、林邑国、真腊国、室利佛逝国、诃陵国、骠国、狮子国、天竺国、罗越国、溜山国和拂菻帝国。这些国家与大唐的广州港之间形成了一个横跨南中国海、马六甲海峡、安达曼海、孟加拉湾、印度洋、阿拉伯海、阿曼湾、波斯湾、亚丁湾、红海的庞大贸易圈。

大唐高宗皇帝李治统治的永徽二年（公元651年），大食国皇帝奥斯曼首次正式遣使入大唐朝贡，进入大唐靠泊的第一个港口就是广州港。

由于来大唐朝贡和贸易的蕃舶大量增多，广州的港口码头也有了很大的发展，开始有内港码头和外港码头之分。

外港码头主要有屯门和波罗庙锚地。

屯门在今天香港新界的青山湾，扼珠江入海口之交通要冲，是一个天然避风良港。当时所有来广州向大唐朝贡或进行商贾贸易的蕃舶，必先将帆船驶到屯门锚泊，然后再扬帆驶入广州。

波罗庙锚地位于今广州东郊黄埔庙头村一带。波罗庙始建于大隋帝国文帝杨坚统治的开皇十四年（公元594年），又称南海神庙。大唐玄宗皇帝李隆基在天宝十年（公元751年）册封南海神为广利王，其以“利”为先的商业信息十分明显。

大食舶“黑石号”在公元826年4月下旬航抵广州时，翻译樊一就站在船头向海面上钓鱼的小划子招手，希望找一个领航人将大船带进海湾。然而，这些小划子上的人都忙着钓鱼，不愿靠近陌生大船，纷纷躲开了。终于，一个小划子的老渔人同意将大船引航驶入屯门外港锚地。

“黑石号”在老渔人的引航下，徐徐驶入屯门外港锚地。作为报酬，大副蒲诃粟给了老渔人一枚金币。

翌日清晨时分，港湾里雾重。站在“黑石号”的船头，看不到船尾。一名穿着蓑草衣裤、头戴竹编斗笠的广州港引航员登上“黑石号”时，雨水从他的竹笠上面流下来。

“黑石号”冒着蒙蒙的细雨，拔锚起航，开始缓缓驶往珠江入海口水道，并于中午时分驶入广州港的另一个外港码头——南海神庙码头。

“咣当，咣当”，随着一阵锚链抛入大海的声响，“黑石号”的头缆和尾缆也被稳稳地系在了南海神庙码头的缆桩上。

“黑石号”的水手刚把舷梯踏板伸向码头，大食国第40次遣唐使团正使伊本·苏哈答兹、第一副使蒲末罗和第二副使蒲诃粟皆穿正装，依次踏着舷梯踏板跳上码头，翻译樊一、乐进紧随三位使节身后。

在南海神庙头门右前方的“册祭南海神记碑”前，广州刺史崔植派来两位官员迎接：一位是市舶中使，另一位是鸿胪寺的寺丞。

“大唐市舶中使大人、鸿胪寺寺丞大人，这位是大食国宫廷掌玺副大臣兼大食国第40次遣唐使团正使伊本·苏哈答兹大人。”翻译樊一抢前一步介绍说，“这两位，一位是大食国第40次遣唐使团第一副使蒲末罗大人，另一位是第二副使蒲诃粟大人。两位副使大人是父子俩。”

“我和市舶中使大人受广州刺史崔植委派，对大食国第40次遣唐使团所乘商船冲破涨海风暴，平安航抵广州港，表示热烈欢迎。”

鸿胪寺寺丞与三位使节握手寒暄。市舶中使也微笑点头，对三位大食国使节表示欢迎。

“请问寺丞大人，你怎么知道我们使团所乘商船在涨海遇到风暴？”翻译乐进有些诧异地问道。

“噢，早在20天前，一只系有大食国宫廷标识的信鸽降落在这南海神庙码头上，差役捡到了，认得是大食国的宫廷标识，就火速上报市舶司并报告广州刺史崔植大人。崔植大人询问了有航海经验的市舶司官员，判断收到信鸽后的20天左右有大食舶航抵广州。”鸿胪寺丞大人说，“广州刺史崔植大人将在广州城内港的绣衣坊码头举行隆重的欢迎仪式，迎接大食国外交使团。”

“寺丞大人，麦蒙陛下敬送大唐皇帝的礼品有金器、红蓝宝石、大枝珊瑚、玳瑁、玛瑙、蔷薇水、琉璃珠、蜻蜓眼、阿拉伯宝刀、各种香料；当然，最宝贵的还有三只取自室利佛逝帝国的天堂鸟，十分稀奇漂亮。只是遗憾，由大食国尸罗夫港装载的几十匹阿拉伯骏马，在涨海遇到风暴时，全被飓风刮到海里去了，殊为可惜。”正使伊本·苏哈答兹表情惋惜地说。

翻译樊一对这些话做了翻译。

市舶中使和鸿胪寺丞听后，也是连连叹息。

“朝贡大唐敬宗皇帝的礼品单，后天参加欢迎仪式时，可由正使伊本·苏哈答兹大人呈交给广州刺史崔植大人。”鸿胪寺丞笑了笑说。

“为了祝贺贵使团所乘商舶能冲过涨海那可怕的飓风，平安航抵广州，鸿胪寺决定送一些慰问品给贵国使团。”鸿胪寺寺丞说。

正使伊本·苏哈答兹和两位副使皆手抚胸口，弯腰致谢。

当天下午，在三位使节回到“黑石号”商舶不久，几只广州市舶司的小艇就送来了大批家畜、水果、蔬菜等供应物品，数量之大令在涨海风暴中几乎损失了所有给养的大食舶“黑石号”上上下下所有人惊喜万分。

大食舶“黑石号”在南海神庙码头靠泊休息两日，船员们吃烤全羊、土豆炖牛肉、牛肉胡饼，大啖荔枝三百颗，喝甘蔗汁，过上了从尸罗夫港启航以来最逍遥的日子。

第三天的清晨，鸿胪寺丞早早就登上“黑石号”，与正使伊本·苏哈答兹一起共进了早餐。

在太阳刚刚从海天之际探出头来时，“黑石号”就在大副蒲诃粟的指挥下，拔起锚链，解了头缆和尾缆，升起双桅风帆，准时起航。

随着引航员的一声舵令，“黑石号”徐徐驶离了码头，缓缓调转船头，朝西。

随着越吹越有劲的江风，“黑石号”鼓满帆，疾速朝西北方向的广州城驶去。

广州城的绣衣坊码头就在华林禅寺附近。中国南朝大梁帝国武帝萧衍统治的大通元年（公元527年）时期，佛传禅宗第二十八祖达摩禅师从天竺帝国航海来到广州，就在绣衣坊码头登陆。

当一轮红日跃出海平线，曙光如鲜花般绽放时，广州刺史崔植率领广州市舶使等一众官员和仪卫已在绣衣坊码头等候。

绣衣坊码头上搭了一个竹棚，一队鼓乐手就设在竹棚外，鼓乐手的旁边是一队捧花侍女。竹棚两边，各有四面绿色大旗，每面大旗中间间隔着五面紫色小旗，每面紫色小旗旁站立着一些弓箭手和手持大刀的士兵。竹棚内，广州刺史崔植大人端坐在黄花梨胡床上，手搭凉棚朝烟波浩渺的江上眺望。

“刺史大人，大食国商舶来啦！”一个眼尖的衙役大声叫了起来。

果然，大食舶“黑石号”出现在远方的水天之际。

“黑石号”的所有帆桁都站满了人，他们皆穿着雪白的阿拉伯长袍，戴着红白格的阿拉伯头巾。

宽阔的珠江水面上，一种平底小艇载着鱼虾或是新收割的甘蔗、菠萝或芭蕉，穿梭来往。还有卖艇仔粥和汤粉的小艇上的食客皆热情地朝“黑石号”大船打招呼。

绣衣坊码头上，竹棚里坐在胡床上的广州刺史崔植大人已能很清晰地看见身穿雪白阿拉伯长袍、头戴红白格阿拉伯头巾的水手们那英俊的面庞。

终于，“黑石号”缓缓地靠上了绣衣坊码头。

大食国第40次遣唐使团正使伊本·苏哈答兹、第一副使蒲末罗和第二副使蒲诃粟在大唐派驻广州市舶司的鸿胪寺寺丞大人的陪同下，刚一踏上绣衣坊码头，就被守候在码头上的捧花侍女抛撒紫荆花瓣。

在悦耳的鼓乐声中，广州刺史崔植大人亲自起身为正使伊本·苏哈答兹戴上由红亮亮的木棉花朵串成的花环。广州市舶使也为两位副使戴上红亮亮的木棉花花环。

紧随在二位使节之后的翻译樊一和乐进指挥四名“黑石号”的水手将一只大木箱抬至广州刺史崔植大人的面前放下。

“尊敬的广州刺史大人，为了庆祝大食国皇帝再次派出使团出使伟大的大唐，我们此次进入广州港除了交纳‘舶脚’，还赠送一万第纳尔金币给广州市舶司作为扩建南海神庙的费用。”正使伊本·苏哈答兹满面笑容地说。

翻译樊一对这些话做了翻译。

翻译乐进则指挥四名水手打开木箱盖，一箱金币金光耀眼。

“大食舶来，广州黄金价跌。我上任之前在长安时就听说了。今日一见，名不虚传。”广州刺史崔植大人笑着说。

“尊敬的刺史大人，此次大食使团还在航经室利佛逝帝国时购买了三只珍稀的天堂鸟呈献给大唐皇帝陛下。请刺史大人代为转呈。”正使伊本·苏哈答兹说。

乐进一挥手，三名“黑石号”的水手各提一个鸟笼，将三只金橙色天堂鸟展示给广州刺史崔植大人观赏。

天堂鸟的美丽令广州刺史崔植大人及广州市舶使等在场官员发出一阵啧啧称赞声。

“正使大人，来而不往非礼也。我也赠送一只鸟儿给大食使团。这只鸟儿虽然没有天堂鸟美丽，但却是一只吉祥的鸟儿。这只鸟儿为我们带来了大食国使团的音讯。”广州刺史崔植大人微笑着摆了一下手。

一个衙役提上来一个精致的紫檀鸟笼，笼内是一只雄性信鸽，信鸽的脚环是大食国宫廷邮递中心专属的黄金脚环。这只信鸽正是“黑石号”在涨海遇飓风险些沉没时放飞的200只信鸽中的一只。

伊本·苏哈答兹颤抖着手，打开笼门，信鸽立刻振翅飞出了鸟笼，飞至停泊在绣衣坊码头上的“黑石号”的风帆上空，绕着那些并排站在帆桁上的大食国水手们的头顶翻飞。

大食舶“黑石号”的水手们齐声高呼：“真主保佑！”

“正使大人，为欢迎大食国使团再次莅临，本刺史明天设午宴款待大食国第40次遣唐使团全体人员。”广州刺史崔植大人微笑着朝“黑石号”帆桁上仍在站桩的水手们挥了挥手。

广州：宴会

大唐时代的广州城并不大，与三国时东吴治下差不多，但水系十分发达。

在东吴的交州刺史陆胤治理广州时，白云山的数十条蒲涧水被引入越秀山脚人工挖掘的淡水湖蓄水，使广州居民一年四季都有清甜淡水饮用。这个蓄水湖最初叫“甘泉池”，至大唐统治时则改名叫“菊湖”。

白云山峡谷的数十条山溪汇聚成一条大溪（在大唐统治时称作“甘

溪”）。甘溪汇入金钟塘后，在上塘、下塘的位置掉头向南，流经越秀山的东麓，然后一分为二流经广州城，始称“文溪”。

文溪的西支流沿今天广州城的吉祥路、教育路南下，称“西濠”；东支流则沿着今天的小北路和仓边路南下，称“东濠”。西濠和东濠在绣衣坊码头水域汇入珠江。

绣衣坊码头在大唐玄宗皇帝李隆基统治时期一跃成为港阔水深、码头泊位众多的广州城最大的内港外贸码头，全盛时西起今天广州城华林街“西来初地”，中经光塔街，东达仓边路一带。

大唐天宝十年（公元751年），大将军高仙芝在西域怛罗斯战败，导致陆上丝绸之路阻断，海上丝绸之路意外地兴旺发达起来。

……

宝历二年（公元826年）五月，广州刺史崔植大人宴请大食国第40次遣唐使团全体人员，是在菊湖（今广州市越秀公园至应元路中山纪念堂一带）中的一处亭台楼阁。

那一日的午时，十余艘小船载着大食国第40次遣唐使团正使伊本·苏哈答兹、第一副使蒲末罗、第二副使蒲诃粟、翻译樊一、织络师乐进和大食舶“黑石号”一众水手，由鸿胪寺寺丞大人陪同，从绣衣坊码头解缆离岸。

十余艘小船逐一靠上湖中亭台楼阁。

广州刺史崔植大人在菊湖亭楼阁一共宴开50席。

广州刺史崔植大人与三位使节略一寒暄，就陪同一众人等登上亭台楼阁的二楼主宴会席。随广州刺史崔植大人在湖畔迎接的广州市舶使、市舶中使，以及陪同三位使节的鸿胪寺寺丞也一并在二楼主宴会席入席。

大食舶“黑石号”的水手及下级官员，如领航员、医师、药师、香料师、驯鸽师，及大量的大食商人则在楼下入席。

大唐朝廷规定：“西蕃诸国通唐使处，悉置铜鱼，雄雌相合，各十二只，皆铭其国名。第一至第十二，雄者留在内，雌者付本国。如国使正月来者，赍第一鱼，余月准此，闰月赍本月而已，校其雌雄合，乃以常礼待之；差谬，则推按闻奏。”因此在宴会开始前，鸿胪寺寺丞大人主持了一个简短的铜鱼勘合仪式。

“尊敬的大唐广州刺史崔植大人，大食国麦蒙陛下派遣大食国宫廷掌玺副大臣伊本·苏哈答兹任大食国第40次遣唐使团正使，蒲末罗任第一副使，蒲诃粟任第二副使，率领大食国朝贡使团在76年之后再次踏上遥远的大唐的土地。大食国使团所乘商舶此次除了停靠广州港，还要北上停靠扬州港，使团正使、第一副使、第二副使、一名阿訇及两名翻译将由扬州溯大运河经长江、洞庭湖至湘江，乘船沿湘江至长沙石渚长沙窑烧制长沙窑瓷器55000件。之后沿陆路、水路并进北上赴大唐都城长安，向尊敬的大唐皇帝陛下朝贡。”正使伊本·苏哈答兹表情庄严神圣，语调饱含深情地说，“请广州刺史崔植大人勘合铜鱼。”

正使伊本·苏哈答兹话音刚落，阿訇就手托一个柚木宝匣至正使伊本·苏哈答兹面前。

阿訇用深沉而浑厚的声音吟诵了一段《古兰经》，然后打开柚木宝匣，深情而轻柔地用手抚摸了一下那12只覆满了岁月包浆的铜鱼：“正使大人，真主保佑，大唐在公元651年颁给大食国第一次遣唐使团的12只铜鱼完好无损，请正使大人与大唐广州刺史大人勘合。”

正使伊本·苏哈答兹眼含热泪，手颤抖着，从12只雌铜鱼中挑出第五月的铜鱼，双手捧着，郑重地走向广州刺史崔植。

广州刺史崔植双手接过这只第五月的雌铜鱼，与鸿胪寺寺丞递上的第五月的雄铜鱼一合，两只雌雄合体铜鱼身上出现了完整的“大食国朝贡使，大唐永徽二年颁”字样。

勘合仪式结束后，广州刺史崔植和广州市舶使、市舶中使、鸿胪寺寺丞等广州各级官吏纷纷去尚衣轩更衣，换上一种居家时穿的名叫短绯白衫的汗衫和一种名叫白花罗裤的裤子，同时脱去了乌皮六合靴，换上了木屐。

“正使伊本·苏哈答兹大人，我们一众官吏换上平时居家时穿的衣服鞋履，说明广州的一众官吏是把官宴当成家宴，不把大食使团当成外蕃客人，而是当成自己的亲人。”广州刺史崔植大人笑着说，“好，宴会开始前，我再说一点，广州是一个嗜酒的城市。但是，大食国的习俗，禁饮酒，禁食猪肉。所以，今天的宴会以茶代酒。好，我宣布，隆重欢迎大食国使团的宴会开始。”

大唐时代的广州人嗜酒，也善饮茶。玄宗皇帝李隆基开元二年（公元714年）以后，由于僧人坐禅的需要，饮茶的习俗开始由沿海的广州、潮州、泉州、明州、杭州逐渐普及广袤的大唐全境。

德宗皇帝李适统治时期，还诞生了世界上第一部关于茶叶的专著，即陆羽的《茶经》。

陆羽本是孤儿，三岁时被竟陵龙盖寺主持和尚智积大师在竟陵西湖畔拾得，自幼随智积大师采茶煮茶，颇得智积大师茶艺的熏陶。大唐民间将陆羽奉为茶神，人们多把陶制陆羽神像放在茶炉旁，以求茶市兴隆。

大唐皇帝乐于品茶，也乐于赐茶，向亲近大臣赐茶，以示恩宠。广州、泉州、明州市舶使或地方刺史也常向外蕃朝贡使节赠茶，以示友好。

宴会上，饮茶开始之前，广州刺史崔植大人就向伊本·苏哈答兹赠送广东潮州所产的名茶单丛一斤。

随后，伊本·苏哈答兹则向崔植大人赠送大食国希拉乌山谷所产名贵香料蔷薇水一小瓶。使团随团香料师将蔷薇水瓶开启，只滴了一小滴在广州刺史崔植大人穿的白花罗裤上，整个宴会厅立刻氤氲起一股芬芳的香气。

大唐时代的广州城，在进出口贸易中获利不菲，泛海而来的波斯舶、大食舶、昆仑舶和天竺舶及狮子国舶，在输入黄金、珠宝的同时，也将大量的各种名贵香料输入广州。加之大量阿拉伯商人定居广州，使阿拉伯世界的香文化迅速在广州传播。譬如定居广州的阿拉伯商人在酒宴中，必洒以蔷薇水，散以冰脑。酒宴用香，一时风靡广州城。

在飘逸的阵阵馨香中，茶博士开始煎茶。

所谓煎茶法，大致可分为以下几个步骤：

首先是把饼茶炙干、碾碎、罗好，使之成为极细的粉末。所谓“碾成黄金粉，轻嫩如松花”说的就是这种茶末。

第二步是煎水。煎水首先要找好水。菊湖亭台楼阁宴会用于饮茶煎水之水取自白云山脉蒲涧山滴水岩的九龙泉水，泉水清冽甘甜。

茶博士将九龙泉水放在茶釜中煎。

在众人的注视下，茶博士将九龙泉水煎至第二沸，先留出一瓢汤来，随即用竹夹搅动釜中水，使泉水的沸度均匀，然后用小竹勺取一定量的单丛茶末放入，同时再搅动。在搅动的过程中泉水继续沸腾并浮出泡沫，这种泡沫一般称为“汤花”。这时，茶博士将二沸时留出的一瓢汤投入釜中，以缓和水沸并培育出更多的汤花，然后将釜从炭炉上拿下。

第三步，茶博士向茶盏中分茶，将第一轮煎茶茶汤分出的五碗茶汤分至五个长沙窑褐釉茶盏中，依次递给大食国正使伊本·苏哈答兹、第一副使蒲末罗、第二副使蒲诃粟、广州刺史崔植和广州市舶使。

“饮！”广州刺史崔植大人端起茶盏，笑着说。伊本·苏哈答兹端起茶盏至唇边，一股清香就钻进鼻来，呷了一口，满口醇甘。

饮茶之后，宴会正式开始。

第一道菜肴是象鼻炙。大唐文献《岭南录异》是这样记述象鼻炙的：“广州宴饮之象鼻炙是捕捉循州、雷州之黑象炙成的，颇为肥脆。”伊本·苏哈答兹咀嚼了一下，初觉肥爽脆香，不知何肉炙成。广州刺史崔植言说此美味乃是大象的象鼻用炭火炙烤而成时，正使伊本·苏哈答兹口含象鼻炙足足愣怔了好一歇。

第二道菜肴：羚炙。庖厨叫八个厨役抬进一个硕大的装满海沙的铜盆，牵一头羚羊，将羚羊的四足埋入海沙中，让羚羊腹贴沙，再用絮被将羚羊盖上，并在上面多次浇沸汤，厨役两手按被，从项抹至尻，羚羊毛尽脱。然后，生剜羚羊肉，在炭上烤炙，其味道特别鲜美。

第三道菜肴：火炙鹅。庖厨将活鹅罩在铁笼里，让鹅饮下椒浆，然后直接在炭火上烧烤，毛尽脱落，鹅未死，肉已熟了。

第四道菜：清蒸乌梢蛇。庖厨取一条硕大的广州特产乌梢蛇，左手捏着蛇头，右脚踩着蛇尾，口衔一把白亮尖口小刀，右手在蛇腹略按一下，捉刀轻轻一挑，割一小口，挤出一粒菩提大小的蛇胆。

庖厨将蛇胆递给正使伊本·苏哈答兹，正使大人不敢吃。

广州刺史崔植大人见状，笑了笑，接过庖厨手中的蛇胆，一口吞下。

庖厨又将蛇肉用木刀切成段，用一竹编小篓装起。

广州刺史崔植大人解释说：“蛇肉加工，不能用铁器，否则味腥。”厨役用一个长沙窑烧制的陶罐烧开水，大火滚，慢火蒸，时间够了，拿出竹篓，霎时一团白气升腾，慢慢看清了，竟是一大团蛇肉盘着。

广州刺史崔植大人大喊一声：“正使大人，吃起来！”

正使伊本·苏哈答兹模仿崔植的动作，伸筷撕那蛇肉，就葱末、姜末、蒜泥和芒果泥，再蘸酱油，放入嘴里，果然味鲜。

宴会主食以胡饼、水引饼和虾饼为主。

大唐皇帝和寻常百姓皆爱吃胡饼。胡饼的制法与今日烧饼的制法类似，放在炉中烤制，因饼上撒胡麻得名。

水引饼则类似于今天的面条，其做法是“挼如箸大，一尺一断，盘中盛水浸，宜以手临铛上，挼令薄如韭叶，逐汤煮，熟后拌上肉汁和鸡汁即可食之”。

而虾饼，则是广州城庖厨在借鉴大食国面食制作方法的基础上发明的最具广州城特色的面食。制作虾饼用的面粉为糯米粉，饼中裹新鲜虾仁一枚，是今天广州美食虾饺的大唐版本。

伊本·苏哈答兹品尝了虾饼，食后三天，仍觉口中鲜香袅袅……

广州：怀圣寺

怀圣寺，又称光塔寺，建于大唐贞观元年（公元627年）。

怀圣寺是伊斯兰教传入中国后兴建的第一座清真寺。

大唐建立初期，伊斯兰教的创始人穆罕默德就派他的母舅宛葛思取海路航抵广州传教。

宛葛思是伊斯兰教早期的著名人物，是追随穆罕默德由麦加迁至麦地那传教的早期信徒之一。

公元623年夏，受穆罕默德之嘱，宛葛思乘波斯舶由海路历经艰险航抵大唐治下的广州城，在绣衣坊码头登陆并进入阿拉伯商人所居住的蕃坊居住传教。

四年后，即大唐太宗皇帝李世民登基的贞观元年，宛葛思与蕃坊的阿拉伯商人们一起，捐资兴建了怀圣寺。

怀圣寺占地面积达2966平方米，布局错落有致。寺前有三道门以通道相连：头门门额为阿拉伯文“清真寺”字样；次门门额为汉文“怀圣寺”；三门门额为汉文“教崇西域”。

三道门之后为看月楼、礼拜殿、四方对亭、藏经阁、水房、怀圣塔等建筑。

看月楼面宽5.98米，进深4.88米，下层四壁为红砂岩石墙，厚0.7米，重檐，歇山顶，四面各有一拱门，门额题有诗匾。

礼拜殿基座为石砌，墙为砂石糯米浆砌成，殿前月台栏杆雕有花卉、葫芦。大殿为重檐、歇山顶，顶盖绿琉璃瓦。大殿左侧碑亭内原立有唐碑，后毁于大唐末年黄巢起义军之手。至大元时代，又立元碑至今。

四方对亭在礼拜殿两侧，后也毁于黄巢起义军之手。

藏经阁收藏有多种版本的《古兰经》。

水房位于礼拜大殿后侧，专供伊斯兰教教徒礼拜前沐浴用。

怀圣塔又称“光塔”。光塔呈圆柱形，青砖砌筑，外表以贝壳灰批荡，洁白光滑，无层级，高36.3米，塔底直径7.5米，向上渐有收分，南北各开一小拱门，内各有一砖砌梯级，南小拱门内梯级为158级，北小拱门内梯级为154级，可互不相交地盘旋而上，直达塔顶。

光塔蚬壳塔壁开有长方形小孔以采光通风。塔顶为一平台，平台正中又立一圆柱形小塔，塔有小门可拾螺旋梯级而上，共14级。塔顶立有一只纯金金鸡，可随风旋转以示风向。

大食国第40次遣唐使团入住广州蕃坊时，正使伊本·苏哈答兹一眼就看见了巍然屹立的怀圣寺之光塔，塔顶的纯金金鸡在碧蓝天空下随风旋转。

按规定，大食国遣唐使团须入住鸿胪寺广州馆驿，但正使伊本·苏哈答兹以每日须入怀圣寺礼拜为由，向广州刺史崔植大人请求入住蕃坊并获准。

大唐统治时期，已经有不少大食、波斯、天竺、狮子国、真腊、诃陵、溜山、室利佛逝等国番客留居广州。这种外国人居住区在大唐时代始称蕃坊。其时，广州蕃坊常年居住蕃客10万人以上，其中大食阿拉伯海商占百分之八十。

大食使团入住广州蕃坊的翌日下午申时，在扬开双臂的阿訇一声声洪亮的“邦克，邦克，邦克——”的召唤声中，正使伊本·苏哈答兹、第一副使蒲末罗和第二副使蒲诃粟一行人先在水房用清亮泉水净了手脸，然后在蒲姓蕃长的陪同下，鱼贯进入礼拜殿虔诚礼拜。

礼拜殿大厅里没有一件家具，只有一些低矮的斜架，托着一本本白色绢绘的《古兰经》在贴近地面的高度摆放着。一进门，就看得到地面铺垫的巨幅方簟。簟子是用稻草纺织的，颜色金黄，常换常新。

礼拜毕，一行人随阿訇沿着光塔南小拱门鱼贯登上158级阶梯，登临光塔之顶，朝着烟波浩渺的大海祈风。

“西南季风，吹临广州吧，送我们的大船北上扬州港……真主保佑！”正使伊本·苏哈答兹大声祈祷着。

“正使大人，斋月马上就要来临，使团可抓紧这十几天时间乘西南季风驶往扬州港。”蒲姓蕃长说。

“蕃长大人，我们在狮子国采购了大量宝石、珍珠、玛瑙，也从埃及行省采购了珍贵的蜻蜓眼玻璃珠，这些珠宝要在广州交易，换取大唐的黄金和白银以便去扬州采购丝绸，去长江下游湘江之滨的石渚购买长沙窑瓷器。”正使伊本·苏哈答兹说。

“正使大人，珠宝交易在广州蕃坊是件非常容易的事。象牙坊交易来自天竺和狮子国及层拔和拨拔力的象牙；玻璃坊交易蜻蜓眼玻璃珠；玛瑙坊交易玛瑙和琉璃珠饰，及各类红宝石、蓝宝石、珍珠和珊瑚；大食坊则是夜市香料市场。”蒲姓蕃长说。

……

在伊斯兰教徒整齐、洪亮的吟诵《古兰经》声中，黄昏降临了。一盏又一盏的红灯笼亮了，就在怀圣寺光塔之南。“正使大人，那亮起红灯笼的地方就是玛瑙坊，交易珠宝的玛瑙夜市开始啦。”广州蕃坊蒲姓蕃长大声地说。

广州：玛瑙坊

“玛瑙”一词来源于古印度梵语“阿湿缚揭波”。大唐高僧慧琳著《一切经音义》解释说：“阿湿缚者，此云马也，‘揭波’者，脑也。”

古印度人看到这种非常花的宝石，无法解释与命名，就因其颜色与花纹非常像马脑，将其命名为“玛瑙”。

广州玛瑙坊紧临象牙坊和玻璃坊，是大唐时期广州蕃坊内专卖红宝石、蓝宝石、绿柱石、石榴石、橄榄石、玛瑙、水晶、碧玺、琥珀、珊瑚、珍珠和蜻蜓眼玻璃珠的珠宝集市。

大食国三位使节在蒲姓蕃长的陪同下，步行进入怀圣寺附近的大食坊时，沿街的每一家门前的灯栅均已点灯，不计其数的灯笼把一条街照得如同白昼。

大食坊有一个牌坊，上盘红绸子扎成的红龙一条。红龙的眼、爪、鳞片上处处是灯，照得红龙通体透亮。一个皮肤黝黑的昆仑奴在一个机关处拿芭蕉扇子呼扇，龙嘴处呼呼地喷着火。

比肩接踵的人流中，太平鼓声不绝于耳，戴假面具耍大头娃娃的，在人缝中挤来挤去。更有些尖钻小偷趁乱做手脚，在街畔的香料摊上趁机抓一把。

焚香的刺鼻味道由各处飘来，三位大食国使节沿大食坊往玻璃坊走去。

灯火辉煌的街上，街边尽是高大轩敞、珠光宝气的大食式和波斯式高楼，琉璃瓦透着流光，飞檐白墙下，环绕栽种着高大的菩提树，完全是大食和波斯的建筑风格。

“蕃长大人，我在巴格达宫廷就听说，你们称呼大食人和波斯人为‘金估胡’和‘富波斯大食’。”正使伊本·苏哈答兹说。

“正使大人，大唐对‘胡’的称呼，其含义是相当广泛的。一般来说，‘胡商’多指来自中亚的粟特人和来自西亚的波斯人及大食人。在广州蕃坊，除了波斯人和大食人，还有天竺人、狮子国人、室利佛逝人和渤泥人。

胡人在大食坊开设胡姬酒肆和香料店，在玻璃坊开设蜻蜓眼玻璃珠店，在玛瑙坊开设珠宝店，在象牙坊开设象牙制品店。胡人通过海路贩运珠宝、香料、药材、金器和玻璃器皿等，其中利润最丰厚的就是珠宝业，是广州蕃坊中波斯、大食及天竺和狮子国胡商从事的主要行业。”蒲姓蕃长说，“波斯和大食珠宝商因为有着丰富的珠宝鉴别知识及独特的商业文化背景，他们对能赚取巨大利润的珠宝交易情有独钟。广州蕃坊的珠宝交易集中在玛瑙坊。波斯和大食的珠宝商由大食国走海路来大唐，沿途多为珠宝产地——波斯湾沿岸的象牙、珊瑚、犀角、天竺，狮子国的宝石和珍珠，室利佛逝和渤泥的黄金和白银制品都是大唐宫廷及达官显贵们的心头好。广州蕃坊从事珠宝业的波斯人和大食人，通过识宝鉴宝和买卖珠宝谋取可观财富，许多人富可敌国。这些大珠宝商都掌握着一些世所罕见的稀世珍宝，在玛瑙坊每月定期举行一次斗宝大会。正使大人，你们来巧了，今天晚上正好是斗宝的日子，地点在玛瑙坊蒲记大食邸，一会儿我带你们去开开眼。”

蒲记大食邸是玛瑙坊一幢豪华的二层大食式洋楼，琉璃瓦透着流光，飞檐白墙下有一圈墙裙，是伊斯兰建筑风格的联珠纹砖。

蒲姓蕃长引领三位使节来到蒲记大食邸门前，就上前用手叩响大门上的镀金铜狮子门环。

开门的是一位头发卷曲、皮肤黧黑的老年昆仑奴。昆仑奴显然与蒲姓蕃长相熟，点点头，就引领蒲姓蕃长和三位使节通过暗道来到一密室。密室是一间巨大石厅，当中摆了一张长条紫檀木大方桌，旁边放了一圈紫檀木圆墩，已坐满人。大石厅四角各置一青铜灯树，石油灯将大厅照得通明。在座的胡人皆穿戴华贵、珠光宝气。

昆仑奴将蒲姓蕃长和三位使节引至靠近里面角落的紫檀圆墩坐下。

“正使大人，在斗宝会上展示奇珍异宝的人，皆为胡商。持有最多珍贵宝物的人戴着红色缠头巾，巾饰是黄金镶嵌红宝石，坐在上首。其余的是鹅黄色缠头巾、绿色缠头巾、蓝色缠头巾、紫色缠头巾和白色缠头巾，依次排列座次。”蒲姓蕃长附在正使伊本·苏哈答兹耳畔悄声说，“一会儿，会有玛瑙坊的坊长主持斗宝大会。”

果然，在一名昆仑奴洒以蔷薇水，散以冰脑之后，随着一阵清香泛起，一位手持紫檀拄杖的红袍大食老者昂然走向上座，缓缓坐下，说道："老夫是玛瑙坊坊长。下个月是伊斯兰教斋月，斗宝大会暂停一月，所以今晚的斗宝大会更显机会难得，希望各位拿出最珍奇的珠宝斗上一斗。按老规矩，现场成交的奇珍异宝，交千分之一的税金给坊上，作为玛瑙坊设立的扶助胡商病困基金。好，斗宝开始。"

玛瑙坊坊长话音刚落，众胡商皆盯着第二副使蒲诃粟，因为今天蒲诃粟缠的是白色缠头巾，是全场唯一。

蒲诃粟笑了笑，从怀中掏出一串蜻蜓眼玻璃珠，昂然走上前，将这串蜻蜓眼玻璃珠放在紫檀木大方桌上。

"这是一千多年前埃及产的蓝色蜻蜓眼玻璃珠串，共有108颗，十分珍贵。"蒲诃粟神采飞扬，一对黑溜溜的大眼睛睥睨四周，神情间得意至极。

这串108颗蓝色蜻蜓眼玻璃珠光华灼灼，耀眼夺目。在座的胡人不由得发出一片称赞艳羡之声。

"我出一万金，买下这串宝物。"玛瑙坊坊长一挥手，一个昆仑奴用托盘捧入一万金，随着十锭金落入装税金的一个紫檀木箱，这笔交易成交了。

三位使节惊得目瞪口呆，这串蜻蜓眼玻璃珠在巴格达的珠宝市场只值一百金，在广州蕃坊居然能卖一万金！

接下来在座的胡人也依次拿出自己珍藏的珠宝摆在紫檀木大方桌上，大多是珍珠，或者两颗，或者三颗。三位使节感觉平常，甚或有些失望。

就在三位使节想起身告辞时，蒲姓蕃长按住了他们。"等等看，说不定会有惊喜！"蒲姓蕃长笑笑，说。

果然，蒲姓蕃长话音刚落，一个豹头环眼、鹰鼻卷须的胡人大汉站了起来，镇静自若地拿出怀中布包，从中取出一块石片郑重地放在紫檀木大方桌上。

这块石片形状如同瓮片，颜色半青碧半柿子红，有手掌般大小。胡人纷纷围拢过来观看。只见玛瑙坊坊长——那位手持紫檀拄杖的红袍大食老者面色潮红，死死盯着桌上的石片，脸上神色变幻莫测，半晌，双手合十，面朝西方俯首跪拜，嘴里念念有词。

众胡人见状，也纷纷跪倒，涕泪交流，激动万分。三位使节和蒲姓蕃长也俯首跪拜。

豹头环眼胡人大汉兀自独立，目瞪口呆。

“敢问坊长大人，此物是何物，这般神圣？”豹头环眼胡人大汉惊诧地说。

“此石片叫长生诀，是萨珊帝国镇国之宝。”红袍大食老者说，“长生诀是用萨珊帝国一种名叫‘乘黄’的灵兽之角所制。乘黄状如狐，角长于背上。传说，若人能骑在乘黄背上便可得两千岁寿。此外，这长生诀还有一个妙处，就是能聚拢各类珍宝。每月的十五日，萨珊帝国皇帝把长生诀放在海边的祭坊上祭奠，到了子夜，各种珍珠宝贝就会自动聚拢而来。所以，长生诀又被称为‘宝母’。客商打算卖多少钱？”玛瑙坊坊长问。

“一百万钱，如何？”豹头环眼胡人大汉脸憋得通红，半晌，方喃喃地说。

“开什么玩笑！这件萨珊帝国的宝贝就值这点钱？简直是侮辱。”玛瑙坊坊长——红袍大食老者——将一根紫檀拄杖“笃笃笃”敲得山响。

“对不起，坊长大人。我不是这个意思。那就五百万钱，如何？”豹头环眼胡人大汉急得直摇手。

“你呀，眼界还是低了点。依我说，这件萨珊帝国的宝贝值一千万钱绰绰有余。”红袍大食老者一挥手，十名皮肤黝黑的昆仑奴用托盘捧出了一千万钱。

那口装税金的紫檀木箱随着一阵“叮叮咚咚”的脆响，很快就堆满了金币。

“正使大人，这几天，广州的黄金跌价，平民百姓足不出户就知道大食使团的商舶到港了。”蒲姓蕃长说，“怎么样，趁着广州黄金跌价，赶紧把贵使团商人们携带的珠宝出手以换取黄金，然后好去扬州买丝绸，去长沙石渚买长沙窑瓷器。”

“蕃长大人，是呀，使团在大唐下一个靠泊港就是扬州。”伊本·苏哈答兹说。

“扬州，扬州，那里的丝绸美若天上的云霞……”蒲诃粟若有所思地喃喃自语道。几乎一瞬间，那对黑溜溜的大眼睛泛出了兴奋的光……

扬州：丝绸

公元前1世纪中叶，罗马帝国向东扩张，与安息帝国冲突。

公元前53年秋天，罗马统帅克拉苏率领七个骑兵军团在安息帝国的弗利剌河谷草原与十万安息骑兵发生激战。

双方殊死拼杀大半日，忽然安息骑兵展开上千面鲜艳夺目的军旗，使本已疲惫不堪的罗马骑兵备受惊吓，最终大败。罗马统帅克拉苏被安息骑兵砍成了肉酱。三万罗马骑兵战死，两万被俘。

据考证，在弗利剌河谷草原战役的关键时刻打击罗马骑兵士气，造成罗马骑兵军团全线溃败的安息帝国骑兵军团军旗是丝绸制成的，这是罗马人第一次见到丝绸。

这种比当时任何纺织品都要绚丽的丝绸令罗马皇帝恺撒着迷。恺撒派出间谍潜入安息帝国，很快就弄清楚这些灿若云霞的丝绸来自中国。

中国丝绸无论从陆路还是海路均需经安息商人之手才能运抵地中海之滨的罗马帝国。由于丝绸远比其他织物精美，罗马帝国国内对丝绸的需求量十分巨大，导致罗马帝国国库黄金大量外流。罗马帝国皇帝为了控制丝绸进口，曾于公元297年与萨珊帝国皇帝达成协议，规定丝绸由国家垄断。

这期间，罗马帝国皇帝一直试图掌握丝绸的生产过程，派出大批间谍潜入东方，并悬赏一万金获取丝绸生产的秘密。

终于一位不惧风险，骑着一匹骆驼艰难跋涉一年抵达于阗王国的间谍探听到了制作丝绸的生丝是由一种小昆虫生产的，这种小虫子就是蚕。

然而，罗马皇帝在听了这个间谍的讲述之后，根本不相信丝绸是由一种叫蚕的小昆虫啃食树叶后吐丝所成，认为这个间谍是为了得到赏金而编的瞎话，就下令将这个间谍砍了头。

所以说，罗马帝国在相当长一段时间，都不知道丝绸是由蚕吐生丝织造而成。直到公元641年，萨珊帝国被新崛起的大食国取代，植桑养蚕技术才逐渐传入，但丝绸生产技术并不完善，仍需向当时的大唐购买丝绸。

大唐的丝绸织造业，主要由官府控制。官府作坊分为织纴、组绶、细线、练染等部门，官营的丝织工匠，其技术精湛杰出者，甚至能获得皇帝奖授官位品级的荣誉。官府的丝绸织造作坊，往往拥有500张以上织机，雇佣上千名丝织工匠。

扬州港埠是大唐政府指定的与胡人交易丝绸的港口。

大食国第40次遣唐使团众多的阿拉伯商贾中，有近一半是从事丝绸贸易的，要在扬州大量采购中国丝绸产品。

大食国从大唐进口丝绸，除了用于服饰，还大量用于室内装饰。尤其是巴格达皇宫，皇帝的床罩、窗帘和帷幔都采用丝绸，甚至家具也配有丝绸刺绣的外罩，如桌布、祈祷用的坐垫等。大食国皇帝麦蒙举行大婚典礼之夜，仅巴格达皇宫的夏宫就使用了10万匹中国丝绸做帷幔。

……

公元826年6月初，也就是在伊斯兰教斋月开始的第一个周日，大食舶“黑石号”在阿拉伯商贾的热切期盼中缓缓地驶入扬州港。

大唐时代的扬州港，长江江面宽达2000米，海潮可一直涌到文峰塔脚下。大食舶“黑石号”借着上午的潮水，在扬州港引水员的引领下缓缓驶过瓜洲，徐徐靠上瓜洲渡码头。

大唐鸿胪寺驻扬州的寺丞已在码头迎候。

“正使大人，贵使团驻留扬州的馆驿名叫马头邮亭，在城南，需要换乘小艇走水路。”鸿胪寺寺丞说，“扬州刺史和扬州市舶使两位大人已在馆驿设午宴欢迎大食国第40次遣唐使团。”

“寺丞大人，请通报扬州刺史大人和扬州市舶使大人。”正使伊本·苏哈答兹说，“现在是伊斯兰教斋月，大食国使团的全体人员是不能在白天饮食的。所以，请代我们向扬州刺史大人及扬州市舶使大人表示歉意。使团的全体商人们已迫不及待地要去扬州城里采购灿若云霞的中国丝绸及美丽的中国漆器了。”

“正使大人，扬州的丝绸坊和染坊皆在缎子街，黄金珠宝首饰坊和漆器坊则在翠花街。”鸿胪寺寺丞说，“一会儿，三位使节大人在马头邮亭馆驿与扬州刺史大人及扬州市舶使大人见面茶叙。然后，我会通知朝廷派驻扬州监管丝织业的少府监大人陪同使团去采购丝绸和漆器。”

扬州城里的缎子街，其实是官府和胡商的叫法，扬州本地人称这条街为多子街。据说玄宗皇帝统治的开元元年（公元713年），缎子街上的丝绸商们发现生意每况愈下，究其原因，却是“缎子”一词谐音“断子”，让人们心中产生一些忌讳，没人愿意去这条街买绸缎。也就是在这一年，一位聪明的商人不甘生意的冷淡，借助扬州方言“缎”和“多”音近的特点，将“缎子街”改为“多子街”。时间久了，名气大起来，来这里买绸缎的人络绎不绝，尤其是在逢年过节、新婚嫁娶时，多子街上的生意就更加繁盛。至开元二十九年（公元741年）后，扬州城内新人结婚时，新娘的花轿也要绕道到多子街走一圈，祈求日后多子多福。

大唐时代的扬州城街巷一般都不宽，在3米左右，最窄处仅有70厘米，于是扬州人就有了“一人走路一人让”的俗话。而这些小巷蜿蜒曲折，巷巷相连，又巷巷有别，一走入其中，就好比落入迷阵中，四处碰壁，难辨方位。

大食国的三位使节和翻译樊一、乐进及几十名来购丝绸的阿拉伯商人在扬州少府监大人的陪同下，从马头邮亭馆驿出来，进小东门，穿过有更鼓、铜壶、滴漏的谯楼，循大运河码头而来，折而北，复折而西，再折而南，如一条人蛇，在扬州城迷阵样的街巷中蜿蜒穿行。

街宽处，尽是茶肆。

扬州茶肆，甲于天下。小东门有陆品轩，广储门有雨莲，琼花观巷有文杏园，花园巷有小方壶，皆扬州城中荤茶肆之最盛者。

其中陆品轩的胡饼，开风气之先，且得胡人真传，有糖馅、羊肉馅、干菜馅之分。雨莲以春饼、糟窖馒头和羊肉灌汤包子闻名。文杏园以被称为“鬼蓬头”的烧卖而出名。小方壶则以菜扁食、油旋饼和甑儿糕闻名。

经过这些满是饼香肉香的苑檐荜门，大食使团的一干人等尽管喉头蠕动、口水吞咽，但是仍拒绝了陪同的少府监大人的热情邀请，毕竟斋月期间在太阳落山前不能进食的教规是所有伊斯兰教教徒必须严格遵守的铁律。

还好，过了陆品轩不久，就看见了扬州城最著名的戴家染房。

大唐时代的江南染房盛于扬州。而扬州染色，又以小东门街戴家为最。

大食使团在小东门街戴家预订了如红、桃红、嫩黄、葱根绿、月白和虾青等几种丝绸染样，交了10万匹丝绸漂染的定金。

随后，大食使团在少府监大人的陪同下，来到了多子街。

多子街两边皆绸缎铺。大唐时代扬州的绸缎铺主要做胡人生意，所以，多子街上的绸缎铺有一个特点——几乎家家有净手的水井和伊斯兰教徒礼拜的祈祷空地，以方便胡人在日落时分做礼拜。

绸缎铺销售给胡人客商的大宗丝绸产品有三大类：一类是做帷幔用的丝绸。在大食国，不论宫廷抑或民间百姓，皆喜用帷幔，其主要作用是装饰和隔绝，同时兼具美观和保护隐私之用。帷幔的尺幅较大，需购买整匹丝绸。另一类是做阿拉伯妇女遮面丝巾的丝绸，以素色为佳，也需购买整匹丝绸，运回大食国后再由裁缝裁剪。再一类就是做跪垫用的丝绸。

此次大食国宫廷织络师乐进携带了许多大食国宫廷织绵绸缎纹样。

“少府监大人，此次大食使团要在扬州购买丝绸15万匹，其中素白丝绸5万匹，另10万匹丝绸需染色。”正使伊本·苏哈答兹说，“此外，使团还要购买5万张跪垫，其中1万张跪垫需按大食国宫廷提供的纹样刺绣。”

“正使大人，那4万张跪垫按大唐纹样，多子街上的绸缎铺应该能凑齐现货。”少府监大人面有难色地说，“只是那1万张按大食国宫廷提供纹样刺绣的跪垫很费工夫，短期内绣工难以赶出。”

“噢，少府监大人，使团还要去京城长安朝贡。去朝贡大唐皇帝前，使团还要走水路去长沙石渚订几万件长沙窑瓷器。”正使伊本·苏哈答兹说，“此外，海舶还需在扬州港船坞维修保养，加上等返程的东北季候风，最快也要到明年的10月至12月从扬州港启航，前往马六甲海峡。所以，使团在大唐境内可能会逗留一年多的时间。”

“正使大人，一年多的时间，扬州城内的绣工能将这1万件绣品绣得美轮美奂。”少府监大人说，“当然，保险起见，还请正使大人将大食国宫廷织络师乐进留在扬州监工。”

正使伊本·苏哈答兹点点头说：“乐进就留在扬州监工吧。除了他，还有几百名大食国商人和水手要在扬州逗留。”

“正使大人，好的。我会向鸿胪寺寺丞大人报告，让马头邮亭馆驿好生款待他们。”少府监大人说。

“少府监大人，请你向扬州刺史和扬州市舶使二位大人致谢。只是行程紧，我们打算明天就乘船从扬州大运河码头起航，经长江、洞庭湖、湘江一路航行至长沙，赶去长沙石渚烧制几万件长沙窑瓷器，再北上京城长安朝觐皇帝陛下，然后再由大运河南下扬州港，争取能赶上明年10月至12月的东北季候风，前往马六甲海峡……”正使伊本·苏哈答兹说。

“正使大人，祝你们一路顺风。”少府监大人说。

“谢谢！”正使伊本·苏哈答兹用力地握了一下少府监大人的手。

官船在大运河航行5天，又换乘双桅大帆船在长江航行15天，然后经洞庭湖、湘江航行20天，抵达湘江之滨的长沙石渚时，公元826年的伊斯兰教斋月就已经过去了。

石渚：长沙窑（上）

长沙窑位于大唐湖南道湘江之滨的长沙石渚。

大唐诗人李群玉曾写有《石渚》一诗赞曰：“古岸陶为器，高林尽一焚。焰红湘浦口，烟浊洞庭云……”所以，在大唐时代，长沙窑又被称作“石渚窑”。

在地理上，长沙窑北距长沙属县望城县铜官镇2.5公里，南距长沙城区35公里，故又称为“铜官窑”。

然而，由于石渚濒临湘江，其北面是山，西南环水。山上绿树成荫，沙洲芦苇连片，用于烧瓷窑的燃料十分充足。山间的窑头冲、瓦渣坪、张家坡、蓝岸嘴一带的瓷土蕴藏十分丰富。

舟船可从石渚长驱直入洞庭湖，然后入长江北上，抵扬州，或经大运河将瓷器运往大唐的东、西、北各大商埠，抑或南下入海，将陶瓷器运往异国他乡。因此，长沙窑瓷器成为大唐最著名的外销瓷器之一。

……

长沙刺史收到扬州鸿胪寺寺丞通过邮政信差传递的公函，才知道大食国遣唐使团要烧造五万多件长沙窑瓷器。

扬州鸿胪寺寺丞大人特意在公函中点明石渚窑头冲长沙窑“樊家记”。窑主樊有明是大食使团翻译兼画师樊一的堂弟。

樊一的父亲樊淑在参加唐军攻打大食国军队的怛罗斯战役之前，就是从石渚窑头冲参加唐军的。那时的樊淑就是在长沙窑瓷器上描绘图案的画工。樊淑的亲弟弟就是“樊家记”瓷窑现任窑主樊有明的父亲。

整整75年的漫长岁月，恍若白驹过隙。樊有明的父亲早已过世。父亲临死前，还拉着樊有明的手说，自己在遥远的大食国还有一个亲人，那人叫樊淑，是自己的亲哥哥。

所以，当石渚的里正大人告诉他，长沙刺史大人通知，他的堂哥樊一将作为大食国遣唐使团翻译兼画师陪同大食国使节前来长沙石渚订烧五万多件长沙窑瓷器时，樊有明激动得好几天都无法入睡。

那一日清晨，湘江两岸有鸟嘀咕，声音若有若无。樊有明随长沙刺史大人一行来到江畔时，恰芦苇萧萧，风疾，江水白浪翻滚。一艘双桅大帆船鼓满白色风帆由上游疾驶而来。越驶越近，已能看清来船船头伫立的几位身穿阿拉伯白色袍服、头缠白色丝绸缠头巾的深目高鼻、满脸络腮胡子的大食国遣唐使团使节。

显然，那位身穿阿拉伯白色袍服、头缠白色丝绸缠头巾的唐人模样的中年男子就是樊一。

樊有明就手卷喇叭筒，激动得大叫：“小弟樊有明来接兄长啦！”

石渚：长沙窑（中）

石渚长沙窑瓷器的瓷胎大多呈浅白色、香灰色或青灰色，且有鲜明的大唐南方窑口瓷胎特点。此外，还有一种乳浊白釉瓷器，其胎体呈白色，胎质较细润。

石渚长沙窑瓷器的釉色以单色青釉为主，大约占到长沙窑外销瓷器的一半。器形有碗、碟、杯、高足杯、花口杯、盆、钵、擂钵、盂、缸、盏托、壶、瓶、坛、罐、枕、砚、炉、灯等。另一半的釉色为蓝绿釉、高温铜红釉、褐釉、酱釉、黑釉、乳浊白釉和白釉。其中蓝绿釉又可分为宝石蓝釉、孔雀绿釉和草绿釉三种。宝石蓝色的釉色似湖蓝而不透明，似碧水而不清澈见底，釉质素雅呈蓝宝石状，故称此釉色为宝石蓝釉。孔雀绿釉的呈色不稳定，一种绿釉在青黄釉的覆盖下呈透明的草绿色，另一种绿釉不透明而呈蓝绿色。高温铜红釉有通体红和窑变红。其中窑变红色彩多变，有些接近玫瑰红，有些呈紫红色，有些甚至会呈现出晚霞般瑰丽的红色。

采用绘画装饰是大唐石渚长沙窑瓷器的主要工艺特征。绘画图案包括人物、动物、花草、禽鸟、建筑和抽象图形等。

其中人物绘画有头戴高冠、身穿汉服的古人，类似西晋帝国时期著名的“竹林七贤”；有满头卷发、上缀珠宝的波斯女郎；有身穿袒胸、窄袖胡装的大唐仕女；有头戴汉人冠饰、深目高鼻、八字须的波斯人；有头顶饰三撮毛、身挂围肚兜、手持莲蓬的大唐童子；有肌肉丰满、倒拿大顶或顶缸的力士；亦有垂钓的渔翁、悠然品茶对弈的雅士及醉酒高歌的酒仙等。

动物画有单线白描的怒狮、漫步潜行的斑豹、机警善跑的斑鹿、温顺的山羊、口中衔绶的凤鸟、羽毛华丽的孔雀、戏水的鸳鸯、高飞的大雁、悠然自在的白鹭、芦苇飘荡中的山雀，以及神奇的摩羯图造型和蛟龙等。

花草画有莲花、芙蓉、秋菊、木槿、水仙、菠萝状的花果和不知名的山花、水草图形等。

风景画有孤树、双木、森林、祥云和远山，还有层峦叠翠、疏林雁影、柳絮飘花、荒野僧庐及七级浮屠等。

其他还有一些装饰图形和抽象图形，以追求装饰效果为主，往往将大唐市井百姓现实生活中的景象作图案化处理，将其抽象化。其中有些图案类似剪纸的效果，如飞蝶、蜻蜓、飞蛾及壁虎等。有些追求染缬的效果，如将花朵处理成像波斯地毯几何纹图形的效果；有些用连珠纹组成祥云和莲花图形；有些抽象画则类似行云流水或宝石纹理；等等。

石渚长沙窑瓷器上的书法虽然大部分出自石渚绘画书法匠人之手，但亦有少数精品书法用笔险峻、结构严谨、丰棱挺秀，疑为大家手书。如执壶上的“屋漏不盖，损其梁柱”就有书法家欧阳询《梦奠帖》的笔意。

大唐出了茶圣陆羽，所以石渚长沙窑瓷器也体现出深厚的茶文化。譬如外销的盏、碗、壶类瓷品，就发现题写有“茶碗”“岳麓寺茶碗”“茶盏子”“大茶盒”“镇国茶瓶”等文字。

此外，外销瓷器中，亦发现有酒器。此外还有不少酒器上题有饮酒诗。

当然，石渚长沙窑外销瓷器的灯具种类和数量特别多，其中即有被大食人称作“阿拉丁神灯”的盏式灯，还有杯形灯、盒形灯、匝形吊灯、遮风的聚光灯，以及形形色色的烛台，如瓶形烛台、壶形烛台、羊形烛台、狮形烛台、象形烛台、犀牛烛台、孔雀形烛台、鸟形烛台，以及多种储油瓶及油盒，等等。

此外，石渚长沙窑瓷器中壶的比例极大，且大多数壶会在壶流下以模印贴花的主题纹饰进行装饰，常见模印贴花图案有酱釉双鱼、青釉褐彩双鱼、青釉双鱼、青釉褐彩狮子、酱釉胡人、酱釉葡萄纹、青釉褐彩椰枣纹、酱釉羽叶纹、褐釉忍冬纹等，模印贴花装饰手法与波斯大食金银器在主题纹饰上鎏金的思路一脉相承。

此次，大食国使团订烧的五万多件长沙窑瓷器中，就有数千件瓷灯及烛台。

在樊家记瓷窑，樊一展示了百余种经大食国皇帝麦蒙陛下亲自审核的极具伊斯兰风情的画样。阿拉伯人多处沙漠地带，喜爱绿色植物，所以画样大量绘制了忍冬纹、缠枝花纹、羽叶纹和椰枣纹。胡旋舞人物画样亦占了较大比例，那些纹制精细、栩栩如生的阿拉伯男子的各种舞姿，皆予人以动势和力度美。

亦有大量模式化的狮纹及绘制较为复杂的舞狮和叼花立狮的画样。

此外，“黑石号”沿途停靠狮子国和室利佛逝帝国等盛产热带水果的国家，画师樊一细心地绘画写生这些丰富多彩的热带水果——椰子、木瓜、波罗蜜、芒果和菠萝。这些画样，樊一也积极地提供给堂弟，希望能绘制到订烧的5万多件长沙窑瓷器上。

此外，大食国皇帝还再三叮嘱，此次订烧的大唐石渚长沙窑瓷器画样，一定要用阿拉伯文字书写些《古兰经》、阿拉伯诗歌及名言等。

就在大食使团抵达石渚长沙窑半个月后，交由窑头冲、瓦渣坪、张家坡和蓝岸嘴一带的19家瓷窑生产的五万多件长沙窑外销瓷器，完成了揉泥、拉坯、修坯及阴干成形，进入绘画装饰及模印贴花雕刻阶段。

一天，在樊家记瓷窑的画坯房，樊一就着豆大的油灯苗火光，在一件瓷碗的内壁上用褐彩书写了一行阿拉伯文字“真主保佑”，然后对堂弟樊有明说：“你也在这件瓷碗上写一行大唐文字吧。”

樊有明仔细想了一下，就提竹刀在这件瓷碗的背面刻下了“宝历二年七月十六日”的字样，并在另一件瓷碗的外壁上书写了“湖南道草市石渚盂子有明樊家记”14个遒劲有力的大唐文字。

石渚：长沙窑（下）

石渚长沙窑的19座瓷窑，皆为龙窑。

龙窑的窑炉一般由窑弄、窑篷、窑岭、窑囱四个部分组成。窑的背脊通常被称为窑岭，窑岭上有四个被匣钵盖住的火眼。

火眼分布在窑头、窑身左右和窑尾。窑头的火眼叫“龙眼”，窑身左右的两个火眼叫“腰火眼”，窑尾部的火眼叫“点火眼”。

把桩师傅通过龙眼看火，看窑底下的老土子烧的颜色：颜色发红，温度还不算高；颜色发白，则温度就很高了。师傅通过这个龙眼来观察火的高低，以决定是投松木燃料，还是投蕨棘（俗称凤尾草、狼鸡草）或松枝。松木经久耐烧，温度高而均衡。狼鸡草易燃，且火焰高，其火焰常常冒出烟囱四五米。若同时点火，则火焰升腾，十分壮观。

为了赶制大食使团在石渚长沙窑订烧的5万多件瓷器，石渚19座瓷窑同时点火，熊熊火光映红石渚湖和湘江。

当然，各瓷窑在点火前，通常都要举行祭拜风火神的仪式。大食使团就出席了樊家记瓷窑的祭拜风火神仪式。

就在大食使团抵达石渚长沙窑半个月后的一个上午，樊家记瓷窑的烧窑点火祈祷仪式开始举行。窑主樊有明和众窑工都换了一身干净的新衣服。大食使团的众人也穿上了雪白的阿拉伯丝绸袍服。

仪式开始后，窑主樊有明首先将用黄纸书写的有关为大食国烧造瓷器的窑书向风火神唱告。然后，小伙手（刚满师的徒弟）燃长香。窑主樊有明号令把桩师傅带着拈香行叩礼。大食使团的众人也举高双手向天，而后手平举到与肩齐，一只手手心向上，一只手手背向上，不停地向着风火神灵牌祈祷。烧龙窑的六脚师傅——把桩、驮坯、加表、收兜脚、打杂、小伙手——也拈香行叩礼。

然后，窑主樊有明将点燃的火把郑重地交给伊本·苏哈答兹，请他为樊家记瓷窑点火。在把桩师傅的指引下，正使伊本·苏哈答兹郑重地点燃了窑火。

窑主樊有明为了此次烧制大食使团定烧的瓷器，还特意宰杀了一头黄牛，举办了丰盛的点火宴席。

宴会开始后，伊本·苏哈答兹端起一个褐釉长沙窑茶盏，以茶代酒，祝福道："尊敬的樊有明窑主，尽管大食使团明天就要起程，前往大唐京城长安朝觐，不能目睹贵窑烧成开窑时的那万彩霞光，但半年后，我将在大唐的扬州港埠，亲自为这批石渚长沙窑瓷器的运抵祈求平安。"

长乐驿

大唐时代的驿，简单地说，就是供大唐官员和外国使节住宿并供应他们饭食及出行驿马和驿船的场所。其中重要的有都亭驿、长乐驿、褒城驿、敷水驿、上源驿、陈桥驿等。长乐驿是大唐皇帝设宴送人之处。

大食使团是在宝历二年（公元826年）十二月抵达长安附近的长乐驿的。众人自乘船离开石渚，足足在路上艰难地跋涉了大半年的时间。

长乐驿驿吏姓米，是一位有着胡人血统的穿绿袍衫的大唐六品官员。

“正使大人，欢迎大食国遣唐使团旅居长乐驿。为了表示欢迎，本驿在芙蓉厅设宴为使团接风洗尘。”米姓驿吏十分高兴地说。

“驿吏大人，第二副使蒲诃粟手臂箭伤发作，昨天在来长乐驿的路上发起了高烧。”正使伊本·苏哈答兹说，“请尽快找个医师来给第二副使看病。”

“正使大人，太巧了，太常寺太医署的康医师就在昨天入住长乐驿，他刚从汴州回长安。”米姓驿吏说，“我马上叫他为第二副使大人诊治。”

此刻，蒲诃粟躺在胡床上，脸色潮红，嘴唇乌紫，大汗淋漓，双目紧闭，已烧得有些昏迷了。

康医生从一个医用竹箧里取出针包，拿出数枚银针，分别刺入蒲诃粟头脸及身体的相关穴位，然后逐一轻轻捻动银针。

大约一个时辰，蒲诃粟突然呻吟了一声，随后睁开了那对黑豆子似的大眼睛。

“康医师，你真是神医。”正使伊本·苏哈答兹十分吃惊地说。

“正使大人，第二副使大人右臂的箭伤可能是射入的箭镞沾有毒药，所以会反复发作。”康医师边收起银针边说，“我再给你拿些没药，用水冲服，以达活血散毒之效。”

“康医师，我们明天就要进入京城朝觐大唐皇帝陛下，不知第二副使的身体是否能够支撑？”正使伊本·苏哈答兹不无忧虑地说。

“正使大人，今天戌时，我再来为第二副使大人针灸一次。这样，最迟明天正午，贵使团就可进入京城长安，向鸿胪寺典客署报到了。”康姓医师笑了笑，说。

长安：鸿胪寺

大食国第40次遣唐使团骑乘长乐驿提供的驿马进入长安城的明德门，这一天是宝历二年（公元826年）十二月初一。

马队一共有八匹马，四匹马由三位使节和翻译樊一骑乘，另外四匹马驮着大食国朝贡大唐的贡品。

马队沿朱雀大道北上，至皇城朱雀门左转金光大道，进入布政坊与醴泉坊交界处的鸿胪寺衙门。鸿胪寺寺卿大人和两名分管典客署和司仪署的寺丞大人已在鸿胪寺朱漆大门前迎候。

早在昨天黄昏时分，鸿胪寺寺卿大人就接到了大食国第40次遣唐使团将于今天抵达京城长安的消息。所以，在日出卯时，鸿胪寺寺卿大人就和手下的两位寺丞大人一起早早地来到鸿胪寺衙门门口等候。

"正使大人，我代表大唐敬宗皇帝陛下，对贵使代表大食国麦蒙陛下来大唐朝觐，表示欢迎。"鸿胪寺寺卿大人笑着说，"自玄宗皇帝天宝十年（公元751年）的怛罗斯战役后，大唐和大食国关系恶化，大食国外交使团至大唐朝觐也足足中断了75年之久……令人不胜唏嘘。"

"鸿胪寺寺卿大人说的是呀。怛罗斯战役，尽管大食骑兵侥幸战胜，但是两国的陆上商路及海上商路都不同程度地受到了影响，对喜欢并擅长经商的大食商人的影响尤其巨大。"正使伊本·苏哈答兹说，"麦蒙陛下登基以来，不顾众多大臣的反对，力主恢复对大唐的朝觐，重开两国中断了长达75年之久的商贸之路。"

"正使大人，敬宗皇帝陛下闻知麦蒙陛下再次派出使团前来朝觐，十分高兴。"鸿胪寺寺卿大人说，"特意颁旨大食使团按第一等'蕃望'国待遇。所以，遵照敬宗皇帝陛下的旨意，大食使团住大秦寺礼宾院，给六个月粮。觐见敬宗皇帝陛下的日期是本月初八未时。届时尚有新罗使节、拂菻使节、真腊使节、渤泥国使节及日本遣唐使进宫觐见。朝见敬宗皇帝时的蕃国座位班次，大食国使节排在第一位。"

“鸿胪寺寺卿大人，我代表大食国麦蒙陛下，对大唐敬宗皇帝陛下的美意深表谢意。”正使伊本·苏哈答兹说。

“正使大人，距离觐见敬宗皇帝陛下的日期还有几天时间，三位使节可参观一下醴泉坊的祆寺和大秦寺。那里有胡风胡俗会。”鸿胪寺寺卿大人微笑着说，“当然，由醴泉坊过了金光大道，对面就是繁华热闹的西市，贵使们可以去走走看看。”

“鸿胪寺寺卿大人，听闻京城长安的大食、波斯及西域胡商竟有十万之众。”正使伊本·苏哈答兹说，“离开大食国已经一年多了，我都嘴馋正宗的胡麻饼和毕罗啦……”

长安：胡俗

在大唐京城长安，胡食遍地都是，譬如长安的西市、东市和长兴坊，就有专门的毕罗店。

日本僧人圆仁随日本遣唐使进入长安后，就曾撰写了著名的《入唐求法巡礼行记》，其中关于长安的“胡食”有这样的记载：“开成六年正月六日，立春，命赐胡饼寺粥。时行胡饼，俗家皆然。”

大唐诗人白居易的诗作《寄胡饼与杨万州》中有一句更是众口传知：“胡麻饼样学京都，面脆油香新出炉。”

在长安辅兴坊，一间由大食胡商开设的胡饼店，排队购买胡饼的客人一直排出坊外。

毕罗是一种带馅的面点，起源于波斯、大食，传入大唐的年代稍晚。长安的王公大臣、城市平民，甚至一些游方的和尚，都会去毕罗店吃毕罗。

当然，除了胡饼，长安的胡食中还有被称为“汤饼”的面食，相当于如今的面条。当时的大唐，由波斯、大食传入的汤饼迅速风靡帝国的大江南北。平民百姓在夏天吃的汤饼，被称为“冷淘”，相当于如今的凉面。

除了胡食，来自天竺帝国的馄饨、搭纳（油酥饼）、烤肉片等美食也流入长安街肆。高昌的葡萄酒、波斯的三勒浆、大食的舍儿别及西域的龙膏酒等亦深受长安百姓的喜爱。

长安西市的“酒家胡”和“胡姬”亦是一道绚丽多彩的风景线。所谓酒家胡也就是胡人在京城长安开的酒肆。胡姬则是酒家胡店内的女招待。

胡人开酒肆，皆卖三勒浆一类的酒，是产自西域、波斯、大食的葡萄酿制的葡萄酒。

胡姬在酒家胡除了做女招待，击鼓、行酒令、陪酒客佐饮外，其另一大特点是能歌善舞，乐艺娴熟，可以在胡琴等大食乐器的伴奏下尽情地为酒客表演。

当然，胡服也在大唐广为流行，唐人妇女喜穿窄袖、翻领、对襟，上绣有花纹的袍衫，竖条纹裤、尖皮靴及戴镶珍珠、宝石的花高帽等服饰就是来自波斯、大食的胡服。上至皇后贵族，下至士庶百姓，皆以穿胡服为时尚，来自波斯和天竺的步摇、巾帔等配饰亦成为流行。大唐妇女皆善骑马是受胡俗的影响，骑马的妇女皆用帷帽，且在帽沿下缀一层面纱，亦是沿革大食国妇女的习俗。

此外，还有一种舞马之戏，亦是由大食国传入大唐的胡俗。

大唐的优良马匹皆为购自异域的胡马。

胡马的来源亦十分广泛，东到朝鲜，西至阿拉伯大食国，南至印度天竺帝国，北至西伯利亚，幅员非常广阔。至大唐发生安史之乱，则集中购进大食国优良的阿拉伯马。

大量纯种阿拉伯马通过海路由大食国海商贩运进大唐。

只是可惜，此次大食国第40次遣唐使团在尸罗夫港装载的近百匹纯种阿拉伯马，除了10匹在狮子国被第二副使蒲诃粟用于与拉特纳普勒土王交换红、蓝宝石外，其余的皆在涨海被狂风恶浪卷入大海……

正使伊本·苏哈答兹在大食使团入住长安大秦寺礼宾院之后，仍在嗟叹：“那些贡马，能换取大唐3400匹绢呀。”正使伊本·苏哈答兹喃喃道。

长安：安仁坊

长安城朱雀大道以东第一街的开化、安仁和光福三坊，第二街的长兴、永乐和靖安三坊，以及第三街的宣阳、亲仁、永宁、永崇和昭国五坊，联合形成了长安的高级居住区。

其中的安仁坊和光福坊最为显赫，各住了三位宰相。

安仁坊居住的三位宰相分别是代宗皇帝李豫朝的宰相元载、敬宗皇帝李湛和文宗皇帝李昂朝的宰相元稹和德宗皇帝李适朝的宰相杜佑。

光福坊紧挨安仁坊，也住了三位宰相，分别是中宗皇帝李显朝的宰相窦怀贞、代宗皇帝李豫朝的宰相张献诚和德宗皇帝李适朝的宰相贾耽。

杜环是杜佑长兄之子，自天宝十年（公元751年）在怛罗斯战役中被大食国军队俘虏并押至巴格达居住12年，于宝应元年（公元762年）从尸罗夫港搭乘大食商船返回大唐后，就一直居住于安仁坊杜佑的豪宅，潜心撰写有关大食国的著作《经行记》。

在抵达长安的翌日，三位使节和翻译樊一就骑马前往安仁坊拜访在此独居的杜环。

初冬的长安，没有风，雪落得很轻，很匀，很自由自在。雪落在朱雀大道上不消融，虚虚地积起来，一行马队就踏出了如梨涡似的蹄痕。

安仁坊内，朱门上铺首是一对金光闪闪的波斯狮子的豪宅就是宰相杜佑的故宅。此刻，金色波斯狮子铺首上也虚虚地堆了一层晶亮的白雪。

一位着白色棉袍的须发皆白的九旬老者，拄着金丝楠木豹头拐杖，身板直直地伫立在朱门金色波斯狮子铺首前。是的，这位看上去气度不凡的九旬老者就是杜环。

“杜环伯伯，侄儿樊一代家父樊淑向您行礼。”樊一翻滚下马，立即跪拜在杜环脚下，重重地叩了几个响头。

“你父亲樊淑还任宫廷画师吗？他身体可好？”杜环搀扶起樊一，不禁热泪盈眶，“自我回国，整整过去64年。我记得在尸罗夫港登船时，你父亲樊淑和乐隈等人来送我，他们还是不到20岁的年轻人。”

“我父亲也将八旬了，身体还算硬朗。杜环伯伯，侄儿这次和乐隈叔叔的儿子乐进作为大食国使团翻译随使团出使大唐。只是遗憾，乐进留在扬州督造丝绸，不能前来长安。乐进也特意托我代表他父亲乐隈向杜环伯伯致意。”樊一说完，再次向杜环下跪叩拜，起身后方向杜环介绍道，“杜环伯伯，这是大食国遣唐使团的三位使节：正使伊本·苏哈答兹，第一副使蒲末罗和第二副使蒲诃粟。其中第一副使是第二副使的父亲。”

杜环一一与三位使节行礼，随后引众人入客厅就座。

客厅摆了一盆炭火，散了蔷薇水和冰脑，一阵阵清香随着热气升腾，满室幽香。三位使节和樊一在围着炭火的一圈金丝楠木胡床坐下。

杜环又命仆人准备了茶和果品。茶是顾渚紫笋茶，果品则有柿饼、红枣及葡萄干。

“这葡萄干是产自大食尸罗夫港希拉乌山谷的葡萄品种，我乘船离开该港时携回。葡萄种子就在这座老宅花园栽种了64年，年年结果，摘下的葡萄晒成干，是我冬天最佳的佐茶果品。”杜环丢了一粒紫红色的葡萄干入口，用仅剩的几颗牙慢慢咀嚼，“三位使节，对长安印象怎样？”“杜环阿訇，使团昨天才抵长安。今天一早骑马在金光大道和朱雀大道行走了一下，感觉长安人口不多，似乎不会超过巴格达的人口，并不如传说中的规模。”正使伊本·苏哈答兹眉毛一挑，说。

“正使大人，巴格达有多少万人口？”杜环说。

“杜环阿訇，您64年前离开巴格达时，人口不足10万。今天的巴格达已拥有50万常住居民。”正使伊本·苏哈答兹有些得意地说。

“正使大人，你想象不到，今天的长安是一个拥有110万常住人口的繁华大都市。”杜环脸上溢着颇为自豪的光彩，说。

“啊——”正使伊本·苏哈答兹面露惊讶疑惑之色。

“正使大人，你若不信，我可以给你一一细数长安人口。”杜环笑了笑，说，“第一，大唐每一户的人口，都不少于10人。太宗皇帝统治的贞观年间，长安共有8万户，而每一户人口以10人来计算，则长安的人口总数，就已经有80万人之多。宪宗皇帝元和十五年（公元820年）户部统计长安人口总数，已在110万人以上，也就是说，长安人口总数增加了30万人。这增加的30万人来源相当复杂：首先是守卫长安的神策军有12万人。其次是两种本来不是长安居民的大唐人，其中一种叫流寓人，就是暂住长安的外乡人，这类人多数是来长安经商的，也有一些是来长安做工的，有2万人；还有一种是寄寓人，就是从大唐别处到长安短期居留的外乡人，一般而言，寄寓人多半是到长安参加进士考试的考生及仆人有1.2万人。也就是说，流寓加上寄寓，一共有3.2万人。此外，长安寺院僧尼人口有4万人，分布在158座佛教寺院中，其中较大的慈恩寺，一间寺院就有僧人加寺奴500人。长安类似慈恩寺这样的大型寺院有4座。如此，神策军士兵加上流寓人与寄寓人以及寺院僧人与寺奴，这几类人总数已有19.2万人。剩下的10万多人，就是客居长安经商的胡人。据敬宗皇帝宝历元年（公元825年）户部最新统计，长安波斯人和大食人居然有8万人之多。”

“杜环阿訇，我有一个疑虑，12万军队如何能保卫长安近百万居民？”正使伊本·苏哈答兹眉毛又一挑，说，“就是巴格达那样的50万人城市，也是30万军队保卫20万巴格达居民。”

“正使大人，巴格达城地处幼发拉底河与底格里斯河交汇形成的冲积平原，无天险可倚，用30万骑兵保卫巴格达城的20万居民便是再正常不过的事情了。”杜环又笑了笑，说，“长安则不同，城市处于丘陵平原，有潼关天险可倚。12万神策军，有5万驻守潼关，真正用于保卫京城长安百万居民的仅仅是7万能征善战的神策军骑兵。”

“杜环阿訇，能征善战的大唐骑兵，恐怕言过其实。”正使伊本·苏哈答兹表情轻蔑地笑了笑，说，“如果大唐骑兵真的能征善战，何来大唐军队的怛罗斯之败？杜环阿訇又怎能成了大食国军队的俘虏？”

“正使大人，怛罗斯之败，其实是大唐对中亚的友好政策出现了波折。玄宗皇帝统治的天宝九年（公元750年），安西节度使左武卫大将军高仙芝俘斩中亚石国国王，杀其老弱，掳掠黄金、良马、宝玉等财宝。石国王子乃乞兵大食。大食骑兵与大唐骑兵在怛罗斯展开大会战，双方各有10万骑兵，相持数日。在激战的第四天，大唐骑兵侧翼之葛逻禄部叛变，4万葛逻禄骑兵助10万大食骑兵夹击高仙芝。14万骑兵对6万骑兵，这才导致大唐军队在怛罗斯战败。左武卫大将军高仙芝逃回唐境，我也随近3万大唐官兵被俘至大食国并在巴格达逗留12年。当然，这也使我有幸了解大食的风土人情及军政民俗，乘船回归大唐后，才能潜心撰写出有关大食的书籍《经行记》。”杜环笑了笑，说，“当然，在左武卫大将军高仙芝战败不久，大唐在与大食的中亚争雄中仍保持着良好的声望。玄宗皇帝天宝十一年（公元752年）正月，大唐相继册封骨咄国王、石国国王、曹国国王。大唐在中亚及西域仍享有很高的威望，毗邻葱岭以西诸国甚至和大唐境内边疆诸民族一样，乐于接受大唐皇帝的调遣。至敬宗皇帝统治的宝历二年（公元826年）止，大唐对外大规模用兵只有三次：一次是贞观二十二年（公元648年），太宗皇帝遣王玄策出使天竺，恰逢天竺皇帝尸罗逸多去世，其大臣那伏帝阿罗那顺乘机发动政变废黜皇太子，自立为皇帝，同时发兵大唐使节王玄策。王玄策从骑仅数十，与天竺骑兵死战皆没，唯王玄策骑马逃奔吐蕃，檄召土蕃骑兵千人和泥婆罗骑兵七千人进攻天竺，激战三日，大破茶傅和罗城，斩首天竺军三千级，溺死万人。东天竺王尸鸠摩送牛马三万及弓、刀、珍宝、璎珞以充物资。王玄策擒那伏帝阿罗那顺献于阙下。第二次是大唐出兵攻打高丽。第三次就是与大食的怛罗斯之战。大唐自怛罗斯战败，与大食的陆上丝绸之路就彻底断绝。从整体上看，大食商人与大唐的贸易虽由陆路转为海路，大批大食海舶泛海来唐进行种种商贸，但是，怛罗斯之败，大唐与大食的关系急转直下，对大食商人产生巨大的不良影响。其实，大唐除了与天竺、高丽和大食的三次战争，其中大唐还曾应高丽国王之请，出兵协助高丽击退日本的入侵。大唐对泥婆罗、波斯、日本及室利佛逝帝国和渤泥国等南海诸国，都没有使用过武力。诸国与大唐的关系是非常友好的。大唐历任皇帝也一贯秉持对外友好及开放政策。况且，大食与大唐官方不通音讯已达76年之久，对大食商人与大唐的贸易损害巨大。所以，大食的有识之士早就呼吁大食皇帝陛下恢复与大唐的官方交往。今天，大食第40次遣唐使团来长安，这实是一件可喜可贺之事。我希望正使大人能本着一颗友善之心，对大唐保有一种尊重的态度，那么大食使团一定会在长安获得丰厚的回馈。”

“我一定牢记前辈的肺腑之言。谢谢杜环阿訇的教诲。”正使伊本·苏哈答兹端起茶盏，呷了一口茶，说，“听说大唐政府在与大食国断绝邦交之后，仍厚待滞留长安的大食人，真有这事吗？”

“正使大人，的确是这样。大唐立国之初，太宗皇帝就制定并执行对外开放政策。150余年来，滞留长安的波斯人、大食人，也能参加大唐政府举办的科举考试并且得以中举做官。波斯人、大食人、突厥人、高丽人、靺鞨人、铁勒人及来自西域的九姓诸国胡人都能在大唐朝廷做官，甚至做大将军。譬如指挥10万骑兵在怛罗斯战役作战失败的左武卫大将军高仙芝就是高丽人，而剖腹自杀明志拯救李唐皇族的安金藏就是有着大食血统的西域九姓诸国之安国人。”杜环说，“正使大人，安金藏的故居就在醴泉坊，离正使大人下榻的大秦寺礼宾院不远。如果明天天气好，雪停了，我可以陪正使大人一起去瞻仰一下安金藏故居，还可以去直冲云霄的大雁塔及繁华的西市转转。”

“杜环阿訇，明日辰时，我亲自来接您，一起吃早餐，然后一起去瞻仰醴泉坊的安金藏义士的故居。”正使伊本·苏哈答兹欣喜地说，“我在巴格达皇宫任掌玺副大臣时，就知道大唐有一位胡人义士曾剖腹明志，拯救了李唐皇族，是大唐李姓皇族的大恩人。只是没想到，这位义士竟有大食血统，真是我们大食人的光荣。”

长安：醴泉坊

据大唐地理学家韦述撰写的地理著作《两京新记》记载，长安各坊位置的排列顺序是以京城朱雀大街为计算起点，朱雀大街街西，自北向南之第四坊即为醴泉坊。

醴泉坊南隔金光门大街与西市相望；东南两侧则分别隔景曜门街和光化门街与街东之布政坊和街西之居德坊相邻；北面隔顺义门街与金城坊相对。

醴泉坊四面以夯土坊墙围绕，每侧坊墙中部各开一门。坊内有十字街通向四面的坊门，街道宽约15米。

醴泉坊西北有醴泉寺，该寺在贞元三年（公元787年）至元和十五年（公元820年）之间曾经有过一段辉煌的时光——作为京城长安六大密教寺院之一，奉敕设灌顶坛。

来自西域的利言大德、般若三藏、牟尼室三藏，以及唐僧超悟、思维、慧澄、从贺、文苑、惠果、宗颖等高僧先后住醴泉寺译经和讲学。其间，来自日本的空海、灵仙、圆仁等人曾先后前往醴泉寺向高僧大德请教密宗并学习梵文及婆罗门教。

醴泉坊西南有三洞女冠观和妙胜尼寺，人数多达500人。

醴泉坊东南或许是醴泉坊最为热闹之地，该区域有著名的波斯胡寺。公元651年，波斯萨珊帝国被新崛起的大食国所灭，末代皇帝叶兹底格德三世的皇太子卑路斯流亡至吐火罗，随后于公元674年进入大唐组建流亡政府。

公元677年，波斯萨珊帝国末代皇太子卑路斯奏请大唐高宗皇帝批准，于京城长安醴泉坊东南设置波斯胡寺。卑路斯被高宗皇帝授予右武卫大将军，两年后客死长安。随着大食国政权日益巩固，波斯萨珊流亡政府亦烟消云散。波斯胡寺亦于公元709年被权倾一时的幸臣宗楚客强占，改建为华丽无比的宗楚客府邸。

公元710年，宗楚客被诛，其府邸被随后登基的玄宗皇帝李隆基赐给了他的二哥——申王李扮。

渭水入长安城，亦从金光门东流入城，在醴泉坊申王府前兜个弯，流入西市西街置潭，潭周贮林木。申王府前溪水的正对面，就是号称“烈士台”的安金藏府邸。

由于穿行醴泉坊的数条溪水皆已结了很厚的冰，大食使团在杜环的引领下前来醴泉坊凭吊安金藏的故居“烈士台”时，乘坐了一辆由鸿胪寺提供的马拉冰爬犁。伊本·苏哈答兹搀扶杜环下了冰爬犁，蒲末罗将杜环的金丝楠木豹头拐杖递到杜环手上，一行人小心翼翼地涉过冰冻的溪面，来到安金藏的故居。

这是一个狭长的四合院，正中轴线从南到北分别排列着大门、亭、中堂、后院、正寝；东西两厢各有三处廊屋；后院中还有假山。

朱漆大门处设有门屏。门屏上是石雕的三个大字：烈士台。这三个字竟然是玄宗皇帝李隆基御书御赐。

“杜环阿訇，玄宗皇帝为什么要为安金藏题赐‘烈士台’三个字呢？”正使伊本·苏哈答兹好奇地问道。

“正使大人，‘烈士台’三个字由玄宗皇帝亲笔题赐给安金藏义士，这里面是有一个可歌可泣的悲壮故事的。容我慢慢细说给你们听。”杜环表情严肃，缓缓地说，“大唐载初元年（公元690年），武则天临朝称帝，唐睿宗李旦为东宫太子。武则天一心打击李姓宗室，许多官员因私下拜见李旦而获罪，安金藏等乐舞艺人才能侍奉在李旦左右。不久，太子李旦被人诬告谋反，武则天下诏命酷吏来俊臣查处此事。来俊臣刑讯逼供，太子身边的人害怕被施以酷刑，皆承认罪名，只有安金藏毫不畏惧。为给太子洗脱罪名，安金藏说：‘不相信我的话，我只有剖心来证明太子没有谋反。’说完，拔出佩刀刺入腹中，血流到地上。武则天听说此事，大为吃惊，命人将安金藏抬到宫中诊治。太医以桑白皮为线缝合，敷之以药。过了一宿，他竟然奇迹般苏醒过来。武则天亲临探视，感叹地说：‘太子有冤，自己却不能辩白，反而让你为他洗脱罪名，太子不如你忠诚呀！’随即下诏终止案件审理，李旦因此幸免于难。李旦即位后，为感激安金藏当初舍身相救之恩，将他擢升为右武卫中郎将。睿宗皇帝李旦的三子玄宗皇帝李隆基于开元二十年（公元732年）又特封安金藏为代国公，并在长安城最繁华的醴泉坊赐给安金藏一处豪宅作为府邸，号‘烈士台’。玄宗亲笔御赐‘烈士台’三字，并在随御字下发的诏书中称安金藏为李唐皇族的恩人。三年后，安金藏在烈士台寿终，玄宗皇帝又追封安金藏为兵部尚书。下制褒美，追思安金藏忠节。”

“杜环阿訇，安金藏不光是大唐李氏皇族的恩人，也是我们大食国的英雄。”正使伊本·苏哈答兹泪流满面，嗫嚅道。

突然，一只黑羽白花的大鸟飞落在门屏上。“正使大人，这只大鸟叫喜鹊。大唐俗语，喜鹊到，好事来。”杜环笑了笑，说。杜环话音未落，这只喜鹊就“叽叽喳喳”地叫了几声，振翅朝长安西市的方向飞去。

“正使大人，喜鹊鸟飞向西市，西市一定有喜事等着大食使团。”杜环举起金丝楠木豹头拐杖，朝西市方向指了指，“走，正使大人，我陪你们到西市逛逛。”

大食使团在杜环的陪同下，逛了西市，购买了三件巩县窑产的唐青花瓷碟，然后穿过西市南门，经过延康坊、光化坊和丰乐坊，来到了朱雀大道。朱雀大道是长安最宽敞笔直的一条大街，往北，通往皇城朱雀门；往南，出了明德门不远，就是巍峨的大雁塔。

未时的太阳白亮亮的，天干冷干冷的，人一呼吸好像从嘴里往外冒烟似的。然而，朱雀大道上却人流如织，热闹哄哄，这全是要过年的缘故。

众人一进入朱雀大道，立即就感受到了那种要过年的热闹气氛。

突然，如织的人流恍若被一道犁从泥土中犁开两道一般，人流如潮水似的退向大道两旁，险些将杜环撞倒，好在伊本·苏哈答兹眼明手快，一把扶住了杜环。

“避道啦！避道啦！”一个戴绿皮戗金盔、穿描银甲的皇家羽林的旗校，骑在一匹枣红色的西域宝马上，手持一面绣着金色团龙的红旗，一边纵马奔驰，一边锐声大叫。

朱雀大道上的人群霎时噤了声，黑压压地跪在朱雀大道两旁。

“正使大人，大唐皇帝陛下要来啦。”杜环拉了拉伊本·苏哈答兹的衣袖，随后就放下拐杖，颤巍巍地跪在了道旁。

大食使团翻译樊一也跪在了道旁。只有伊本·苏哈答兹、蒲末罗和蒲诃粟三人兀自直立，犹如大海退潮显露出的三块礁石，特别显眼。

擎旗皇家羽林的旗校纵马急驰过后，又是一百名骑马的羽林校尉，将一名头戴黄金武弁冠、着黄金锁子甲、佩鹿卢玉具剑、骑汗血宝马的英俊少年紧紧护卫在马队中间，风驰电掣般朝朱雀大道以北的皇城朱雀门急驰而去。

“正使大人，”杜环抬头看了一眼渐渐远去的背影，喃喃说道，“这就是大唐敬宗皇帝陛下。”

长安：皇宫·紫宸门外

宝历二年（公元826年）十二月初八，一列马队在京城长安那结了冰的金光大道的御道上走着。

马队有五匹马，骑乘在马上的是大食国使团正使伊本·苏哈答兹、第一副使蒲末罗、第二副使蒲诃粟及使团翻译樊一。另一匹骏马上骑乘的是鸿胪寺分管典客署和司仪署的寺丞大人。寺丞大人祖上来自西域的九姓诸国之米国，是粟特胡人定居大唐长安的第三代。

昨日酉时，宰相裴度通过中书门下省指示鸿胪寺，明日卯时日出时分，敬宗皇帝陛下早朝时在皇宫紫宸殿召见大食国、天竺帝国、狮子国、室利佛逝帝国、诃陵国、渤泥王国、真腊国、琉球国、溜山国、日本国及新罗王国使团。宰相裴度特别交代鸿胪寺，安排大食国使团第一个朝贡觐见。

此刻，马队行进在结了冰的金光大道的御道上，马蹄叩着冰面，脆而响。人们将脑袋深深地缩在衣领里，脑袋晃一下，一股热气就瞬间化作一道白烟，袅袅地在头顶腾起。唯有伊本·苏哈答兹昂首挺胸地端坐在马鞍上，那对栗色眸子充满了兴奋之光。

大食使团成员仍旧穿着鸿胪寺配发的绿色棉袍，头戴压耳帽子。只有伊本·苏哈答兹多披了一件红色大氅。

此刻，伊本·苏哈答兹随着阿拉伯骏马小步行进特有的节奏，从怀中掏出一个大约一尺长的黄金错银镶红蓝宝石的黄金管籥，查看缄封是否完好——这其中藏着的是大食国皇帝致大唐皇帝的国书。

马队由金光大道转入朱雀大道，在引路的鸿胪寺米姓寺丞朝守卫神策军禁军士兵亮出鸿胪寺引领外国使节专用的黄金双鱼腰牌后，大食国使团下马步行进入朱雀门，缓步穿过皇城汉白玉道，进入戒备森严的太极宫的承天门。

承天门左右各有一个朝房，在右朝房门前迎候的是鸿胪寺寺卿和两名分管典客署及司仪署的寺丞。

“正使大人，请在朝房更衣。”鸿胪寺寺卿大人说，“更衣后，大食使团将在紫宸门外与早朝的大臣们一起恭候在丹陛阙下。敬宗皇帝陛下将在早朝时第一个召见大食国朝贡使团。”

“尊敬的鸿胪寺寺卿大人，使团全体将换装大食国官员正装朝贡觐见。”正使伊本·苏哈答兹表情肃然地说。

换装完毕，鸿胪寺寺卿大人引领大食使团步行穿过太极宫御道，经玄福门，过了大明宫前富丽堂皇的大牌坊，就来到了横跨太液池的七孔拱券式玉带桥。

玉带桥的栏板上均为平顶方形的覆莲柱头望柱，整个桥身如一条玉带，洁白无瑕。太液池已结了厚厚的冰，极目眺望，大明宫银装素裹，一片妖娆。

登上含元殿前的几十级汉白玉石阶，又穿过含元殿，就来到了城墙围护的一大片城台，城台中央是一座建在汉白玉城台上的黄琉璃筒瓦、垂檐歇山顶的方形大殿。这就是紫宸殿。

鸿胪寺寺卿将大食使团引领至紫宸门外的丹陛阙下时，宰相裴度、吏部尚书崔从、御史大夫兼京兆尹刘栖楚等数十位大臣已在此恭候。

紧挨大食国使团的是琉球王国使节。两位琉球王国使节紧挨大食国第二副使蒲诃粟之后，刚刚站定，恰一阵寒风拂过，使节头巾上吊着的小球在寒风中飘来荡去，相当滑稽有趣。蒲诃粟一见这滑稽有趣的一幕，就“嘻嘻”地笑了起来。

伊本·苏哈答兹回首瞪了他一眼，蒲诃粟立马噤了声，朝两位琉球王国使节扮了个鬼脸，就转身朝紫宸殿的方向站好，肃立静候。

辰时，一抹蔷薇色的光低低浮在紫宸殿垂檐歇山顶上，左右横斜着。几乎一瞬间，整个紫宸殿及偌大的宫殿群就苏醒了。

外国使团及早朝的大臣们在凄冷的寒风中空腹伫立已达一个时辰，已有人开始跺脚搓手来取暖了。

突然，一阵急促而嘈杂的马蹄声伴随着“砰砰”的奇怪声响由紫宸殿后传来。

“正使大人”，蒲诃粟悄声说，“宫殿后面应该是有人在打马球。”

伊本·苏哈答兹侧耳细听了一会儿，果断地说：“能在皇宫中打马球的，这人一定是敬宗皇帝陛下。”

此刻，曙光如鲜花般绽放，朝阳喷彩，霞光万斛，天宇熔金。一个穿绯袍的五品太监匆匆由紫宸殿出来，小步跑下汉白玉丹陛，与排在第一位的大臣低语了几句。随后，这位大臣就随太监匆匆进入紫宸殿。

“正使大人，这位就是大唐宰相裴度。”翻译樊一在正使伊本·苏哈答兹耳畔轻声说。翻译樊一话音刚落，紫宸殿中走出了一位由两位太监搀扶的满脸是血的击球军将。

“正使大人，”第二副使蒲诃粟悄声说，“这位一定是被马球击中面部而受伤。”

“打马球，碎首折臂是常事，不要大惊小怪。”正使伊本·苏哈答兹又瞪了一眼蒲诃粟。蒲诃粟调皮地吐了下舌头，噤声肃立。

太阳越升越高，金色阳光洒遍整个皇宫。辰时末，一位五品太监由紫宸殿中走出，缓步来到丹陛阙下，扯着公鸭嗓喊道：“皇帝陛下巳时在紫宸殿召见大食国遣唐朝贡使团！”

长安：皇宫·紫宸殿

巳时的阳光像水晶一般明丽、和暖。从紫宸殿后传来音乐声和人的吆喝声，说明敬宗皇帝快要驾到了。

果然，大食国遣唐使团刚登上汉白玉的丹陛阶石时，皇帝从紫宸殿后的宫殿群中出来了。

敬宗皇帝坐在一个无盖的肩舆中，由十六名穿绿袍的七品太监抬着，舆后有多名神策军警卫执事手执明黄色伞盖及红色朱雀旗，再后是太常寺协律郎和奉礼郎率领的礼乐队伍。

一名穿紫袍的四品大太监随侍在肩舆之侧，手托着一个黄金盘，盘中放着一叠冒着热气的白色棉巾。大太监一片一片地将白色棉巾递给敬宗皇帝。敬宗皇帝就一路擦拭流着热汗的脸庞。

皇帝进入紫宸殿以后，拾级而上，坐上金龙宝座。才一坐定，群臣立刻上前三跪九拜，高呼：“皇帝陛下万岁万万岁！”

大食国遣唐朝贡使团进入紫宸殿，走至御座左首时，正使伊本·苏哈答兹、第一副使蒲末罗和第二副使蒲诃粟却侍立在侧，不跪不拜。只有使团翻译樊一三跪九拜，高呼：“大唐皇帝陛下万岁万万岁！”

“大食使节，见我大唐皇帝陛下，为何不跪不拜？”宰相裴度手持象牙笏板，厉声说，“鸿胪寺寺卿大人，凡入大唐之外国使臣，在朝见大唐皇帝时必须按照大唐规定的礼仪行事。难道说鸿胪寺没有教授大食使团以谒见皇帝的礼仪吗？”

“裴度大人，鸿胪寺按规定对大食使团讲解了谒见皇帝陛下的礼仪，但大食使团言，朝见皇帝陛下唯平立不拜，此乃大食国的习俗。”鸿胪寺寺卿喃喃道。

“朕查典籍，开元初，大食遣使来朝。谒见玄宗皇帝时，大食使节唯平立不拜。”敬宗皇帝说，“何况大食与大唐自天宝十年（公元751年）怛罗斯战役后，已有76年未曾往来，此次大食使团前来大唐朝贡觐见，理应欢迎，就不要拘泥于小节。”

宰相裴度闻敬宗皇帝圣言，就手持象牙笏板，朝敬宗皇帝点点头，然后退回朝班。

大食使团翻译樊一将敬宗皇帝这番话翻译给伊本·苏哈答兹听，伊本·苏哈答兹深受感动，就双手交叉于胸前，用大食礼节朝敬宗皇帝鞠躬致意。礼毕，伊本·苏哈答兹从怀中掏出黄金管籥，双手高高举于头顶，朗声说道：“大食国麦蒙陛下致大唐皇帝陛下的国书。”

在敬宗皇帝点头示意下，太监缓步取过来并恭敬地呈递给敬宗皇帝。

敬宗皇帝亲手接过，并不启阅，随手放在旁边，对正使伊本·苏哈答兹说：“贵国皇帝派遣使臣携带国书和礼物前来，朕非常高兴。朕愿意向贵国皇帝表示同样的心意，愿两国臣民永远和好。”

“皇帝陛下，本来大食使团除了国礼清单上登记的礼品外，尚载有100匹阿拉伯骏马献给大唐皇帝作打马球及舞马表演之用。可惜，在使团所乘商船经涨海时遭遇猛烈风暴，为避免船舶沉没，就忍痛将牛、马、骆驼、绵羊等牲畜推落大海。”正使伊本·苏哈答兹表情遗憾地说。

许久，敬宗皇帝才悠悠地说：“朕听说大食皇帝极喜欢观赏舞马表演，有这回事吗？”

“尊贵的大唐皇帝陛下，大食国自乌马儿大帝时期就流行舞马表演。此后的黑沙姆陛下、满速儿陛下及哈伦·拉施德陛下，当然，还有当今的麦蒙陛下皆极喜欢观赏舞马表演。”正使伊本·苏哈答兹说。

“朕听说舞马表演始于大食。宫廷档案记载高宗皇帝永徽二年（公元651年），大食遣使进贡大食骏马百匹。朕原以为百匹大食骏马是用于作战的战马，今天才知道是用于表演的舞马和用于打马球的骏马。”敬宗皇帝兴奋地说，“大唐宫廷舞马表演，以朕的远祖玄宗皇帝开元和天宝年间最盛。每逢千秋节或朝廷宴会，必以舞马表演助兴。玄宗朝中书令张说曾撰《舞马千秋万岁乐府词》，将舞马的精彩表演描绘得淋漓尽致。朕依稀还能背诵这首诗词：‘圣皇至德与天齐，天马来仪自海西。腕足徐行拜两膝，繁骄不进踏千蹄。髤髵奋鬣时蹲踏，鼓怒骧身忽上跻。更有衔杯终宴曲，垂头掉尾醉如泥。’朕今日始知张说诗词中的‘天马来仪自海西’，所指的海西，当是浩瀚大海以西的大食国呀。”

“陛下所言极是，大食国出产‘天马’。大食骏马除了骑乘作战可日行八百里之外，尚可训练出优秀舞马及打马球的骏马。”正使伊本·苏哈答兹说，“下次臣再出使大唐，一定会为大唐皇帝陛下朝贡百匹优质舞马及打马球的骏马。”

“大食国皇帝也打马球吗？”敬宗皇帝面带微笑，十分高兴地说。

“大食国乌马儿大帝、满速儿大帝，还有当今麦蒙陛下，都是打马球的高手。”正使伊本·苏哈答兹也有些兴奋地说。

“朕也是打马球的高手。”敬宗皇帝兴奋地说，“朕的远祖玄宗皇帝、宪宗皇帝及朕的父皇穆宗皇帝都极喜打马球。但论打马球的技艺，据皇宫的老太监们讲，朕的球技直追远祖玄宗皇帝。”

“尊敬的大唐皇帝陛下，打马球在大食国，谓之‘击波罗球’，球杖为乌檀木，长数尺，杖头曲似初月。球则为锦绣包裹海椰子。巴格达皇宫内球场宽大。击打马球前，太监会往球场洒橄榄油和蔷薇露，使马球场光滑溢香。球门为一木板，板心挖一圆洞，后以棕榈绳结网，立于球场。练习赛只设一个球门。正式的打马球比赛会设两个球门。所乘骏马，马尾会打结或剪短，以防马尾相互缠绕。比赛分两队，每队各十名马球手。亦有裁判一人骑马在球场内驰骋。马球被击射进门则为胜一局，十局为一场。凡击打马球，皇帝会设赏格。臣下也常陪皇帝陛下打马球，亦常因击球入网而获得皇帝陛下赏赐的黄金和珠宝。”正使伊本·苏哈答兹兴奋地说。

“大食使节何时启程回国？”敬宗皇帝问道。

“禀告大唐皇帝陛下，臣下明天就要离开长安，赶赴扬州港。臣下要赶上南下的东北季候风，乘船返国。”正使伊本·苏哈答兹说。

“朕今天接见完各国使节，还要去猎狐。不能与大食使节在马球场上切磋一下球技，朕感到非常遗憾。”敬宗皇帝的脸上闪过一丝遗憾之色。

“尊敬的大唐皇帝陛下，臣下次出使大唐，除了会朝贡百匹阿拉伯骏马之外，一定陪皇帝陛下打上几场马球，切磋球技。”正使伊本·苏哈答兹高兴地说。

“大食使节，一言为定。朕等着那一天。”敬宗皇帝十分高兴地说，“重赏大食国使节。”

“大食国使节听旨。”敬宗皇帝御座前侍立的四品太监手执圣旨徐徐展开，扯着公鸭嗓子大声说，“赏赐大食国使节大唐皇家大盈库专烧的‘盈’字款白釉绿彩瓷器及‘进奉’款白釉绿彩瓷器各百件，合共两百件皇家大盈库专烧皇家御用白釉绿彩瓷器。钦此。”

“谢大唐皇帝陛下！”正使伊本·苏哈答兹率领第一副使蒲末罗和第二副使蒲诃粟皆双手抚胸，朝敬宗皇帝深深鞠躬致谢……

长安：皇宫·鱼藻宫

戌时的月亮，是满满圆圆的那种，就如一面玉镜儿，悬在中天。

夜空亮了，云朵淡了，整个大明宫群也就浮起一层虚幻的白光，含元殿、麟德殿、含光殿皆朦胧而又安静，虚空而又平和。

唯有鱼藻宫纸糊的窗户里豆大的油灯亮着，有众多的人影映在窗纸上，忽大忽小，忽聚忽散。

鱼藻宫位于海池之畔，是敬宗皇帝观龙舟竞渡之处。敬宗皇帝每在夜晚猎狐之后，都会莅临鱼藻宫与亲信的太监和击球军将们饮酒作乐。

亥时，一朵硕大的乌云就黑压压地遮住了月亮。寒风吹动着落光叶子的树木，在漆黑的霜夜里绕着灯火红亮的鱼藻宫飞旋狂舞。

倏忽间，鱼藻宫的灯火瞬间熄灭。随即，一声脆脆的充满恐惧的少年之声划破漆黑的夜空："救命啊——"

鱼藻宫的灯火又亮了，人之影却变得诡异，在纸糊的宫窗上忽大忽小，忽长忽短，又影影绰绰地快速移动，随即一声公鸭嗓音锐叫起来："皇帝驾崩啦——"

长安：朱雀大道·明德门

明德门是长安城的正门，建于隋帝国炀帝杨广统治的大业九年（公元613年）。其高两丈五尺，青砖垒砌，基座是高大的汉白玉石墩台，台正面以垛墙围绕，后面砌宇墙。

汉白玉礅台正中有三门。三门皆漆朱漆，门上有镏金铜狮铺首和九排镏金鼓钉。三门正面皆呈长方形，后为券形，墩台上建望楼三座，皆围以汉白玉栏杆。

主望楼面阔九间，重檐庑殿顶，其余二楼为重檐攒尖顶。金黄色琉璃瓦与彩画交相辉映，气势巍峨。

长安的城门郎共有四人，官阶都是从六品。四位官员同时担任城门郎，可能是由于负责长安的宫城、皇城与郭城城门的关闭与开启，工作量是相当大的。

开门与关门的门钥是要存放在宫城里的。每次从宫里把钥匙领出来，都要送给城门郎签收。门钥使用完毕，城门郎需签注，钥匙才能缴回宫城。

专门负责运送明德门、安化门、启夏门及皇城各门及皇城各殿之殿门门钥的人，在编制上就有八百人。这八百人又分成上下两班。所谓上下班，大概分指白班和夜班。每班人数各有四百人。

八百人来往不停地运送门钥，城门郎在开关城门、宫门及殿门后，也要不停地签收或签缴，工作十分繁忙。尤其是长安城的主城门明德门的开启与关闭，更不敢怠慢。

明德门与皇城朱雀门之间，就是一条宽阔笔直的朱雀大道。

宝历二年（公元826年）十二月九日卯时，长安城仍在沉睡中。唯有一抹蔷薇色的光，低低浮在巍峨的青色城墙上，且左右横斜着。

负责开明德门锁的六品城门郎及一队左神策军士兵，忍着深冬的寒冷，在汉白玉石墩台上站着，翘首以盼太阳的升起——太阳升起的那一刻，便是城门郎开启明德门的时刻。

“咚咚，咚咚，咚咚——”随着解除夜禁的三千声街鼓响起，明德门前翘首以盼的城门郎捧着城门钥，走到镶有镏金铜狮铺首和九排镏金鼓钉的朱漆城门前，刚将城门钥匙插入城门锁孔，突然传来一阵急促的马蹄声，一位头戴凤翅盔、身穿锁子甲、腰悬银腰牌、佩绣春刀的左神策军校尉骑一匹枣红色阿拉伯骏马，从朱雀大道急驰而来，一边快马加鞭，一边锐声大喊：“禁开城门，全城戒严！全城戒严！”

随后，朱雀大道上传来一阵急促的脚步声，一队左神策军士兵挎刀提枪快步跑来。跳下马的左神策军校尉一把夺过城门郎手里的明德门城门钥匙，接着将手一挥，众左神策军士兵立刻散了开来，三步一个，在城门前钉子般站成一排。

“发生什么事了，要全城戒严？”城门郎一脸疑惑地悄声询问道。

“城门郎大人，你还不知道，宫里传出的消息，皇上昨夜亥时在鱼藻宫驾崩了。”左神策军校尉晃了晃手里的钥匙，说，“裴度大人下令全城戒严。”

“皇帝年方十八，身体又好，跑马、击球、猎狐、蹴鞠样样都行，怎么就突然驾崩了呢？”城门郎一脸疑惑地说。

“城门郎大人，据传，皇帝是被大太监刘克明和击球军将苏佐明等人弑了。”神策军校尉一脸神秘地说，“裴度大人和枢密使王守澄大人及左神策军中尉梁守谦大人正率领禁军讨贼。所以要全城戒严，以防乱臣贼子逃出长安。”

“唉——”城门郎深深地叹息了一声。

严霜凛冽的早晨，朔风乍起。虽然湛蓝的天空高爽、明净，阳光清澄、美丽，但城门郎仍觉得寒冷异常，不由裹紧了深绿色棉袍。

突然，由朱雀大道尽头传来一阵纷乱的马蹄声。城门郎侧耳细听，大约有七八匹马，是一个小型马队。马蹄声不疾不徐，似乎不像是执行军务的神策军马队。

果然，来到明德门前的是大食国第40次遣唐使团的马队。马队一共八匹阿拉伯骏马：正使伊本·苏哈答兹、第一副使蒲末罗、第二副使蒲诃粟和使团翻译樊一各骑乘一匹，剩下四匹马则驮着大包小箱的行李。

大食使团在昨天上午朝觐敬宗皇帝之后，就在皇宫大盈库掌库太监许文端的引领下去大盈库领取了皇帝赏赐的一百件“盈”字款白釉绿彩瓷器和一百件“进奉”款白釉绿彩瓷器。昨天傍晚时分，鸿胪寺调派给大食使团的八匹良种阿拉伯骏马也送至其下榻的醴泉坊大秦寺礼宾院。一众人等几乎一夜未眠，收拾行李一直到丑时鸡鸣时分。

卯时，天还未亮，鸿胪寺就送来了饯行的伊斯兰风味的肉胡饼和驼峰炙，还有西域产的葡萄美酒。鸿胪寺寺卿大人率领三位寺丞，与大食使团宴饮话别。

辰时，大食使团的马队就北出醴泉坊，经金光大道东行至皇宫朱雀门右转，沿宽阔笔直的朱雀大道南下。往日熙熙攘攘的朱雀大道空无一人，除了大食使团马队叩在青石板路上的马蹄声，朱雀大道竟鸦雀无声。

在大食使团马队经过安仁坊时，由安仁坊与光福坊的夹街冲出一队马队，是一位戴戗金红皮盔、穿银锁子甲的将军和十几名挂银腰牌、佩绣春刀的左神策军军士簇拥着一位头戴亲王进德冠、穿黄色袴褶的少年亲王。

这个神秘的亲王马队并没有理睬大食使团马队，转入朱雀大道，朝皇宫朱雀门方向策马狂奔。

“大唐出事了。”正使伊本·苏哈答兹心里一沉。果然，大食使团马队一赶到明德门前，长安城就全城戒严了。

“我们是大食国外交使团，现马队搭载着大唐皇帝赏赐的两百件皇宫大盈库专烧瓷器，要出明德门，去贵国扬州港乘船回国，请城门郎大人放行。”正使伊本·苏哈答兹说完，由怀中掏出大唐中书门下省核发的通关文牒递给城门郎。

城门郎看了一下通关文牒，十分遗憾地摇摇头，说：“很抱歉，明德门已被左神策军校尉大人接管了。长安城全城戒严。所有的城门，无论是郭城，还是皇城，全都关闭了。”

“城门郎大人，全城戒严何时解除？”正使伊本·苏哈答兹十分焦虑地说。

“很遗憾，戒严可能是一天，可能是十天，也可能是一个月。”城门郎双手一摊，说。

“城门郎大人，长安城里出了什么事情，要戒严？”正使伊本·苏哈答兹说。

“出了大事。”城门郎一脸悲戚地说，“皇帝陛下昨夜亥时在皇城鱼藻宫驾崩了。”

“校尉大人，能否通融一下，开启明德门，让大食国外交使团离开长安城。”正使伊本·苏哈答兹说完，朝翻译樊一使了个眼色。

翻译樊一会意，立即从怀里掏出一个室利佛逝帝国出产的金锭递给校尉：“校尉大人行行善，就开启明德门，让大食使团离开长安城吧。否则，使团就不能按期抵达扬州港，也将赶不上南下的东北季候风，使团将无法西行回国。”

左神策军校尉并不接金锭，头摇得像拨浪鼓似的，说："若我要开启明德门放大食使团出城，裴度大人会砍了我的脑袋。大食使团赶不上季风，最多是不能按期归国，可我要是打开明德门放你们出去，我的项上人头可就给砍了。"左神策军校尉说完，又举起右手，在自己的脖子上做了一个抹脖子的动作。

就在大食使团与左神策军校尉在明德门前僵持不下时，突然从朱雀大道以北传来一阵急促而清脆的马蹄声。

只一袋烟的工夫，一位戴戗金铁盔、穿银锁子甲的高鼻深目的左神策军中年将军策马急驰而至。

"校尉，明德门有情况吗？"中年将军勒住缰绳，大声说。

"报告米国进大人，大食国外交使团马队要求出明德门。"左神策军校尉肃立，大声报告道。

"大食使团有出城的通关文牒吗？"左神策军宁远将军米国进问道。

"报告大人，有。"城门郎将通关文牒递了过去。

米国进持通关文牒仔细看了一遍，翻身下马，将校尉手中的明德门城门钥匙一把拿下，亲自去将明德门城门锁打开。

"吱嘎嘎嘎——"朱漆大门徐徐开启。

"大人，戒严期间私开城门是要杀头的。"左神策军校尉大声说。

"明德门是我开启的，裴度大人要砍脑袋，就砍我的好了。"米国进朝左神策军校尉摆摆手，随后转向伊本·苏哈答兹，说，"正使大人，我的弟弟米思圆是鸿胪寺寺丞兼长乐驿驿长，他把大食使团的详情告知于我。请正使大人一路小心看护国礼，上马出城吧。"

"尊敬的米国进大人，大食使团非常感谢米将军大人冒着杀头风险开启明德门，放大食使团一行离开长安城。真主保佑你！"正使伊本·苏哈答兹双手交叉，抚摸胸口，朝米国进深深鞠了一躬，"请将军也向米思圆大人转达我们的谢意。大食使团抵达长安长乐驿，就受到米思圆大人的热情款待。米氏兄弟对大食使团的恩情，大食使团永生不忘。"

"正使大人，快请上马吧。真主保佑大食使团一路平安！"米国进牵来正使伊本·苏哈答兹的坐骑，催促他尽快上马出城。

“请问将军是否是西域九姓诸国之米国人？”正使伊本·苏哈答兹一边跨上骏马，一边询问道。

“是的，家父米继芬和家母米氏都是西域九姓诸国之米国人。”左神策军宁远将军米国进不无自豪地说。

“真主保佑米将军！”正使伊本·苏哈答兹在马上拱手一揖，随即挥鞭策马，率领马队冲出了明德门……

广州：扶胥港·龙舟

公元827年对于大唐而言，是一个特殊的年份。

这一年的正月前，仍是被宦官刘克明等弑杀的敬宗皇帝李湛的宝历三年年号，之后则是文宗皇帝李昂的大和元年年号。

文宗皇帝李昂是穆宗皇帝第二子，在哥哥敬宗皇帝李湛被宦官弑杀后，由枢密使王守澄和左神策军中尉梁守谦率禁军讨逆，诛刘克明等人，拥李昂即位。

大和元年（公元827年）四月下旬的一天，遭受了风暴袭击的大食舶“黑石号”艰难地驶入了广州黄木湾的扶胥港。

自得到米国进将军的冒死帮助，策马冲出长安城之后，大食国外交使团马队在广袤的大唐腹地的东北方驰骋一月余，抵达大唐河北道之内丘。

生产白瓷的邢窑窑址就在内丘。大食国遣唐使团在邢窑用室利佛逝金币购买了少量邢窑白瓷。

众人在京杭运河之永济渠码头登船顺流南下，驰至江南道之越府余姚之上林湖越窑，购买了一批越窑青瓷。

随后，众人又折回杭州登船，溯京杭大运河北上，过杭州拱宸桥，苏州枫桥、寒山寺，常州天宁寺桥，镇江西津渡，抵达扬州文峰塔前瓜洲渡。登上靠泊在瓜洲渡码头的大食舶“黑石号”时，已是大和元年（公元827年）三月底了。

此时的“黑石号”已修葺一新，帆桁索具葺新闪亮，甲板舱面亦油漆得锃光瓦亮。

然而，大食舶“黑石号”仍不能启航：一是要等月初的东北季候风南下；二是定烧的五万多件长沙窑瓷器还没运抵扬州；三是在扬州定制的一万件绣品也还没完工。

直到大和元年（公元827年）四月初的一个早晨，大食舶“黑石号”满载着近六万件越窑、邢窑和长沙窑瓷器，一万件精美的扬州绣品，数百担产自浙江的紫笋茶和产自福建的露芽茶，扬帆启航驶离了扬州的瓜洲渡码头。

大食舶“黑石号”在由瓜洲渡码头扬帆起航大约十天后，就突然遭遇了海上风暴的袭击，地点在琉球海峡。

在船长蒲末罗和大副蒲诃粟的指挥下，水手们与风暴殊死搏斗三天两夜，终于冲出了风暴笼罩的琉球海峡。

然而，“黑石号”在风暴中也付出了沉重的代价：前桅折断，船首斜桅的两张方帆及斜三角帆撕碎，轰然倒下的前桅还将六名水手扫进了大海。所幸，“黑石号”的主桅和后桅完好无损。

船长蒲末罗下令收起主桅的两张方帆和斜三角中桅帆并下后檣的大三角帆，并请示了正使伊本·苏哈答兹，决定驶往广州扶胥港修理前桅。

为此，大副蒲诃粟亲手放出了信鸽。信鸽携带纸条给广州蕃坊蒲姓蕃长，内容是让蒲姓蕃长帮忙在广州扶胥港寻找能够修理“黑石号”前桅的造船坊。

“黑石号”驶入广州黄木湾海面时，正值黎明。

彼时的黄木湾，天际泛着乳白色的鱼肚白，薄纱似的晨雾几乎瞬间就在黄木湾的田野上舒缓地袅袅升起。

然而，伫立在“黑石号”瞭望甲板上的众人却无暇欣赏美景，焦急地朝广州扶胥港的方向眺望。

“快看，那是信鸽！”蒲诃粟锐声大叫。

果然，由扶胥港方向飞来一只信鸽，速度奇快，且上下左右翻飞，似乎在逃避什么追捕。果然，就有一只鹞鹰在信鸽后面紧紧追捕。

“快取弓箭来！”伊本·苏哈答兹锐叫一声。

很快，伊本·苏哈答兹张弓搭箭，略一瞄准，“嗖”地一箭，正射中鹞鹰，插着箭的鹞鹰打着旋掉进了大海。

那只信鸽落在“黑石号”的船头锚球上，惊魂甫定，怯怯地盯着瞭望甲板上的三位使节看。

驯鸽师哈桑将这只信鸽捧到正使伊本·苏哈答兹面前。伊本·苏哈答兹取出信鸽携带的纸条，展开一阅，立即眉头舒展，笑着说：“蕃长已为我们联系了一个制造龙舟的造船坊，可以修理折断的前桅及损毁的风帆。”

第二天早晨，广州蕃坊蒲姓蕃长陪同大食国遣唐使团一行人骑马来到广州黄木湾一间最大的造船坊时，造船坊牙人和坊主已在造船坊旗亭恭候。

在造船坊牙人的斡旋下，造船坊坊主以最优惠的价格与大食国遣唐外交使团签订了大食舶“黑石号”的船舶修理协议。

随后，又在造船坊牙人的提议下，由造船坊坊主陪同使团一行人去参观造船坊的长龙船建造现场并为端午节龙舟竞渡用的长龙船船首的龙头点睛。

造船坊牙人邀请大食使团在新制好的龙舟鼓上试敲，蒲诃粟饶有兴致地在龙舟鼓上敲出了一阵急促激昂的大食国出征曲。

“蕃长大人，龙舟竞渡时，广州蕃坊的龙舟鼓由我来敲。”蒲诃粟眨了眨黑豆子似的大眼睛，对蒲姓蕃长大声地说。

“好的，第二副使大人，广州蕃坊参加端午节龙舟竞渡的长龙船鼓手就由蒲诃粟大人担任。”广州蕃坊蒲姓蕃长微笑着拈须颔首。

随后，蒲姓蕃长请伊本·苏哈答兹为新长龙船龙头进水点睛。伊本·苏哈答兹郑重地手执毛笔为这艘漂亮的长龙船红色的龙头点上了龙睛。

“蕃长大人，为感谢广州蕃坊为使团在广州的活动所提供的巨大的帮助，我提议大食使团也派出水手，与广州蕃坊合组龙舟竞渡队参加端午节的龙舟竞渡。”伊本·苏哈答兹郑重地说。

……

大和元年（公元827年）五月初五，中国端午佳节。辰时，广州黄木湾扶胥港海面，十艘长龙船在海面依次排开。每艘长龙船的装备有龙舟鼓和铜锣，龙头、龙尾有红色、绿色彩旗和一面杏黄色帅旗及一面五彩招魂幡。每艘长龙船上都有一个神斗，供奉着扶胥港南海神庙海神“广利王”的神位。

自西汉帝国以来，广州的龙舟竞渡都在黄木湾海面举行。端午正值多雨天气，出现强风暴雨时，龙舟竞渡极易发生危险。

每艘长龙船有桡手80人，扒龙舟时使用的船桡，为求轻便，多用轻质杉木做成。每艘长龙船还配备一艘“龙标”，类似救生艇和补给船，大小仅及长龙船的三分之一，可乘坐十人左右。

十艘长龙船中有九艘的桡手皆穿玉白色半臂和白花罗裤，头戴红色巾子。唯有居中的一艘长龙船上的桡手着装与众不同：这艘长龙船上的80名桡手皆穿雪白的阿拉伯长袍，头上戴着红白格的阿拉伯头巾。没错，这正是广州蕃坊的长龙船，80名桡手中一半是大食舶“黑石号”的水手，一半是广州蕃坊的大食和波斯胡商。

这艘长龙船的鼓手蒲诃粟穿了大食国外交使团副使正装：一袭白色丝绸袍服，头裹玫瑰红色缠头巾，巾上配饰为黄金镶绿松石。

蒲诃粟双手紧握鼓槌，一对黑豆子似的大眼睛闪烁着兴奋的光，紧紧盯着海面上的一艘硕大的三重楼船看。

这艘三重楼船彩色幡帜随风猎猎飘扬，楼船中前甲板上摆着三张胡床，居中胡床上盘膝坐着岭南节度使兼广州刺史崔植，其左、右两张胡床则分别盘膝坐着广州市舶使和大食国第40次遣唐使团正使伊本·苏哈答兹。

三张胡床前面的甲板上，是一只五米长的用炭火烤得金黄飘香的大鳄鱼，这是著名龙船祭肴——龙炙。

“正使大人，这道龙炙佳肴，是喂龙用的，是龙的食物。”崔植摇手一指那只金黄飘香的大鳄鱼说。

“刺史大人，这道龙炙是喂龙的，那龙舟竞渡的桡手们吃什么食物呢？”正使伊本·苏哈答兹好奇地说，“我听说龙舟竞渡的桡手们在竞渡之前，是要吃龙船饭的。”

“正使大人，桡手们的龙船饭是孔雀炙和白米饭及一款水晶龙凤糕。”崔植说，“在分派龙船饭之前，要先举行一个祭龙仪式，由我和正使大人及广州市舶使大人一道，三个人用木刀合力将这只鳄鱼切开，投入大海喂龙。然后宣布端午节龙舟竞渡开始。长龙船上的桡手和鼓手们在吃了龙船饭后就可以竞渡比赛了。”

巳时，随着三重楼船上一声清亮而悠长的铜锣声，十艘长龙船上的帅旗手将杏黄帅旗一挥，鼓手皆擂响战鼓，桡手们则突然发力将桡深深插入海水中，将桡的尾部向后一挑，桡边的海水霎时向上弹跳而起，弹起后的水花化成一颗颗白亮晶莹的水珠四散落下，化成一片白如雪霁的水雾。十艘长龙船像箭一样飙出，速度极快，如十条腾云驾雾飞驰的蛟龙……

广州：扶胥港·祭海

大唐时代的广州黄木湾之扶胥港，蕃舶接踵而至，经年不息。抵达广州黄木湾扶胥港之蕃舶，桅樯林立。无论蕃舶朝贡使团抑或蕃舶商船的海员，皆有赴南海神庙祭祀海神的祈愿。

南海神庙每年官祭海神三次，分别是农历二月十三日南海神诞辰、农历五月初五端午节和农历八月十五日中秋佳节。

大和元年（公元827年）中秋佳节，由岭南节度观察经略使兼广州刺史崔植大人和广州市舶使大人亲自主祭的南海神庙官祭海神仪式在南海神庙隆重举行。

这天清晨，太阳起身早，且很快大热。

大食舶“黑石号”就在这个夏日的卯时升了满旗。主桅亦悬挂了大食国的绿底白羚羊图案的国旗。

修缮一新的大食舶“黑石号”，折断的前桅已重新耸立且油漆一新；船首斜桅的两张方帆及斜三角帆也修补得完好如初。经过近四个月的紧张施工，“黑石号”终于在大和元年中秋佳节这一天修缮完工且升起了满帆。

南下的东北季候风也在八月初莅临了广州黄木湾的扶胥港，将“黑石号”的三桅满帆吹得“砰砰”作响；系泊在扶胥港码头的缆绳也被强劲的东北季候风撕扯得“嘎吱”作响。

伊本·苏哈答兹决定，在参加完今天的南海神庙官祭海神仪式之后，“黑石号”将扬帆起航，踏上南下归国的航程。

只是，龙舟竞渡后，蒲诃粟在“黑石号”于婆露国附近海面遭遇海盗袭击时被海盗用毒箭射伤的右臂箭毒伤发作，一直在广州蕃坊蒲姓蕃长家里养伤治疗。

昨天，广州蕃坊蒲姓蕃长让人捎话，说第二副使蒲诃粟突然高热，病势沉重，恐无法随“黑石号”归国了。

东北季候风在中秋节这天是最强劲的。如果错过了这股东北季候风，“黑石号”将赶不上8月至10月前往马六甲海峡的航程，亦无法赶上翌年1月穿越孟加拉湾所需的西南季候风。

所以，“黑石号”不能再等第二副使蒲诃粟病愈，只能将其留在广州蕃坊养病，待大食国使团下次出使大唐时，再将其带回。

为此，伊本·苏哈答兹和蒲末罗心里十分难过。尤其是蒲末罗，难过得昨天的晚饭都没吃，一夜未眠。

辰时，紧挨大食舶“黑石号”靠泊的溜山国朝贡使节由溜山国之昆仑舶过来，约大食国使节一起赴南海神庙参加官祭大典。

溜山国与大食国关系密切。两国臣民皆信奉伊斯兰教，且溜山国是位于大食商舶远航大唐过程中重要的补充淡水及给养的国家。

所以，大食国皇帝历来重视经营与溜山国的睦邻友好。

辰时未，大食国遣唐使团正使伊本·苏哈答兹和第一副使蒲末罗及翻译樊一与溜山国朝贡正副使及翻译一行六人抵达南海神庙时，停泊在扶胥港的近40艘蕃舶的各使团正副使节及远洋贸易商舶船长已盛装齐聚于南海神庙“海不扬波”花岗石碑坊之下。

主祭官岭南节度使兼广州刺史，需穿品级异文袍，行三跪九叩首礼仪与祭泰山天坛同，唯奉宣帛旨主祭海神。

承祭官为广州市舶使，需穿品级异文袍，行三跪九叩礼，将宣祭后之帛旨捧至海边，捐送不焚。

恭逢皇帝谕祭南海之神，朝使恭赉御祭文，香帛至，文武各官衣朝衣，出郭跪迎登岸。

大唐时代，官祭南海神，隆重而严谨。从接祭旨、备祭品、送祭龙亭，至南海神庙及祭祀之礼都十分严谨。官祭之大小官员及外国朝贡使臣皆需行三跪九叩首礼。

大食国遣唐使在朝觐大唐皇帝时，皆以伊斯兰教俗为由，并不跪拜，仅以右手抚胸礼表达敬意。然而在拜祭南海神庙之海神时，却遵守中国习俗，以三跪九叩首之礼拜祭海神。

巳时，主祭官和承祭官皆穿异文袍，缓步进入南海神庙大殿之第三进殿。

随着东汉铜鼓激昂的鼓声响起，主祭官崔植大人手捧白色香帛至南海神像前恭敬地诵读祭文。

此次的祭文仍沿用大唐杰出的文学家、曾官居吏部侍郎的韩愈在元和十五年（公元820年）撰写的《南海神广利王庙碑文》。

主祭官崔植大人刚朗声颂读完祭文，承祭官立即趋前，恭敬地从其手上接过写有祭文的白色丝绸香帛。

此刻，南海神庙之礼亭存放的东汉铜鼓又“砰砰”地擂响三百响。

在激昂有力的鼓声中，主祭官崔植大人率领广州城的大小官吏及外国朝贡使臣及蕃舶船长等众人，在承祭官的一声“跪拜南海神广利王”的锐叫声中，黑压压地跪拜在南海神广利王的神像前。

在三跪九叩首之祭祀行礼后，祭童将各色祭品全部恭敬地捧献至南海神广利王像前。

随后，承祭官将写有祭文的白色香帛恭敬地捧至海边，捐送不焚。

主祭官崔植大人则引领外国朝贡使臣等众人缓步来到礼亭内的东汉铜鼓前。

“这铜鼓是东汉帝国时代的物品，距今已有八百年。”主祭官崔植大人一边用手摩挲铜鼓鼓身，一边说，“抚摸铜鼓鼓身，会给人带来好运的。”在主祭官崔植大人的示范下，众人依次抚摸东汉铜鼓，祈求好运。

随后，主祭官崔植大人又引领众人缓步来到碑亭内的册祭南海神记碑前。

“这块册祭南海神记碑，是天宝十年（公元751年）三月十七日，翰林司马兼王府长史张九皋奉大唐玄宗皇帝御旨，从京城长安南下广州黄木湾扶胥港之南海神庙祭祀和奉玄宗皇帝亲赐之金字玉简册封南海神祝融为广利王时所立。”主祭官崔植大人说，“这块碑的碑文就是玄宗皇帝册祭南海神的御旨，出自大唐最杰出的书法家李邕笔下。这位奉玄宗皇帝御旨册祭南海神为广利王的皇家祭使张九皋是玄宗皇帝朝宰相张九龄之弟。宰相张九龄早在开元十四年（公元726年）就以太常少卿身份奉玄宗皇帝御旨由京城长安南下祭祀南岳和南海神。在祭祀完南海神后，他诗兴大发，写下了‘海上生明月，天涯共此时。情人怨遥夜，竟夕起相思。灭烛怜光满，披衣觉露滋。不堪盈手赠，还寝梦佳期’的诗句。”

……

翌日清晨，大食舶“黑石号”起锚解缆，缓缓驶离了广州黄木湾之扶胥港。

伊本·苏哈答兹和蒲末罗伫立在瞭望甲板上，任由带有海腥味的雾气拂面而过。

“黑石号”的前桅、中桅方帆和后桅的斜三角中桅帆及大三角帆皆因强劲的东北季候风的吹拂而鼓满了风帆，大食舶特有的如刀切般高昂且斜度甚大的船首犁开了雪浪花。“黑石号”在乳白色的晨雾中快速驶入烟波浩渺的黄木湾。

辰时，当乳白色的晨雾渐渐飘散，一轮红日冉冉升起时，一艘疾驰如飞的游艇飞速驶近“黑石号”。游艇越驶越近。游艇前甲板上摆着一个胡床，胡床上卧着一个人。胡床旁站立一人在朝“黑石号”招手。

“黑石号”瞭望甲板上的人有些错愕：这艘游艇是一艘典型的唐人游艇，然而船上的人却清一色穿着阿拉伯白色长袍，头裹白色缠头巾，就连舷上桨床上的几名操桨水手亦是阿拉伯人装扮。

噢，终于看清了，游艇胡床上卧着的是蒲诃粟。胡床旁站立的则是广州蕃坊蒲姓蕃长。

“正使大人，我和蒲诃粟大人来为使团送别。”广州蕃坊蒲姓蕃长手卷喇叭筒状，大声地说。蒲诃粟也强撑起病体，朝“黑石号”挥手致意。

“黑石号”快速掠过这艘唐人游艇，瞭望甲板上的伊本·苏哈答兹和蒲末罗皆眼含热泪，朝这艘渐渐远去的唐人游艇挥手致意。蒲末罗泪流满面，心里顿感悲戚：“儿子呀，何年何月才能再见到你……”

“黑石号”乘着强劲的东北季候风，装载着近6万件中国瓷器、1万件扬州绣品、数百担中国茶叶，以及大量金银财宝，鼓帆疾驰，快速驶入涨海……

室利佛逝帝国：麻逸洞海域·黑石暗礁

公元827年9月下旬，赤道附近的室利佛逝帝国麻逸洞海域。

大食舶“黑石号”在涨海乘着南下的东北季候风扬帆航行了20余日，于晨光熙微中驶入了麻逸洞海域。

“正使大人，出太阳了。”蒲末罗与伊本·苏哈答兹打了个招呼。

伊本·苏哈答兹站在瞭望甲板上，手搭在凉棚上，眺望前方海面，没有吱声，一副心事重重的样子。

此刻的麻逸洞海域，大海苍白得如同牛乳，天空也同样苍白，一个苍白的太阳潦潦草草地挂在天上，令人感到凄凉。

“鲸鱼，正使大人，有一条座头鲸！”正在操舵的水手叫了一声。

只见百米之外的海面上露出一个鳍，一个闪闪发光的后背。那条座头鲸一跃而起，又轻盈地钻入牛乳般的水面下。它呆呆地瞪着海水。接着它又出现了，叹息一声，又潜入水中。

“在赤道附近的麻逸洞海域见到座头鲸，恐怕不是什么好事……”蒲末罗嘟囔道。

果然，上午9时许，天空突然呈现出一片丑陋的黄色，像一壶隔夜的陈尿。紧接着，天空开始阴沉起来。

上午10时许，阴沉沉的海面上突然闪现出一个蓝色的火球，滚动着，滚动着，最后竟隐去了。

“这是气候光。如果多出现几次，坏天气就要来了。”蒲末罗忧心忡忡地说。

果然，中午12时，气候光又出现了一次。下午1点，气候光又再次出现。紧接着，天空好像突然被一张黑色的大网罩住了。

下午2点，黑沉沉的天空开始出现“风狗”——突然显露的菱形的光。

凭直觉，蒲末罗感到一场可怕的热带风暴就要到来。他和二副在海图室里很快用二脚圆规在海图上标出了风玫瑰图，经过计算，风暴星所处的点恰在麻逸洞海域。

飓风降临，“黑石号”在劫难逃。

下午3点，“黑石号”开始剧烈横摇，排山倒海的巨浪打着尖厉的呼哨恶狠狠地直冲“黑石号”的瞭望甲板。

在瞭望甲板的伊本·苏哈答兹和蒲末罗被兜头浇来的海水浇了个透心凉。

蒲末罗不禁心里一阵恐惧，冷汗霎时下来了，手脚冰凉，腿抖得也有些站不住了。

“正使大人，这次风暴，恐怕是……是灭顶之灾……”蒲末罗双腿一软，瘫坐在了瞭望甲板上。

如肥皂泡沫般的浪涛恶狠狠地撞击“黑石号”的舷窗，“嘭！嘭！”之声犹如魔鬼敲门。

伊本·苏哈答兹如落汤鸡般用双手抱住蒲末罗，凄惨地悲咽道：“真主呀，保佑我们……”

热带风暴依然十分凶猛，恶狠狠地朝“黑石号”猛扑过来。

下午4点，一个汹涌的横浪从右舷猛击过来，击起近30米的巨大浪峰，“黑石号”船体“吱吱嘎嘎”地尖叫着被压向左侧不远处的一块裸出海面的硕大的黑石暗礁。

下午5点，“黑石号”一声巨响，船体被风暴恶狠狠地抛在黑石暗礁上。

“触礁啦——触礁啦——船进水啦——船进水啦……”“黑石号”上一片凄厉而又绝望的喊叫。

下午6点，又一个巨浪掀起近30米的雪白的浪峰，将触礁的“黑石号”瞬间抛至空中，在一片惊呼声中，“黑石号”船体被恶狠狠地砸向海面。

随着“轰隆”一声巨响，“黑石号”沉没在了室利佛逝帝国之麻逸洞海域……

……

在“黑石号”沉没55年后，也就是公元882年，伊本·苏哈答兹之子——地理学家阿合马·伊本·忽尔答兹出版了著名的地理著作《道里与诸国志》。在这本地理著作中，详尽地描述了从尸罗夫港经印度、东南亚到中国的航路，列出了每一站的地名和航程。

在“黑石号”沉没77年后，也就是公元904年，大唐文献《唐会要》卷一〇〇记载：“天复四年（公元904年）授福建道三佛齐国入朝进奉使都蕃长蒲诃粟宁远将军。”

蒲诃粟后任广州蕃坊和泉州蕃坊蕃长，受封大唐宁远将军时，已91岁高寿。

在“黑石号”沉没1171年后，也就是公元1998年，在苏门答腊岛东南方的海床上，一名正在海底采集海参的爪哇渔民突然踩到了一堆埋在海泥中的瓷碗和瓷罐，这艘沉睡千年的大食巨舶沉船被发现了……

鉴真和尚东渡日本与日本奈良唐招提寺建筑

第2章

广州蕃坊：胡人医生为鉴真和尚治疗眼病

天宝十年（公元751年）暮春的一天夜里，随着广州城夜禁的八百下鼓声渐渐远去，在广州蕃坊的一座胡人医生的用沉香木做房柱的豪华宅第里，豆大的油灯苗霎时就红亮起来，有人影倒映在纸糊的窗纸上，忽大忽小，如皮影在舞蹈。

很快，宅第里又亮起多盏油灯，人影却变得有些诡异，在纸糊的窗纸上忽大忽小，忽长忽短，又影影绰绰地快速移动，随即一声苍老的声音十分悲恸地锐叫起来："我的眼睛看不见了！我的眼睛看不见了！我还怎样去日本呀！……"

这位发出悲恸的呼喊的老人就是大唐扬州大明寺的住持鉴真大和尚。那些影影绰绰快速移动的人影则是广州蕃坊中来自大食国的胡人医生和鉴真大和尚的随从——日本学问僧普照及鉴真大和尚的弟子祥彦……

天宝七年（公元748年）六月初，日本学问僧荣叡、普照从同安郡来到扬州崇福寺，鉴真大和尚与他们谋划第五次东渡日本。荣叡、普照和祥彦一起备办好了干粮、香药等。

一行人于六月二十七日由扬州港扬帆启航，其间在东海岛屿三塔山停一个月，至舟山又停留一个月等待季风。十月十六日再度出发，其间遭遇台风，漂到了海南岛南部的振州（今海南三亚）。鉴真在振州留住一年，向北由陆路经万安州到崖州（今海南海口），过琼州海峡至雷州半岛，又经罗州、辩州、白州、藤州、梧州，一路北上到达桂州（今广西桂林），被当地官民僧俗留住一年。

受广州刺史邀请，鉴真大和尚一行又下梧州，经端州（今广东肇庆）时，荣叡因病去世。之后，鉴真大和尚在普照和祥彦的陪同下到达广州。

鉴真大和尚患了眼疾。普照听说广州蕃坊一位来自大食国的胡人医生善医眼病，立即请求广州蕃坊蒲姓蕃长协助。

这位来自大食国的胡人医生一听患眼疾的是一位立志航海去日本传播佛法的大唐高僧，肃然起敬，立即将鉴真一行接到自己的宅第，免费予以医治。

胡人医生经过认真检查，认为鉴真大和尚的双眼“频经炎热，眼光暗昧”。所谓“眼光暗昧”，极有可能是指现在的老年性白内障。胡人医生对此眼病采取针拨法治疗。

然而，由于术后感染，病情恶化，鉴真失明。

这一夜，胡人医生用龙涎香水为鉴真洗眼消肿。

不过，由于双眼疼痛，鉴真一夜无眠。

鉴真躺卧在沉香木胡床上，回溯了自天宝二年（公元743年）春第一次乘船东渡日本以来的历次艰难而又危险的航程……

鉴真于大唐武则天统治的永昌元年（公元689年）出生于扬州江阳县。

鉴真俗姓淳于，是中国春秋战国时期齐国辩士淳于髡之后。

鉴真的父亲曾从扬州大云寺智满禅师受戒学禅门，是一位笃信佛教的居士。

鉴真14岁时随父亲到扬州大云寺，看见佛像庄严，心有所动，请求父亲准许他出家。笃信佛教的父亲惊异于儿子小小年纪就对佛教如此崇尚，就答应了儿子的出家请求。

鉴真出家为僧的这一年恰逢武则天长安元年（公元701年）下诏在大唐全

境各州招募僧人。

于是，鉴真便从扬州大云寺智满禅师出家为住寺小和尚。

大唐中宗皇帝李显统治的神龙元年（公元705年），鉴真又从当时的律学大师道岸和尚受菩萨戒。

受戒后，鉴真又游历东都洛阳和京城长安。

鉴真21岁于京城长安之大佛寺，从律学大师弘景受具足戒，师习“止观门”，兼修二宗。可以说，鉴真的两位授戒师皆为大唐境内当时佛学造诣极深的大师。

鉴真在洛阳和长安游学期间，对寺庙营造及造像艺术也下了一番功夫。

鉴真的受戒师道岸和尚当时正受命监造崇福寺，鉴真从设计、施工到装饰皆悉心学习。同时，鉴真还潜心跟波斯、大食医生研究过医学和药学。

鉴真在长安学习数年后回到了扬州，开讲律学，授戒度人。鉴真曾应崇福寺僧人所请修造崇福寺大殿，建八面九级塔，并在寺东造文殊院，铸菩萨像。鉴真又应扬州城东奉法寺僧人所请，讲律授戒，造大殿塑菩萨像。

至大唐玄宗皇帝李隆基统治的开元二十一年（公元733年），鉴真又用20余年时间宣讲《四分律》《四分疏》《律钞》《轻重仪》和《羯摩疏》，成为名满天下的律学高僧。

日本天平五年（公元733年），日本圣武天皇派第九次日本遣唐使入大唐，其中有学问僧荣叡、普照等人。他们此行的使命是来大唐延请精通律学的中国高僧前去日本设坛受戒，规范并整肃日本佛教受戒制度。

日本佛教是隋唐时期由中国经朝鲜传入日本的。

然而，公元六七世纪的日本正处于激烈的社会变革时期，虽经过日本皇室的“大化革新”，但经济发展水平仍然比较低下，农民不堪过重的赋税和徭役，纷纷弃地逃亡，“私度”或“自度”为僧十分普遍，无依无靠的农民皆将寺院作为避难所。

因为日本皇室规定，凡取得僧籍的可享受免除课役的特权，这样就直接导致日本寺院僧民成分极为复杂，行仪堕落，纪律废弛。

而当时中国僧侣虽然也免课役，但他们有一整套十分严格的自律制度。

例如，大唐皇帝下令中国的所有寺院，如要取得僧人资格，必须通过“三师七证”（指授戒时，要经过戒和尚、羯摩师和教授师的考问，并且有七个受过大戒的师僧作证）授戒，才能被国家正式承认其僧侣资格。

鉴于以上条件日本皆不具备，于是，日本皇室和佛教界一致迫切需要尽快建立严格规范的受戒制度。

受日本皇室朝廷之命，荣叡、普照成了在洛阳、长安学习佛教的日本学问僧。

日本第九次遣唐使团历尽艰险抵达大唐东都洛阳后，立即受到了大唐玄宗皇帝的诏见，荣叡、普照也以学问僧的身份进入洛阳大福先寺研习律学，宗师为大福先寺道璇律学大师。荣叡、普照随后来到大唐京城长安继续学习。

不知不觉过了十年。

荣叡和普照十分思念故乡，想早点回到日本。荣叡、普照邀请长安大安寺僧人道航等一起南下扬州筹款雇船回国。

道航和尚是大唐当朝宰相李林甫之兄李林宗的供养僧，可提供诸多方便。道航和尚请李林宗写了一封致扬州仓曹李凑的信，请他帮忙造大船和置办海上归程一应物资。

天宝元年（公元742年），荣叡、普照抵扬州，入大明寺谒见正在讲律学的大明寺住持鉴真大和尚，并诚意邀请鉴真大和尚东渡日本传戒。

鉴真大和尚当即应允荣叡、普照所请。

自此，鉴真大和尚在日本学问僧荣叡、普照和追随他的弟子们的陪伴下，开始了12年东渡日本传戒的漫漫旅程。

第一次东渡始于天宝二年（公元743年）春，鉴真和弟子准备得差不多可成行时，因高丽学问僧如海向扬州刺史告发而被迫中断。此案由淮南道采访处置使上报到长安鸿胪寺，最后虽然查清案件，释放了荣叡、普照等人，但没收了扬州仓曹李凑出资建造的宝船。鸿胪寺还要求扬州刺史依惯例遣送日本学问僧荣叡、普照回国。

第二次东渡于天宝二年（公元743年）12月扬帆出海。荣叡、普照不接受被遣送回国，避开扬州官府私下找鉴真商量。最后由鉴真出资购买了一艘军船，雇了18名水手，备办了干粮、药物、佛经、佛像、法器和艺术品等物资，由鉴真亲率荣叡、普照，以及祥彦、思托等弟子，以及玉器匠人、画师等工匠85人出发。然而，帆船一出长江口即遭遇狂风恶浪，帆船帆桁被打坏，经水手修好后继续东行，后在东海遭遇飓风，导致船破进水，勉强漂至浙江明州海岸搁浅，鉴真等人被明州官府送入明州阿育王寺。

第三次东渡于天宝三年（公元744年）秋，鉴真与荣叡、普照等人在明州阿育王寺商量再次东渡，不料被明州当地僧人察觉并报告明州官府阻拦。荣叡被捕，被押送回长安。荣叡途中患病，请假治疗，谎称病死，又潜回明州阿育王寺。

第四次东渡于天宝三年（公元744年）冬，鉴真吸取前三次东渡失败的教训，先派心腹僧人法进等人携带珍宝至福州变卖购船。鉴真则率领荣叡、普照、思托等人从阿育王寺乘黑夜潜出，翻越天台山，欲取道温州，南下福州与法进会合。不料，鉴真等人行至浙江黄光县时被官府发现并追回。此次失败是因为鉴真的弟子、扬州大明寺灵祐和尚不舍师父鉴真航海冒险，联合扬州大明寺、竹西寺、观音山禅寺等佛寺僧人及扬州刺史出面阻拦。

接下来的第五次东渡，航船在东海遭遇飓风，漂到海南岛南部振州登陆。鉴真大和尚又因“频经炎热，眼光暗昧”在广州蕃坊经大食国胡医治疗眼疾十余日，双眼却盲了。

在这暮春的虫鸣之夜，鉴真大和尚表情悲恸地躺在广州蕃坊大食胡医的沉香木胡床上，红肿的双眼渐渐流下了两行清泪……

奈良唐招提寺营建及对日本寺院建筑的影响

大唐天宝十二年（公元753年），日本第十次遣唐使团经扬州回国。

日本遣唐大使特意去扬州大明寺拜见了鉴真，表示如果鉴真自愿前往，可搭乘遣唐使团的船。鉴真当即允诺。

然而，扬州的僧侣得到消息，对鉴真严加防护。恰巧此时鉴真的师弟仁干禅师从婺州（今浙江东阳）来扬州大明寺看望鉴真，了解到鉴真东渡日本的决心，便悄悄为师兄鉴真准备了一艘快船，就停泊在扬子江边。

天宝十二年（公元753年）十月二十九日，鉴真由弟子陪护，趁众僧不备，从仁斡禅师坐禅的龙兴寺出发至扬子江边。

此刻，有闻讯赶来送行的沙弥24人悲泣跪送。鉴真大和尚最后一次在中国国土上为沙弥们摩顶授戒。

在众沙弥依依不舍的哭泣声中，鉴真毅然登上快船溯江至苏州黄泗浦日本第十次遣唐使船停泊处。日本学问僧普照此时也从阿育王寺赶来与鉴真会合同渡。经过近两个月的艰难航行，鉴真一行人终于踏上了日本的土地。

自天宝二年（公元743年）春第一次东渡，至此已11年，鉴真已是66岁高龄的失明老人。五次东渡失败，历尽艰辛险阻，始终未能动摇鉴真东渡日本传法的雄心和意志。在这漫长的11年的东渡过程中，有36位僧人失去宝贵生命，退心道俗二百余人。唯有鉴真、普照、思托，自始至终都下定决心东渡日本。

日本天平胜宝五年（公元 753 年）十二月二十日，鉴真一行人在日本登陆。

鉴真登陆那日，秋目湾碧空如洗，海水湛蓝，海面白帆点点。当鉴真大和尚所乘坐的唐船驶入秋目湾时，湾内所有日本商船皆鸣响萨摩大鼓。日本人民用最隆重的仪式欢迎大唐鉴真大和尚。

日本天平胜宝六年（公元754年）正月，在日本皇室骑兵的护送下，鉴真一行人抵达日本皇都奈良。彼时的日本正是“奈良时代”的全盛期，在位天皇是孝谦天皇。故鉴真一入日本皇都奈良，立即受到朝野的盛大欢迎。孝谦天皇在平城皇宫亲颁诏书，授予鉴真“传灯大法师”僧位，又在皇寺东大寺立戒坛，由鉴真亲为圣武太上天皇、光明皇太后及皇太子淳仁授菩萨戒。

鉴真在皇寺东大寺登坛授戒，日本佛教界一致公认，日本佛教从此才有了严格意义上的戒律，而鉴真也被日本佛教界奉为日本律宗始祖。

日本天平胜宝七年（公元755年）二月，孝谦天皇将已故新田部亲王的旧宅赐给鉴真作为建寺的基地。日本天平宝字三年（公元759年），由中国和尚鉴真主持营建的奈良唐招提寺建成，由此对日本寺院建筑产生了极为深远的影响。

奈良唐招提寺是中国风格的庑殿式建筑，从屋脊到鸱，从立柱到斗，从结构到布局，都源于中国盛唐的佛寺建筑风格。

可以说，日本奈良时代由鉴真大和尚主持营建的奈良唐招提寺的佛寺建筑技术和风格一直影响了其后日本的镰仓时代和室町时代，以及更后的安土时代和桃山时代的日本佛寺。

自鉴真大和尚主持营建奈良唐招提寺后，“高丽尺”停用，“唐尺”则一直是日本佛寺建筑材料的标准，一直沿用至今。

第二编

宋：丝路季风

第1章 两宋瓷器贸易

汴梁：宋徽宗·瓷器

宋神宗元丰五年（公元1082年），北宋京城为汴梁。这一天，瑶华宫内太监、宫女往来穿梭，紧张中露出喜色，因为神宗皇帝的宠妃陈氏临盆了。

而此时，神宗皇帝赵顼刚刚在秘书省赏完书画，正踟蹰踱往瑶华宫，正巧赶上小皇子呱呱落地。神宗皇帝一见小皇子白胖健壮，即赐名曰“佶”，所谓“四牡即佶”，取其壮健之意。

小皇子赵佶长大后，琴棋书画样样精通，堪称才华横溢。

元符三年（公元1100年）正月初八，北宋哲宗皇帝赵煦在皇宫福宁殿驾崩的当天，其十一弟端王赵佶即位于柩前，是为北宋徽宗皇帝。

宋徽宗赵佶即位当年，就迫不及待地将书画提升为科举取士的必考科目。然而，最能体现宋徽宗赵佶艺术气质的还是人所共知的五大名窑的中国瓷器。定、汝、官、哥、钧五大名窑中，尤其令宋徽宗赵佶为之倾倒的是钧瓷。

自北宋至今，一千年的岁月流转唯有那句著名的传说：“纵有家产万贯，不如钧瓷一件。”这种瓷器的神奇之处，就是在钧瓷烧造的瓷器釉面的釉色上，会呈现一种蓝紫红交汇的色彩变化。

宋代制瓷工匠开创性地在釉料中加入红铜配方，再通过控制炉温和炉内气氛，让釉色自然窑变，犹如天成。

所谓“一窑入色，出窑万彩”。正因为结果难料，这手艺在宋室南渡之后曾经长期失传。

钧窑位于北宋京西北路颍昌府阳翟县（今河南省禹州市），以刘家门窑和钧台窑所烧钧瓷质量最好，刘家门属民窑，而钧台则属官窑，所烧钧瓷专供宫廷使用。

刘家门窑和钧台窑皆以“双乳”火膛窑炉烧造钧瓷，两个火膛交替使用，以有效控制窑温，但所烧钧瓷窑变的走向仍然变幻莫测，即使在徽宗崇宁年间，也有十窑九不成之说。

钧台窑烧造的钧瓷，胎体略厚、致密、色灰，先素烧后施釉，釉面很厚，因为釉料中的红铜在高温中呈现紫红颜色且釉面翻滚，在烧成后往往会留下细线状流动痕迹，宋人称之为“蚯蚓走泥纹”。钧瓷釉色以月白、天青、天蓝为基色，紫红颜色在这些基色上产生窑变，十分漂亮。

钧台窑供应宫廷的官窑器有花盆、盆托、盘盆、碗、洗、炉、樽等。大量漂亮的钧瓷花盆被徽宗皇帝置于皇宫御花园养花种草，给这幻彩之瓷平添了一分芬芳。

和钧瓷一样，汝瓷也深受宋徽宗的喜爱。

相传某日徽宗皇帝在午睡，梦中一阵电闪雷鸣、风雨交加，瞬间又风停雨歇、云开雾散，露出一片晴空。徽宗皇帝醒后发现只是一个梦，但梦中的天青色却令深谙绘画色彩的徽宗皇帝念念不忘。于是，徽宗皇帝下旨，要京西北路宝丰县清凉寺专门烧制宫廷用瓷的汝窑御用窑厂烧造像“雨过天青云破处”一般的天青色汝瓷。

尽管这事的真假已无从考究，但徽宗皇帝的艺术品位由此可见一斑。

一个生活在花团锦簇中的皇帝，对“雨过天青云破处”的那份迷恋，多少有些令人费解。

北宋享誉世界的五大名窑——汝窑、钧窑、官窑、哥窑、定窑，除了纯正洁白的定窑白瓷，另外四种都属于青瓷系列。

天青色成了北宋徽宗时代顶级瓷器的流行色。

北宋下旨督烧的天青色汝瓷现于世界著名博物馆里仅存不足70件。这十分珍贵的不足70件的天青色汝瓷底款有几件刻有“奉华”和“蔡”字铭。其中带“奉华”字铭的天青色汝瓷为宫廷用瓷，是徽宗皇帝第九子——宋高宗赵构的临安（杭州）皇宫德寿宫之配殿奉华堂的御用瓷。

“蔡”字铭代表的是物主的姓氏。宋代能收藏宫廷御用天青色汝瓷的蔡姓人家恐怕只有两户：一户为蔡京（徽宗时位极人臣），一户为蔡京之子蔡絛（蔡絛为驸马，娶徽宗皇帝最宠爱之第五女延庆公主）。徽宗皇帝曾十次至其府邸看望女儿延庆公主，赏赐珍宝无数。

汝瓷胎体薄而细腻，釉色柔润清雅含蓄。传世的汝瓷，若近距离观察，就会发现瓷釉上布满细微的裂纹，这就是“开片”。

据说，宝丰清凉寺御窑厂烧造好的汝瓷进呈徽宗皇帝御览时，徽宗皇帝会在皇宫延和殿端坐一晚，于万籁俱寂时聆听汝瓷开片之声。

一直到靖康之变，徽宗和钦宗父子被金人俘虏，北狩朔漠。于艰难困苦中，衣衫褴褛、食不果腹的徽宗皇帝仍会时常端坐于星空下的荒漠，于万籁俱静中屏住呼吸，情不自禁地回味那汝瓷开片之声。在这远离喧嚣尘世的荒凉漠北，唯有这汝瓷的开片之声令他仿佛重新嗅到东京汴梁落英缤纷的清雅芬芳，依稀听到疏影横斜里的诗情绝唱。

那一刻的赵佶，仿若永恒。

……

回顾一段大宋三百多年的历史，世人会发现一个怪现象：本来就屈指可数的武将大多难得善终，而著名的文官却层出不穷，即使获罪也不至于被杀头。这让弱不禁风的宋代皇帝们，不得不用“城下之盟”换来一个充满陶醉的奢华时代。

宋代的奢华，其实是因为中国在唐宋之际发生了一场“经济革命”。可以这样说，宋代是中国历史上继汉初之后的又一个商业繁华期，商业化的浪潮席卷了整个大宋。唐代束缚了商业自由的坊市制和夜禁制在宋代彻底瓦解。

海外贸易在宋代高度繁华，整个大宋的海岸线全部对外开放。仅广州市舶司和泉州市舶司，每年从海上贸易中抽得的税款就多达200万贯，进出口贸易总额超过2000万贯。

大宋对海外贸易，也一反唐代做法，严格限制朝贡贸易。因为海外诸国以朝贡名义来中国贸易，势必会冲击民间互市的贸易总量，进而影响朝廷的抽税。

所以，大宋积极鼓励民间的自由贸易，海外蕃商只要在市舶司登记，领取“公凭”，便可自由购买商货出海。

当然，海外贸易的红火，也有赖于宋人先进的造船技术。

大宋设立在广州、泉州、明州的船坞皆已掌握了非常成熟的水密舱、平衡舵与多桅技术。其中水密舱技术在远洋航海中非常关键，它可以保证整艘船不会因为其中几个舱进水而沉没。

宋代发明的平衡舱可以升降，以适应在深海的航行及在浅水暗礁区灵活避让停泊。宋人制造的多桅帆船大多用于远洋贸易，用宋人周去非所著《岭外代答》卷六《木兰舟》所述：“舟如巨室，帆若垂天之云，舵长数丈，一舟数百人，中积一年粮，豢豕酿酒其中。”

宋人还发明了用于航海的指南针，可以将航向角精确到7.5度。记录海上地理水文状况的航海地图这时候也出现了，宋人称之为“海图”。

大宋以开放的胸襟鼓励海外诸国来中国贸易，亦欢迎蕃商来中国定居。在北宋京城汴梁，就有犹太人的定居点。在广州与泉州，则生活着大批的阿拉伯人。

开明、开放、繁华的大宋，让海外诸国产生了强烈而深切的向往之情。

很多海外诸国蕃商不畏艰险，扬帆航抵大宋，只是为了购买大宋的一种独一无二的珍贵商品——瓷器。

徽宗皇帝欣赏的钧瓷和汝瓷，由于太过珍稀——专供皇宫御用尚嫌不足，自然无法出口换取钱财。于是，海外诸国蕃商盯上了大宋大量生产的一种瓷器——青瓷。

中国的五代至北宋初年，割据江浙的吴越国为发展对外贸易，十分重视丝绸和瓷器的生产，同时为贡奉北宋朝廷，吴越国境内的越窑瓷业发展到了鼎盛时期。

以世界各地的中国青瓷出土物证实，此一时期的越窑青瓷不仅传播面广，而且数量远超前朝。

北宋太宗皇帝赵炅统治的太平兴国三年（公元978年）五月，吴越王钱弘俶向北宋纳土归顺。

太宗皇帝鉴于宁绍地区的茶业兴盛、燃料匮乏、工匠薪水的上升和沉重的窑业税等原因，免除宁绍地区进贡越窑青瓷的朝贡。

这一举动致使一代名窑在经历了千年的辉煌后在北宋中期衰落，其越窑青瓷产品几乎不再外销。越窑的衰落，破坏了青瓷的供求平衡，这就为龙泉窑的崛起提供了一个绝好的机遇。

一些拥有精湛的越窑制瓷技术和成熟的制瓷经验的能工巧匠就来到了山岭连绵的龙泉地区，这使得龙泉窑在北宋晚期迅速崛起，并且一跃成为北宋外销瓷之翘楚。

关于北宋晚期龙泉窑青瓷外销的确切年代，我们可从目前所知有确切纪年的两件龙泉青瓷中获得准确的信息。

一件是英国戴维德基金会收藏的龙泉青瓷罂，在罂的下腹外壁刻有“元丰三年九月十五圆日原烧上邑粮膺承贮千万香酒归去伯年归后阴荟千子万孙永招富贵长命大吉受福无量天下太平”。

另一件是日本奈良大和文华馆收藏的青瓷多嘴罂，腹部有相似的文字：“元丰三年又九月十五圆日增添福寿时之进古何十二婆百年后阴荟子孙富贵长命大吉”。

两件瓷器的铭文告诉我们，它们均烧制于元丰三年（公元1080年）闰九月十五日。

北宋神宗皇帝赵顼统治的元丰年间，恰是熙宁年间王安石变法之后。王安石变法之重点在于理财，尤其重视主管外贸之市舶使司的建设。

所谓“市舶”，用今天的话来说就是商船。市舶使、市舶司，也就是管理外国来华商船及相应的船货贸易的官职和机构，大致兼有今天海关以及商业局和市场管理局的职能。

大宋广州、泉州、明州、杭州等处都设置市舶司，其中广州市舶司设置最早，被视为沿革唐代市舶使制度的典型代表。

广州市舶司的职能主要包括：一是发放中国商船出口许可证，进行必要的登船检查并护送商船出珠江口；二是对进口商船进行船只到达前的祭海神仪式，检查有无夹带违禁物品，进行进口货物的抽解（即征税）、博买（即先行专卖），招待外商、贡使等；三是向朝廷报告贡船到岸消息，向京城汴梁、行在（皇帝临时驻扎地）运送贡品和船货。

大宋的广州市舶司始于宋太祖赵匡胤统治的开宝四年（公元971年），罢于宋恭帝赵㬎统治的德祐元年（公元1275年），存在长达300余年。广州市舶司第一任长官为大宋开国大将潘美。

大宋市舶司每年从海上贸易中抽税多达200万贯，进出口贸易总额在北宋末年超过2300万贯，在南宋贸易的外国商船准备满载丝绸、茶叶、瓷器离港归国时，大宋的几处市舶司都会拨一笔巨款（约3000贯），由市舶使大人亲设宴会相送，并请这些外国商人明年继续来大宋贸易。

临安：宋高宗·瓷器

自靖康二年（公元1127年）三月二十九日，金兵押解被俘的北宋徽宗、钦宗二帝及皇子、皇孙、后妃、公主与外戚大臣等共3000多人北去。北宋正式灭亡。

徽宗皇帝的第九个儿子康王赵构一路南逃，于靖康二年（公元1127年）五月一日在大臣宗泽等人的护送下，手捧“大宋受命之宝”玉玺，在应天府天治门登坛受命即皇帝位，下诏改元，以靖康二年为建炎元年，是为南宋第一任皇帝。

建炎三年（公元1129年）二月四日，宋高宗赵构一行为躲避金兵的追杀，逃至杭州。

不久，南宋军队在陈彦将军的率领下，渡过长江打败了金兵，收复了扬州，宋高宗赵构的南宋小朝廷就在杭州暂时安顿了下来。六月，赵构升杭州为临安府，以备都城之所在。

不幸的是，金兵在元帅金兀术的率领下一路南侵，又攻陷了临安。宋高宗赵构被迫撤至海上。直到绍兴二年（公元1132年），宋高宗赵构才又重回临安。

其后，由于南宋著名将领——民族英雄岳飞多次击败金兵元帅金兀术。

宋金终于在绍兴十一年（公元1141年）开始议和。

宋金议定和约共计四款：一是东以淮水、西以商州为两国界，以北为金属地，以南为宋属地；二是宋岁纳银绢各25万；三是宋君主受金封册，得称宋帝；四是宋徽宗梓官及韦太后归宋。

南宋的海外贸易相当活跃，凡外国商船入港，将载运的货物以货样的名义选送市舶司，并不定期送呈皇宫，称为“呈样”。

南宋的海岸线由临安所在的杭州湾和福州、漳州、泉州金三角，南至广州湾，再到琼州海峡，都对外开放，与西洋南洋诸国发展商贸。

南宋中央政府在明州、泉州、广州皆设置市舶司，与大食、古逻、阇婆、琉球、高丽、日本等国并通贸易，以金、银、缗线、铅、锡、丝绸、瓷器等物品来交换香药、犀、象、珊瑚、琥珀、珠、矿、宾铁、鳖皮、玳瑁、玛瑙、砗磲、水晶、番布、乌横、苏木等物。

南宋绍兴二年（公元1132年），临安置榷易院，乃诏诸番国香药、宝货至广州、交趾、泉州、两浙，且规定不得私相市易。

所谓榷易，又分征榷、禁榷、抽解和博买。

征榷类似今天的海关征税，禁榷则表示舶来货的某些货品需专买专卖，抽解就是征实物为税，博买则将舶来货物分为粗货和细货，其中有某些特定细货，如香料、犀角、象牙、珊瑚、琥珀、珍珠、玛瑙、砗磲、玳瑁、水晶、黄金、白银等，当然，也包括白面猢狲、孔雀、鹦鹉、狮子、斑马、长颈鹿之类珍禽异兽。这些特定细货需不定期地呈送皇宫并举行隆重的“呈样”仪式。

绍兴十二年（公元1142年）八月二十二日，正午时分，天气晴好，阳光灿烂。

在皇太后韦氏饮过九杯这样的敬酒之后，外国贡使的“呈样”仪式就开始了。

分列于殿前两侧彩棚中的宫廷乐队，此刻由打击乐开始，随即箫、笙、埙、篪、觱篥、龙笛和琵琶等乐器亦开始演奏。其中最醒目的乐器是两座箜篌，高3尺许，张35弦，箜篌乐手取跪姿双手弹拨琴弦。

在美妙的箜篌清音中，大食国正使呈上大食国希拉乌山谷所产的优质蔷薇水10瓶，细兰国正使呈上璀璨的红宝石和蓝宝石各10颗，阇婆国正使呈上三尺高的珊瑚树10株，渤泥国正使呈上鸽蛋大的珍珠10颗，三佛齐国正使呈上黄金1000两，花剌子模国正使呈上花斑鹿2头，蒲甘国正使呈上象牙10根，古尔国正使呈上狮子1对，丹流眉国正使呈上绿孔雀1对，琉球国正使呈上新鲜荔枝100颗。

皇太后韦氏在品啖了一颗琉球国使臣呈上的新鲜荔枝后，凤颜大悦。

宋高宗赵构见母亲欢喜，亦龙颜大悦。宋高宗赵构就和颜问道：“琉球国使节，尔等是如何在八月末尚能呈上新鲜荔枝来孝敬太后呢？”

琉球国正使跪下回话：“琉球国隔海与福建相望。当福建的荔枝刚开花时，已有琉球国的包买商将整片山林的荔枝订购下来，一成熟，即刻摘下装船，运往高丽和日本。海舟自泉州启航，顺风三数日至高丽济州或日本萨摩川，得荔枝，色香皆未减。四月，本使已知太后由金国回銮，特于泉州留一棵百年荔枝树，延其花期，又养护荔枝果实。八月初，整株荔枝树装上海船，一路上用泉州山泉水浇淋养护，至八月中旬始航抵临安。本使今早才从这棵荔枝树上采摘荔枝，得百颗新鲜沾露荔枝敬呈皇太后。”

宋高宗赵构朗声道：“赏琉球国使龙泉青瓷100件。”

“呈样”仪式最后一位是日本崇德天皇派遣的遣宋使节。

梳着总角发型的日本正使呈上一只建窑兔毫盏。太监将其呈递给纱幔后的皇太后韦氏时，皇太后韦氏接过这只建窑兔毫盏一摩挲，竟热泪横流。

宋高宗赵构见母亲哭了，很是诧异，就询问母亲缘由。

皇太后韦氏颤抖着声音，向儿子讲述了一件徽宗皇帝北狩时与一只建窑兔毫盏的轶事。

金太宗皇帝完颜晟统治的天会十一年（公元1133年）盛夏的一天，一个金国小吏在宋金边境的夏季榷场得到了一只建窑兔毫盏。

金国小吏是监管宋徽宗赵佶的，就将这只建窑兔毫盏很炫耀地拿给赵佶看。赵佶一看，觉得十分喜爱，就提出用10两黄金购买。

谁承想这个金国小吏竟提出让赵佶用瘦金体写50道谢表来交换这只建窑兔毫盏。

在金国的屈辱生活中，每逢金国大小吉庆，金人往往会赏赐给赵佶一点吃的或穿的。每得赏赐，赵佶都要恭恭敬敬地写一道瘦金体的谢表。

金人会将赵佶的瘦金体谢表装订成册，拿至金宋边境的榷场交易，经常都能卖得好价钱。

赵佶秉烛十余个夜晚，写就了50道瘦金体谢表，换了金人小吏的建窑兔毫盏。

得到这只建窑兔毫盏的翌日，赵佶特意跑到韦氏工作的洗衣场，与韦氏用它点茶，两人含着泪互饮了一杯。

因繁重的体力劳动和缺衣少食的生活，两年后的一个夜晚，赵佶凄惨地死去。

宋高宗赵构听完母亲讲述的父皇徽宗皇帝北狩漠北的这段逸事，不禁潸然泪下。他擦干眼泪，立即下旨，要福建路每年供御临安皇宫建窑上品兔毫盏一千只。

建窑位于今福建省南平市建阳区水吉镇，是宋代著名的黑瓷产地之一，以生产一种带条状结晶的黑釉茶盏而驰名，是兔毫盏的主要产地。

水吉镇建窑窑址共有芦花坪、大路后门、牛皮仑和社长埂四处，以烧造黑瓷为主，兼烧少量青白瓷。

宋代建窑的突然兴起与宋代官宦及皇室热衷饮茶、斗茶的风尚有直接关系。宋徽宗赵佶在皇宫中斗茶时使用的黑瓷茶盏就是建窑兔毫盏。

宋徽宗赵佶极喜爱建窑兔毫盏，曾在其所著之《大观茶论》中论及：“盏色贵青黑，玉毫条达者为上。”也就是说，茶盏是青黑色最好，有条状兔毫的为上品。后人追记之《宣和遗事》也有关于建窑兔毫盏之论述：“政和二年……又以惠山泉建溪异毫盏烹新贡太平嘉瑞茶赐蔡京饮之。”以上提到的玉毫和异毫，皆指建窑兔毫盏。

由于北宋徽宗皇帝赵佶和南宋高宗皇帝赵构的喜好，上行下效，达官贵人和富商巨贾也以用建窑黑盏斗茶为荣。这不仅直接促使建窑黑盏的大量生产，亦促使建窑窑工在黑盏的窑变和装饰上下大功夫，力求花样翻新。

聪明的建窑窑工经过无数次的反复实践，利用釉中所含氧化金属的呈色原理和窑温火焰的机理，烧出富有变化的结晶釉和窑变花釉，在黑色釉地上呈现出条状和油滴状结晶，亦烧出窑变花釉如玳瑁，亦有把剪纸图案烧在釉内的。此外，人们也常用在黑釉上刻花、划花、剔花、印花等装饰技法美化黑盏。

当然，最具代表性的仍是建窑在黑釉上烧出闪耀银光、细如兔毛的兔毫盏。

除了名贵的兔毫盏外，建窑烧制的鹧鸪斑碗、油滴碗和曜变碗亦同样名贵。

鹧鸪是一种鸟，羽毛上有很多斑点，非常漂亮。建窑工匠烧制的仿生茶盏的纹理模仿鹧鸪的羽毛，这样的仿生茶盏就称为鹧鸪斑碗。

建窑茶盏是宋人的称谓，当时的日本遣宋使臣则称窑茶盏为“曜变”。

日本人还为建窑茶盏取了一个更有意思的名字，叫“天目”。据说建窑茶盏最早是访宋的日本僧人从浙江的天目山得到的茶盏，故凡是宋代的黑色瓷器，日本人皆称之为“天目瓷”。

自南宋高宗皇帝赵构下旨要福建路每年供御临安皇宫建窑兔毫盏一千只后，建窑的工匠开始在黑盏的下面写“供御”款和“进盏”款，表明这些建盏是上供给皇上用的。一直到恭帝和端宗统治时期，因为战乱，才停止了向临安皇宫的供御。

后来，大量有“供御”和“进盏”款的建窑兔毫盏被日本商人乘机买去并经泉州至博多、泉州至小值贺岛前方湾这两条海上丝绸之路贸易航线运往日本。

在日本，建窑兔毫盏会被分得很细，以“毫”的白、黄、灰的颜色，分为“玉毫”“异毫”“兔毛斑”“兔褐金丝”等。

泉州：荔枝、水仙及其他

第2章

宋室南迁后，重文轻武的政策仍一以贯之，本来就屈指可数的武将大多难以善终，譬如以“莫须有”罪名杀掉的著名将领——民族英雄岳飞。弱不禁风的宋高宗不得不用“城下之盟”，换来一个充满陶醉的奢华时代。

南宋发达的商品经济浪潮席卷长江以南的广大地区。农民不再满足于自给自足的粮食，纷纷开始改种收益更多的经济作物。

自南宋绍兴八年（公元1138年）正式定都临安，江南的局势算是稳定了下来。也就在这一年，福建一带出现了大批种植荔枝的专业农户。

改种荔枝风潮的背后推手，确切来说，应该是琉球的商人。

这些琉球商人与荔枝农签订承包协议，包下大片荔枝林，产销全包。

福建的荔枝农只需负责荔枝的栽种养护，待荔枝挂果时就可坐在荔枝树下收钱了。

琉球商人将荔枝装船，通过泉州港，直航高丽济州和日本博多港。

蔡襄《荔枝谱》载：“福州种植荔枝最多，延迤原野。洪塘水西，尤其盛处，一家之有，至于万株。城中越山，当州署之北，郁为林麓。”

福建路荔枝品质优良，远销海内外，被琉球商人誉为“软白银”。

琉球商人运往高丽和日本的荔枝，专门委托蒲氏家族在泉州的远洋商船运输。

蒲氏家族是大食国人，自五代时蒲氏家族中的蒲有良奉使占城，司西洋转运使。入宋以后，蒲氏家族虽然逐渐汉化，但从事海外贸易的传统代代相传。

由于荔枝在日本是畅销的贵重商品，蒲氏家族获利颇丰。故孝宗皇帝登基的隆兴元年（公元1163年），泉州蒲氏家族直接承包了福建全境的荔枝销售。

福建荔枝从挂果、采摘包装、装船启运，直至载货航抵日本和高丽，皆是蒲氏专营。所以说，福建荔枝刚一开花，蒲氏的杏黄大旗就已遍插福建的荔枝林。

范成大《新荔枝四绝》诗尾有小注曰："四明海舟自福唐来，顺风三数日至，得荔子，色香都未减，大胜戎涪间所产。"也就是说，风顺，三五日，蒲氏的远洋商船就会载着荔枝航抵日本博多港。最多一个星期，日本天皇就会在皇宫中一边欣赏相扑表演，一边品尝产自南宋的新鲜荔枝。

南宋是中国商人的黄金时代，商业的浪潮席卷了整个南宋。

"九市官街新筑成，青裙贩妇步盈盈。"南宋女性经商乃一平常事。在泉州，女子经商更是寻常事。

泉州多有大食国人、花剌子模人、古尔人、细兰人、三佛齐人、渤泥人、占城人、高丽人、日本人寓居，其中以大食国人居多。

这些信仰伊斯兰教的大食人在泉州建立了清净寺（又名麒麟寺）。清净寺由阿拉伯穆斯林创建于公元1009年。

随着大食人汉化程度提高，在泉州的阿拉伯人有了蒲氏和丁氏两个姓氏，也在泉州有了伊斯兰教圣墓。

谁也不知道，在漫长的海上丝绸之路时代，究竟有多少个穆斯林定居在这个唐宋时期称为"刺桐"的城市。

阿拉伯人爱干净，喜欢焚香，亦极喜爱鲜花。所以，泉州的鲜花消费十分旺盛。

泉州的鲜花坊，经营者几乎都是女性。泉州城一年四季鲜花盛开。

泉州的春天，兰花盛开，盈尺高的兰花，淡淡的，就像泉州城铺了一层寒烟，兰香浓烈极了。

泉州的仲夏，野牡丹花就开了。每到五月，初五开红，初七开白，初九开紫，十一开黄，绣球般的，团蝶般的，盘状的，拳状的，娇、笑、羞、媚、含怒、欲语，真是千娇百媚。

泉州的秋天，野菊花就开了，一片菊，金黄锦绣。

泉州的冬天呢，水仙花就开了。

水仙花应是会讲波斯语的大食人由拂菻国（东罗马帝国）携出，经海上丝绸之路，经泉州港传入大唐。至南宋时，水仙花已在福建的泉州和漳州广为栽种。

经海上丝绸之路，由外国客商携带传入中国的植物还有棉花、油橄榄、烟草、甘薯、花生、玉米等。

其中南宋时期引进的棉花，在闽、广两地种植，开创了中国种植棉花的历史，也改变了中国人的衣饰结构，使中国的普通老百姓也能穿得起光鲜的衣服。

第三编

元：丝路驼铃

马可·波罗来访

第1章

马可·波罗口述探险旅行

马可·波罗是一个身材高大的威尼斯人，长年风餐露宿导致他44岁就头发花白，锐利的目光藏在漆黑的浓眉下，黑色的胡子垂到胸前，脸上布满深陷的皱纹，面容坚毅。

马可·波罗的探险旅行，令整个热那亚城的人民沸腾。

热那亚人竞相来狱中探望被关押在热那亚城堡监狱的马可·波罗，希望能有机会与他交谈，听听那遥远的中国元朝的故事。

日复一日的讲述使马可·波罗身心疲惫。一日中午，马可·波罗终于在午间祈祷时睡着了。

迷迷糊糊中，马可·波罗似乎梦见了一大片沙漠。沙漠上走着一列骆驼商队，走在最前面的三匹骆驼上骑乘着尼科洛·波罗、马费奥·波罗和马可·波罗。这是年仅17岁的马可·波罗和父亲尼科洛·波罗及叔父马费奥·波罗一起行进在去中国元朝大都的旅途上。

驼铃声清脆悠扬，马可·波罗骑在骆驼背上一颤一悠。沙漠上突然有了海市蜃楼：沙漠与天际的接壤处涌出了一群俏丽女子，皆半裸，穿湖蓝色纱裙，露脐，皆头戴鲜花，神态甜美，齐齐地跳起了肚皮舞。俏丽女子们有节奏地收腹、挺胸，晃动那裸出的雪白肚皮。突然，天边飞来一大群黑色的乌鸦，发出一阵刺耳的聒噪声……马可·波罗就醒了。

原来是监狱看守者用钥匙开锁的声音。

天色已晚。监狱看守者用一只白铁皮做的有柄平底锅盛着肉汤端进来，把肉汤分别倒到马可·波罗和鲁斯蒂谦的盆子里。

两个人用木匙喝完汤，又吃了肉，然后洗好盆子。

监狱看守者将门重新锁上，逐渐远去。

两个人听着监狱看守者的脚步声，默默地对坐了一会儿。

终于鲁斯蒂谦开口说话了：“马可·波罗，我听见你在睡梦中说梦话，骆驼商队，肚皮舞女什么的……要不，你口述，我执笔，一起把你去神秘而遥远的元朝帝国会见蒙古大汗的旅行故事写出来？”

“好吧！”马可·波罗用力地点点头。

威尼斯人几乎个个经商，马可·波罗的父亲尼科洛和叔叔马费奥就在威尼斯经营着一份家族产业。公元1253年，为了寻求更大的利润，兄弟俩踏上了去东方的探险旅程。

《马可·波罗行纪》的第一章“波罗兄弟二人自君士坦丁堡往游世界”是这样记述的：“马可君之父尼科洛同尼科洛之弟马费奥，自乌洛齐亚城负贩商货，而至君士坦丁堡。兹二人仍华胄，谨慎而贤明。基督降生后之1260年，实在博丹为君士坦丁堡皇帝之时，此兄弟二人商议后，决定赴黑海营商，于是购买珍宝，自君士坦丁堡出发，遵海而抵速达克。”

尼科洛和马费奥沿着“丝绸之路”北端向东进入蒙古帝国腹地。兄弟俩用带去的珠宝、银币和织物与其他商人做生意，由此挖掘到了他们在蒙古帝国的第一桶金。

兄弟俩在旅途中慢慢熟悉了圆形的蒙古包和经发酵酿制的马奶酒，还在与蒙古人的紧密接触中掌握了蒙古语，也学会了与蒙古人沟通和交流的技巧。

在布哈拉城滞留期间，尼科洛和马费奥邂逅了成吉思汗的孙子旭烈兀派去拜谒蒙古帝国大汗忽必烈的使节。

这位不曾留下姓名的使节与波罗兄弟一见如故，提出想向忽必烈大汗举荐波罗兄弟俩，还向他俩保证，大汗一定会盛情款待并赐给兄弟俩许多礼物。同时，使节向波罗兄弟承诺：一路上有他陪同，绝对安全。

波罗兄弟走了一年，才到达蒙古帝国，在元大都受到了忽必烈的接见。波罗兄弟用蒙古语与忽必烈交谈，这令忽必烈感到十分高兴。忽必烈希望他们能带回一些耶路撒冷耶稣墓冢上方点灯的灯油。波罗兄弟再三向忽必烈保证，一定会按他的要求完成使命。

为了他们的安全，忽必烈特意按照蒙古习俗为他们配发了一块刻有自己签名的金牌。

这块金牌是蒙古帝国的特别通行证，沿途蒙古官吏需提供住宿、膳食、马匹和护卫兵力。

波罗兄弟一路畅通无阻，于公元1269年平安抵达以色列北海岸的港口城市——阿迦城。

由于教皇克莱芒特四世于公元1268年在维泰博去世，波罗兄弟无法完成大汗忽必烈的嘱托，只好先返回了威尼斯。

到家后，尼科洛的妻子已经逝世，仅给他留下一个15岁的男孩。这个男孩就是尼科洛的儿子马可·波罗。

听父亲和叔父讲述了“丝绸之路”以及蒙古人、蒙古包和马奶酒的故事之后，少年马可·波罗渴望与父亲和叔父一起踏上去东方探险的旅程。

公元1271年春天，少年马可·波罗终于跟随父亲及叔父一起离开威尼斯城，开始了漫长而又艰辛的东方探险旅程。

《马可·波罗行纪》的第十章“波罗兄弟二人携带尼科洛子马可往朝大汗”是这样记述的：“他们兄弟二人等候许久，教皇尚未选出。于是互相商量，以为回去复命大汗时，未免太迟。于是他们携带马可，从乌洛齐亚出发，径赴阿迦，见着那个使节，告以这种情形。并请他允许他们往耶路撒冷去取圣墓灯油，俾能复命于大汗。使节许之。他们遂自阿迦赴耶路撒冷，取了圣墓灯油，重还阿迦。复见使节，语之曰：‘教皇既未选出，我们想回到大汗所，因为我们耽搁时间业已过久了。’使节答曰：‘君等既想归去，我亦乐从。’于是命人作书大汗，证明此弟兄二人业已奉命来此。惟无教皇，故其使命未达。”

波罗兄弟及马可·波罗后来还是见到了新任教皇格列高利十世，完成了蒙古大汗交代的任务。

公元1273年，马可·波罗与父亲和叔父一行三人在离开威尼斯两年之后，才开始了真正意义上的中国之行。

三人往东穿过突厥蛮州、帖必力思城、起儿漫国、撒马儿罕、巴里黑城、盐山、帕篩州、忽炭州、罗不城、哈密州、肃州、哈喇和林城、额里湫国，直至上都城。

《马可·波罗行纪》的第14章“尼科洛、马费奥、马可觐见大汗”是这样记叙的：“他们弟兄二人携带马可到此大城以后，遂赴宫廷觐见君主。时其左右侍臣甚众。他们三人跪见，执礼甚卑。大汗命他们起立，待遇优渥，询问他们安好及别后之事。他们答复沿途无恙，于是呈递其所赍之教皇书状。大汗甚喜。已而进呈圣墓灯油，大汗亦甚欢欣。及见马可在侧，询为何人，其父尼科洛答曰：‘是为我子，汗之臣仆。’大汗曰：‘他来甚好。’此后之事毋庸细说。读者只须知道大汗宫中大宴以庆其至，宫中诸人皆礼款之，他们偕诸侍臣留居朝中。”

上都皇帝的宴会，极尽奢侈之能事。

忽必烈按照蒙古习俗在上都为他们三人举行了诈马宴，场面豪华富丽。

诈马宴又称只孙宴，参与宴会的蒙古王公贵族都要穿同一种颜色的织金缎子制成的衣服。

一次诈马宴用马三匹，是因为蒙古人重视作为战争工具的马匹，不允许任意宰马。

诈马宴的宴肴种类繁多且十分精致。除了烤全羊，还会烹制一些很有特色的汤类，如羊骨架汤、沙枣汤。诈马宴上的宫廷美食还有种类繁多的粥类，如乞马粥、粱米淡粥、羊骨粥、猪骨粥、枸杞羊肾粥等。面食亦种类繁多：春盘面、皂羹面、经带面、羊肉面、水滑面、索面、托掌面、红丝面、翠缕面、山药面、勾面等。

当然，诈马宴的高潮还是那三匹马的食法：宫廷庖厨叫八个厨役抬进三个硕大的装满沙砾的铜盆，牵三匹马，将马的四足埋入沙砾中，让马腹贴沙，再用絮被将马盖上，并在上面多次浇沃沸汤，厨役两手按被，从项抹至尾，马毛尽脱。然后，生剜马肉，在炭火上炙烤，其味道十分鲜美。这道菜的名字叫“马炙”，据说是中国大唐统治时期由西域胡商传入。

诈马宴上喝的酒是用马奶发酵而成的“忽迷思”（马奶酒）——把奶倒入一只大皮囊里，然后用一根特制的棒开始搅拌，很快马奶开始发出气泡，像新酿的葡萄酒一样，并且变酸和发酵。

蒙古人喜爱马奶酒的习惯一直保持下来。忽必烈和马可·波罗三人皆在诈马宴上喝醉了。

在上都居住至深秋时，三人还参加了忽必烈的秋季狩猎活动。忽必烈出猎的场面非常宏大，一般会有一万名驯鹰师同行，除了五百只矛隼外，他们还带着游隼、兀鹰及其他猛禽，而且还有可以在沿途的河流中捕鱼的苍鹰。

皇帝所有的猎鹰脚上都系着一个用来辨认其身份的银牌，猎鹰一旦迷失方向，马上就会被送回。

马可·波罗三人随皇家狩猎队伍从上都出发，沿着一条大路前往围猎场。

忽必烈坐在大象背上一个用丝绸和黄金饰品围起来的屋子里，马可·波罗三人皆骑在马上，紧随大象。

公元1282年，深受忽必烈信任的马可·波罗奉命赴扬州为官三年。《马可·波罗行纪》的第143章“扬州城”是这样记叙的：“从泰州发足，向东南骑行一日，终抵扬州。城甚广大，所属二十七城，皆良城也。此扬州城颇强盛，大汗十二男爵之一人驻此城中，盖此城曾被选为十二行省治所之一也。应为君等言者，本书所言之马可·波罗阁下，曾奉大汗命，在此城治理亘三整年。居民是偶像教徒，使用纸币，恃工商为活。制造骑尉战士之武装甚多，盖在此城及其附近属地之中驻有君主之戍兵甚众也。”

马可·波罗在此章中所述之“向东南骑行”，应是“向西南骑行”，因为扬州在泰州之西南。

马可·波罗任扬州总督三年，为扬州人民做了许多好事。据说现今扬州城东门之东关街就是马可·波罗治理扬州时改建为商业街的。

公元1284年，马可·波罗结束扬州总督的三年任期，开始到大元最富庶的江浙一带旅行。他游历了南京城、襄阳府、新州城、瓜州城、镇江府、镇巢军城、苏州城、蛮子国都行在城、塔皮州城，大约一年后抵福州城。

《马可·波罗行纪》的第154章“福州国”是这样记叙的：“从行在国最后之信州城发足，则入福州国境，由是骑行六日，经行美丽城村，其间食粮及带毛带羽之野味甚饶。亦见有虎不少，虎躯大而甚强。产萎及高良姜过度，乌洛齐亚城银钱一枚，可购好姜四镑。并见有一种果，形类洎夫蓝，用以为食。应知其地居民，凡肉皆食，甚至人肉亦极愿食之，惟须其非病死者之肉耳。所以，此辈寻觅被害者之尸而食其肉，颇以为美。其赴战者，有一种风习，请为君等述之。此辈剃其额发，染以蓝色，如同剑刃。除队长外皆步行，手执矛，而为世界上最残忍之人。盖其辄寻人而杀，饮其血而食其肉。兹置此不言，请言他事。上述之六日程行三日毕，则见有城名格里府，城甚广大。居民臣属大汗，使用纸币，并是偶像教徒。城中有三石桥，世界最美之桥也。每桥长一哩①，宽二十尺，皆用大理石建造，有柱甚美丽。居民恃工商为活。产丝多，而有姜及高良姜甚饶。其妇女甚美。有一异事，足供叙录，其地母鸡无羽而有尾，与猫皮同。鸡色黑，产卵，与吾国之卵无异，宜于食。此外无足言者，请言他事。再行三日双十五哩，抵一别城，名称武干，制糖甚多。居民是偶像教徒而使用纸币。此外无足言者，此后请言福州之名贵。”

马可·波罗离开了福州，又南下去了泉州。

泉州在宋、元时期称为刺桐。

《马可·波罗行纪》的第156章“刺桐城”是这样记叙的：“离福州后，渡一河，在一甚美之地骑行五日，则抵刺桐城，城甚广大，隶属福州。此城臣属大汗。居民使用纸币而为偶像教徒。应知刺桐港即在此城，印度一切船舶运载香料及其他一切贵重货物咸莅此港。是亦为一切蛮子商人常至之港，

---

①编者注：哩，旧表示英制长度单位用字。

由是商货宝石珍珠输入之多竟至不可思议，然后由此港转贩蛮子境内。我敢言亚历山大或他港运载胡椒一船赴诸基督教国，乃至此剌桐港者，则有船舶百余，所以大汗在此港征收课税，为额极巨。凡输入之商货，包括宝石、珍珠及细货在内，大汗课税十分取一、胡椒值百取四十四，沉香、檀香及其他粗货值百取五十。此处一切生活必需之食粮皆甚丰饶。并知此剌桐城附近有一别城，名称迪云州，制造碗及磁器，即多且美。除此港外，他港皆不制此物，购价甚贱。此迪云州城，特有一种语言。大汗在此崇迦国中征收课税甚巨，且逾于行在国。蛮子九国，吾人仅言其三，即行在、扬州、福州是已。其余六国虽亦足述，然叙录未免冗长，故止于此。由前此之叙述，既使君等详知契丹、蛮子同其他不少地方之情形，于种族之别，贸易之物、金银，与夫所见之其他诸物，悉具是编。然吾人所欲言者，本书未尽。尚有印度人之事物，及举凡足供叙述之印度大事，至为奇异，确实非伪，吾人亦据波罗阁下说笔之于书。盖其久居印度，对于风习及特点，知之甚审，我敢言无有一人闻见如彼之多也。”

马可·波罗在中国的行迹止于泉州城。

公元1292年，马可·波罗三人奉大汗之命，护送蒙古公主阔阔真远嫁伊儿汗国皇帝阿鲁浑，庞大的送亲船队就是从剌桐港扬帆启航的。

在韩国海域发现的“新安号”沉船

第2章

杭州湾：大元对高丽和日本的海上贸易

公元1323年6月3日，西南季风吹得正强劲。

早上卯时，杭州湾的庆元港起了雾。

雪白的雾气在海面上慢慢地形成带状，缠绕到了庆元港口，则又陡地成了团状，且上下左右地翻滚，滚着滚着，樯桅林立的庆元港就白茫茫的一片了。

辰时，雾气散了，忙碌的庆元港就又裸露了出来。

一艘福建泉州造的大型福船已装满货物，在强劲的夏季西南季风的吹拂下，风帆鼓起，猎猎作响。

福船的缆绳仍系泊在码头上，被风帆的动力扯得“吱嘎”作响。船上各就各位的水手们皆盯着瞭望甲板上伫立的纲首（船长），等待他启航的命令。

纲首姓蒲，是一名40岁左右有阿拉伯人种特征的白脸男子。

此刻，蒲纲首（船长）正手搭凉棚，朝庆元港码头远方眺望——他正在等候承租这艘福船的日本纲司（航海总负责人）等人。

蒲纲首及整船水手皆为泉州市舶使蒲居仁所有。

蒲居仁是福建大海商蒲寿庚之孙。蒲寿庚是大食人，在南宋末年至大元初年来到此地，一直垄断中国东南沿海的海外贸易。

大元统治中国的近百年历史中，蒲氏家族的船队一直活跃于泉州、庆元等东南沿海的主要港口。对高丽、日本的海外贸易，蒲氏家族的船队或独立贸易，或将远洋船队的商船租给日本或高丽的客商，收取高额的承租费用。

福船上装载着如下货物：瓷器22000余件，分别为碗2000余件、盘14000余件、盏1000余件、注子300余件、壶4000余件、香炉600余种、盏托30余件、水盘50余件、花盆300余件、以花瓶为主的各类瓶400余件。瓷器种类有：龙泉窑青瓷，景德镇窑青白瓷、白瓷、定窑白瓷，建窑黑瓷，漳州窑白瓷，吉州窑玳瑁釉瓷，老虎洞窑青瓷，德北窑黑褐釉瓷，磁州窑黑釉瓷，铁店窑乳浊釉瓷，磁州窑白地黑花瓷、德化窑白瓷，七里镇窑柳斗纹瓷，洪塘窑黑釉瓷等。瓷器为大宗，金属器、漆木器、香料、药材、书画、纺织品也载货丰富。此外，还载有铜钱28吨，底里（印度）产紫檀木1000余根。

彼时的日本正处于镰仓幕府控制下的后醍醐天皇时代。在京都的朝廷与镰仓的幕府政权相对立的形势下，文化上也体现出王室及贵族支持下的旧佛教与新兴武士和农民阶层为基础的新佛教的对立。

此背景下的日本处于战国纷乱之中，各派势力特别是武士阶层兴建了大量的寺院庙宇，建筑材料、生活用品及佛教用品等需求激增，促使日本从大元进口了大量的物品。

这艘福船就是日本武士为博多承天寺钓寂庵，京都东福寺、筥崎宫营建而至大元杭州湾采买相关物品的，由日本僧侣出面承租泉州蒲氏家族远洋船队运输的中国远洋商船。

公元1323年6月3日巳时，庆元港码头上出现了一小队穿着日本袈裟的僧侣。他们就是福船的纲司（航海总负责人）教仙及货主一田早米、八郎、松菊得、菊一、秀忍等。

陪伴这一小队日本僧侣的是庆元市舶司的两位官员，他们是奉庆元市舶使大人之命，前往庆元港码头为日本僧侣采购团送别的。

纲司教仙一登上福船，就掏出庆元市舶司颁发的一纸准许启航的公凭朝蒲纲首（船长）兴奋地一晃：“蒲纲首，可以开航喽。”

蒲纲首（船长）立即朝水手们挥了下手：“解缆启航！”

正午的阳光像水晶一般明丽、和暖。白色的风帆鼓着强劲的夏季西南季风，快速驶入了湛蓝的大海中……

朝国新安外方海域：“新安号”沉船考古报告

公元1976年8月的一天上午，韩国国立济州博物馆考古专家金英美开车行驶在光州至木蒲港的全罗南道道级公路上。

阳光如雨一般照射下来，绿叶映着车窗玻璃，碧影绰约。

金英美两天前向博物馆告假一个星期，回光州老家去看望母亲。

然而，这天一早，金英美突然接到馆长赵现钟的一个电话，盛邀其参加由韩国国立光州博物馆主持，由韩国国立中央博物馆、韩国国立光州博物馆及韩国国立济州博物馆三馆组成的韩国全罗南道新安外方海域一艘中国元代贸易沉船的水下考古调查和发掘团队的报告会。

一年前，也就是公元1975年的8月，木浦港的一位姓金的渔夫在新安外方海域的海底捕捉龙虾时，意外地发现了六件青瓷花瓶。

闻讯赶到木浦港的韩国国立光州博物馆馆长赵现钟一看，立即断定这是中国元代龙泉窑生产的青瓷花瓶，非常可能来自新安外方海域的一艘中国元代贸易沉船。

新安外方海域有可能存在一艘来自中国元代的完整贸易沉船的消息，立刻如插了翅膀一样，飞速传遍大韩民国考古界，引起了巨大的轰动。

整个韩国考古界，尤其是水下考古力量最为强大的韩国国立济州博物馆的水下考古专家们皆跃跃欲试。

水下考古专家金英美更是摩拳擦掌，恨不得立刻背上氧气筒，穿上轻潜服，潜入新安外方海域海底，亲手揭开一段沉睡了650多年的历史。

这一天的中午一点左右，金英美开车抵达木浦港，登上了停在木浦港专用码头的“木浦号”水下考古探测船。

“木浦号”总吨位1800吨，是韩国最先进的水下考古探测船。

金英美一登上“木浦号”，船长就下令解缆启航。

“木浦号”全速行驶两个多小时，就抵达了早已固定有沉船定位浮标的新安外方海域。

下午3点40分许，身穿轻潜服、身背氧气筒的金英美已迫不及待地第一个跃入大海，向那期待已久的中国元代沉船潜去……

新安外方海域中国元代沉船的水下考古调查和发掘工作始于1976年，至1984年为止，9年间，由30余位韩国资深水下考古专家组成的水下考古发掘队共进行了11次发掘，实际工作时间有713天。

发掘现场位于全罗南道新安海域，平均水深达20余米，水底能见度极差，给水下发掘团队造成了巨大的困难。

为了考古作业方便，韩国考古界称这艘中国元代沉船为“新安号”沉船。

“新安号”沉船出水的全部物品包含以陶瓷器为主的各类瓷器22000余件，铜钱28吨，紫檀木1000余根，以及船体构件400余块等。金英美参加了全部11次水下考古发掘。

受韩国国立光州博物馆馆长赵现钟先生的委托，金英美执笔撰写了较为详尽的新安外方海域中国元代古贸易沉船“新安号”的考古报告。

考古报告以《新安船与陶瓷之路》为书名，2005年由韩国通川出版社出版。

2012年9月，应中国浙江省博物馆馆长陈浩先生邀请，韩国国立光州博物馆馆长赵现钟和水下考古专家金英美携“新安号”沉船文物赴中国浙江省博物馆举行了一场题为“大元帆影——韩国‘新安号’沉船出水文物精华”的展览。同时，金英美亦演讲了题为《新安船与陶瓷之路》的考古专题报告。

金英美在考古报告中指出：“自宋代起，中国政府大力奖励海外贸易，加上当时造船业的发达及指南针的应用，都极大地促进了海外交通活动的发展。各主要港口在市舶司的主持下，征收过往货物的税金，掌握进出口贸易。随着元朝统一全国，中国国内经济日渐恢复，对外贸易也再度兴盛。当时的元大都，一跃成为世界闻名的经济中心城市，位于今东欧、中亚、非洲、日本、朝鲜半岛和南太平洋群岛等各国的使节和商人不断地涌向元大都。如今的广州、泉州、福州、温州、宁波等地，均成为元朝对外贸易的大港。”

金英美在考古报告中大量论及了“新安号”沉船大宗瓷器中的窑口组成，也谈及了出水物品中的七件高丽青瓷和两件日本濑户梅瓶。

金英美在考古报告《新安船与陶瓷之路》中是这样论述的：“①龙泉窑。龙泉窑青瓷的数量在新安沉船发现的全部陶瓷器中占60%以上，是元朝当时对日本输出的主要商品之一。这批龙泉青瓷大部分均为元代产品，但仍有一小部分应为南宋时期器物。这些南宋器物包含碗、盘、香炉、瓶、药碾等，以模仿青铜器的造型为主。釉色主要为粉青或梅子青，大部分器物保留有使用痕迹。青瓷长颈瓶为盘口、竹节形长颈、球腹、圈足。遂宁金鱼村窑藏中发现了与之相似的青瓷长颈瓶，可为此器编年提供参照。元代的龙泉青瓷以日常生活用的碗、高足杯、钵、盏托、盘、罐、执壶、净瓶、盒、药碾、砚滴等为主。另外还有装饰品花瓶、香炉、花盆、水盘、人物像、菩萨像等。作为元代典型器皿的盘、花瓶、罐等大型器物和高足杯，充分展示了元代龙泉窑独特的铁斑、素胎贴花等装饰技法。新安沉船发现的龙泉青瓷从器形、纹样和釉色等方面分析，大部分均为龙泉大窑的产品。另有一小部分应为溪口窑的制品，如其中的环耳瓶、云龙纹小壶和贴花香炉等。②铁店窑。新安沉船中还发现了钧窑系青瓷。这些器物应是浙江金华铁店窑模仿元代流行于北方地区的河南钧窑器生产的。器类有花盆、瓶、三足水盘、注子、四耳壶等。暗褐色的胎土上方施以仿钧窑式青釉，施釉近外底，叠烧而成。三足盘还饰以乳头纹贴花。除了钧窑系青瓷，还有一类黑釉壶，大口，口型腹部屈折。这类黑釉壶可能也是铁店窑的产品。③老虎洞窑。在新安沉船中发现了五件老虎洞窑青瓷，其中瓶有两件，香炉有三件。这五件瓷器是老虎洞窑青瓷迄今为止在中国以外的地区仅有的发现。据瓷器上的八思巴铭文推断，老虎洞的元代窑址创立时间大致在元世祖至元十八年（公元1281

年）以后。沉船中发现的贯耳瓶器形作直口、细颈、直壁、扁腹、圈足、生烧，烧成温度较低，白釉。整个瓷器布满斜线形长开片，底端修整干净，胎土呈茶褐色。在上海市青浦区重固镇高家台元代任氏家族墓中出土过与此瓶相似的器物。与之伴出的还有簋式香炉、胆瓶等具有南宋官窑风格的遗物。据此推测，这类器物或为元代初期老虎洞窑的制品。此外，与沉船中发现的三足鼎式炉相似的器物残片在老虎洞窑元代层位中也有发现。如此看来，新安沉船中发现的老虎洞窑青瓷的年代似应早于沉船本身的元代中期，即为南宋后期或元代早期之间。④景德镇窑。新安沉船中发现的景德镇窑瓷器约有5000件，种类有青白瓷、枢府系白瓷、仿定窑系白瓷等。青白瓷的品种有碗、盘、瓶、高足杯、注子、香炉、砚滴、枕、天人像等。碗、盘、高足杯等的装饰纹样有云龙纹、鱼纹、凤凰纹、树叶纹、菊花纹、莲花纹、梅花纹、缠枝牡丹纹等。青白瓷椭圆形折沿盘上以釉里红的技法描绘了唐宫女韩氏的'流红记'故事，青白瓷菱花形盘上以印花技法描绘杜甫的《山寺》场景，以及褐彩'犀牛望月'盘，都反映了日本人对中国文学的推崇，同时还发现了青白瓷中的杰作——女子瓷塑枕和水月观音像。在江苏镇江也发现了与女子瓷塑枕相似的器物。水月观音像，观音坐于石山之上，宝冠与天衣的形制具有南宋到元初的风格。此外还有内底装饰褐彩纹样的青白瓷。有学者认为，正是这种褐彩青白瓷开青花白瓷之先河。枢府系白瓷是与青白瓷不同的一种卵白釉瓷器，因其刻有'枢府'铭文而得名。枢府系白瓷釉层较厚，透明度低。这批白瓷的瓷釉与元大都遗址和元代磁县木船中出土的刻有枢府铭文器物上的釉状况极其相似。此外，还有少量的景德镇仿定窑白瓷。与定窑白瓷釉色相近的象牙白花卉纹盘即为一例，瓷盘内底的印花牡丹纹具有典型的定窑风格。⑤吉州窑。新安沉船中发现有吉州窑的白地黑花、黑釉、玳瑁釉器物和彩绘陶俑。陶俑中含有罗汉像。⑥七里镇窑。新安沉船中发现有七里镇窑乳头纹小罐。⑦建窑。新安沉船中发现的'建盏'约有40件。在日本被称为天目碗的建盏产于福建建阳一带。窑址中发现的黑釉盏上刻有'供御''进盏'的铭文，帮助我们确认了建盏与皇室的关系。自北宋起，建盏因受到朝廷的推崇而大为盛行，至宋朝灭亡后也随之失去了踪影。日本的饮茶文化始于平安时期，至镰仓时期，茶道在寺院僧侣或上流阶层中间大为流行。宋代的团茶在日本镰仓时期继续流行，这也使得日本人依然对建盏保留有一定的需求。根据其口沿磨耗的状态分析，出土的这批茶盏当是应少数日本高层人士需要而特别购入的宋代旧器。⑧闽清义窑。新安沉船中发现的闽清义窑瓷器的种类有碗、盘、瓶。碗盘均有芒口，口沿保留有金属包边的痕迹。部分碗的内底压印有'白玉满堂''玉出昆山''水山福海''富贵长命''昆山片玉''白玉片一''福禄双全'等文字，又有墨书'上色白瓯'字样。⑨磁灶窑。新安沉船内发现的磁灶窑的制品有黑褐釉大盆，器表施釉几乎剥落殆尽。⑩洪塘窑。新安沉船内的洪塘窑黑釉小壶在日本是装茶叶用的。⑪广东石湾窑。新安沉船内发现的褐釉瓷器中肩部刻有'正宝''清香'等铭文的四耳壶应为宋元时期广东石湾窑烧制。这类器皿在日本为装水用的茶道用具之一。在14—15世纪的日本，以濑户窑为代表的各地窑口均有模仿石湾窑四耳壶的产品。⑫河北磁州窑。新安沉船中所见白地黑花龙纹罐和白地黑花花纹罐为元代磁州窑的典型品种。⑬江苏宜兴窑。新安沉船中发现的2000余件黑褐釉四耳壶在中国被称为韩瓶。⑭高丽青瓷。新安沉船中发现高丽青瓷七件。高丽青瓷产于康津和扶安，时代为12—14世纪。装饰技法有刻花、镶嵌、塑造等，器形有碗、盏托、枕、梅瓶、砚滴、盖等。以模仿五代越窑瓷器创烧的高丽青瓷在中国的黑龙江、辽宁、内蒙古、北京、山东、河北、江苏、安徽、浙江等地均有发现，而与新安沉船中所见类似的高丽青瓷在日本的京都、镰仓、博多等地遗址中也有出土。这说明，高丽青瓷在中国和日本同时受到欢迎。可以推测，新安沉船中发现的高丽青瓷，应是先输入到中国，再由杭州的古美术品商人转卖给日本商人。⑮日本濑户窑。日本濑户窑青釉梅瓶共发现两件。器形为小口、短颈，中央有弦纹凸起，一件素面，另一件刻牡丹纹。器身有流釉现象，胎土呈灰色，夹杂了不少杂质。通过与宋代景德镇窑所产青白瓷梅瓶的器形和纹样进行比较，可以看出濑户窑青釉梅瓶的制作技法深受景德镇窑的影响。12世纪起创烧的濑户窑开始仿制中国的白瓷和青瓷，至十三四世纪，转而以龙泉窑青瓷为模板烧造灰釉产品，以及模仿建窑的建盏烧制天目碗。"

金英美曾参与清洗“新安号”沉船有文字记录的文物。这类文物共有两种：木牌和青铜秤锤。

“新安号”沉船出土了一件典型的元代青铜秤锤。秤锤上附梯形把手，锤身中部穿孔。锤身一面嵌有“庆元”两字，另一面嵌“庚申年”铭文。

庆元就是今天的宁波。庚申年应为公元1320年。

根据这件秤锤可以推断“新安号”沉船是在公元1320年之后的某一个时间点由宁波始发的一条远洋贸易船。

至于金英美曾参与打捞及清洗整理的“新安号”沉船中各式各样的墨书木牌，发现如下文字信息：货物主人姓名、纪年铭、寺院名、物资的种类和数量等。其中记录年份的木牌中有八件为“至治三年”，这使我们可以确定“新安号”沉船的确切年代。另外一块木牌上还记录了从4月22日至6月3日的日志。这说明这艘“新安号”沉船在庆元港准备货品耗时40天。

一般认为，夏季西南季风起的5—6月，应是中国东南沿海港口远航日本的适宜时期。

如此则可以准确推断“新安号”沉船是在1323年6月3日由杭州湾的庆元港扬帆启航，驶往日本博多港，由日本博多承天寺钓寂庵及京都东福寺筥崎宫僧侣承租的一艘中国远洋贸易商船。

只是，很遗憾，“新安号”遇飓风，不幸沉没于韩国新安外方海域……

第四编

明：丝路祥云

大明钦差总兵太监郑和七下西洋片段

第1章

锡兰：锡兰战役

锡兰国，古称狮子国，又称僧伽罗国，为南印度的佛教圣地。

据大唐高僧玄奘所著《大唐西域记》记载：“昔释迦牟尼佛化身名僧伽罗，诸德兼备，国人推尊为王，故国亦以僧伽罗为号也。以大神通力，破大铁城，灭罗刹女，拯恤危难。于是建都筑邑，化导是方，宣流正教，示寂留牙，在于兹土。”

锡兰国有锡兰山寺，寺内供奉释迦牟尼“佛牙”一枚，相传是佛祖释迦牟尼在锡兰山传教时所遗。

相传来此寺中的信徒“凡有祷禳，应答如响”。

所以，世界各国佛教徒每至锡兰国，必至锡兰山佛寺祈保平安，并上香祈拜。

郑和信奉佛教，率大明船队七下西洋，六至锡兰国，尤望得到佛祖释迦牟尼的庇佑，故每每航抵锡兰国，即至锡兰山寺祈保平安，进行佛事活动。

大明成祖皇帝朱棣统治的永乐三年（公元1405年），郑和第一次下西洋。舰队航抵锡兰国时，郑和即奉成祖皇帝朱棣之命，奉香华经至锡兰山寺供养。

因锡兰山寺供奉“佛牙”的佛牙精舍与锡兰国国王阿烈苦奈尔所居的王宫仅隔一片菩提树林，故郑和一定要先去礼拜佛祖，然后才是拜谒锡兰国王。

永乐七年（公元1409年）二月初一，郑和率舰队第二次下西洋。舰队甫一抵达锡兰国，郑和立即去锡兰山寺布施金银供器。

此次供奉佛祖的供养甚丰，据《布施锡兰山佛寺碑》碑文记载：“总计布施锡兰山立佛立寺供养：黄金一千钱，银五千钱，各色纻丝五十匹，织金纻丝宝幡四对（内红二对，黄一对，青一对）。古铜香炉五个戗金座全……朱红漆戗金香盒五个，金莲花五对，香油二千五百筋（斤），蜡烛一十对，檀香一十炷。”

郑和第二次下西洋，访问了占城、爪哇、旧港、满剌加、苏门答腊、南渤里和锡兰。

郑和奉命出使锡兰国，除了向锡兰山寺的佛牙精舍敬奉供养之外，另一个非常重要的原因就是要解决锡兰国国王阿烈苦奈尔的“负固不恭”。

郑和率舰队第一次下西洋时，即针对锡兰国国王阿烈苦奈尔“崇祀外道，不敬佛法，暴虐凶悖，靡恤国人，亵慢佛牙”的种种恶行进行了规劝，苦口婆心地劝其改邪归正。

然而，劝告非但没有奏效，国王阿烈苦奈尔在盛怒下，即欲加害郑和。郑和察觉锡兰国国王阿烈苦奈尔的阴谋，即率舰队驶离锡兰国。

郑和第二次出使锡兰国时，仍希望通过劝说来和平解决锡兰国的问题。然而，锡兰国国王阿烈苦奈尔仍蛮横粗暴地拒绝了郑和的规劝。

永乐七年三月，郑和率舰队离开锡兰国，经古里、苏门答腊、满剌加和暹罗国，返回南京龙湾。

郑和立即向大明成祖皇帝朱棣汇报了锡兰国国王阿烈苦奈尔桀骜不驯并欲加害使团的情况。

在成祖皇帝朱棣的有力支持下，郑和旋即受命，再次率领舰队，于永乐七年十二月第三次下西洋。

此次下西洋，郑和在航抵锡兰国后，立即向锡兰国王阿烈苦奈尔宣读了永乐皇帝的诏书，严词告诫锡兰国国王阿烈苦奈尔不可欺寡、不可凌弱。

此次在锡兰国王宫拜见国王阿烈苦奈尔，郑和再次苦劝国王阿烈苦奈尔改邪归正。然而，桀骜不驯的国王阿烈苦奈尔竟令王子纳言向郑和勒索金银宝物。郑和断然拒绝了锡兰国国王的这一无理要求。

于是，锡兰国国王阿烈苦奈尔密谋加害郑和并派兵袭击停靠在锡兰国别罗里港码头的大明下西洋舰队。

郑和及时察觉锡兰国国王阿烈苦奈尔的阴谋，立即率随从逃出王宫。

在返回别罗里港的路上，郑和又侦知锡兰国国王派王子纳言率五万大军倾巢而出，偷袭停靠别罗里港码头的大明舰队。郑和得知这一消息，立即下令停止返回。

郑和与指挥佥事朱真商量，认为锡兰国倾国力出兵五万，其王城肯定兵力空虚，不如杀个回马枪，进攻王城，说不定能一举攻陷王城并俘获锡兰国国王。

指挥佥事朱真十分同意郑和的决定，觐见锡兰国国王的大明使团率领三千骑兵，其中，能征善战的将领有指挥佥事李实、何义宗、汪海，正千户王复亨、李明道、陆通、马贵、刘海等，皆是跟随成祖皇帝朱棣参加过靖难之役的悍将。

除了正千户兼小旗马贵领受郑和命令，循山野小路赶回别罗里港码头通知舰队备战以迎战五万锡兰国士兵的袭击，其余将领皆在三千骑兵阵中。

郑和率领三千骑兵泅水渡过阿塔纳加卢河，点燃三千支火把，整队进攻夜幕中的王城。

郑和亲率三千骑兵在王城狮虎门前刚一布阵，不想王城城楼霎时火把林立，光亮如白昼，城门亦瞬间开启，竟是国王阿烈苦奈尔驱出十头大象，以及数十头老虎、豹子及猛狮。其中有一头象牙长达两米的巨大公象，象背上的藤编战栏中坐着的是身披藤制盔甲的锡兰国国王阿烈苦奈尔。

原来锡兰国盛产狮子、老虎、豹子和大象，国王阿烈苦奈尔亦喜爱蓄养虎、豹、狮、象，遇着闲暇，辄弄狮为乐，臣民获罪，便投喂狮子，任狮群噬食。

此次郑和向国王阿烈苦奈尔宣诏时，阿烈苦奈尔就密谋以邀郑和观狮斗表演为由，意欲令猛狮噬咬郑和。

之前，郑和接通事费信密报，悉察国王阿烈苦奈尔的阴谋，借故率使团逃出王城。

此刻，来势凶猛的大象、老虎、豹子和猛狮，霎时就惊散了战马。

郑和见势不妙，勒住马口，大叫："朱真，用手铳轰击大象。"

郑和骑兵皆配备手铳，可装填火药及铁砂，杀伤力极强。

前锋将军指挥佥事朱真操起手铳瞄准那头载着国王阿烈苦奈尔的大公象，"轰"的一声，射了过去。

炸裂开的铁砂霎时崩瞎了大公象的右眼，大公象一声惨叫，扭头就朝王城跑。狮子、老虎、豹子也被手铳铁砂崩得四散而逃。剩余的大象也在一片手铳铁砂的炸响声中，扭头就逃，随大公象退回王城。

"弟兄们，冲进王城，生擒阿烈苦奈尔！"指挥佥事朱真手执宝剑一挥，率先向王城冲去。

三千骑兵如旋风一般，霎时紧随逃回的大象，冲进了王城。

当郑和在亲兵护卫下冲进王城时，指挥佥事朱真将捆得如一只米粽般的国王阿烈苦奈尔丢在了郑和的马首下。

锡兰国五万军队闻知王城被占、国王被擒，立即分兵三万，在王子纳言的率领下急返围攻王城。三万人合围王城，猛攻六日，皆被郑和指挥三千守军击退。

第六日，郑和察知围城的锡兰士兵疲惫松懈，于凌晨打开城门，人衔枚、马勒口，鱼贯而行，悄无声息地驰出王城。

围城的锡兰士兵发觉时，郑和骑兵弓弦暴响，如雨飞矢倾泻而下，尚未有反应的锡兰国军队瞬间被放倒千余人。

郑和率军且战且行，经二十余里，至暮始抵别罗里港码头。

永乐九年（公元1411年）六月十六日，郑和下西洋舰队返抵南京龙湾。

郑和献所俘锡兰国国王阿烈苦奈尔至南京皇宫奉天门阙下。群臣皆愤怒，请成祖皇帝朱棣诛杀锡兰国国王阿烈苦奈尔。

成祖皇帝朱棣"悯其愚无知，命姑释之，给与衣食"。

成祖皇帝朱棣对被俘人员采取了宽大优待的政策，令锡兰国国王阿烈苦奈尔及臣属暂居南京。

同时，成祖皇帝在锡兰国国王阿烈苦奈尔的众多王子中选择比较善良、贤能的第十七子耶巴乃那为锡兰国新国王。

永乐十年（公元1412年）七月十三日，成祖皇帝朱棣遣使赍诏及诰印往锡兰国封耶巴乃那王子为锡兰国新国王，废王阿烈苦奈尔亦随大明使团船队被遣送返回锡兰国。

至此，长期悬而难以解决的锡兰国问题终于妥善地得到了解决。

渤泥：郑和传授水稻种植技术

永乐三年（公元1405年），渤泥国婆罗乃的田野中，一片水光粼粼，婆罗乃独特的水牛大赛即将开锣。

成双成对的野水牛在水田中竞跑，身体强壮的婆罗乃男子大声吆喝，气氛紧张刺激。

这一年的水牛大赛与往年的不同之处在于渤泥国新封国王麻那惹加那乃殿下将亲临水牛大赛现场观赛。

此外，国王邀请了一位尊贵的嘉宾——大明永乐皇帝钦命总兵太监郑和来观赛。

一个月前，郑和率领的大明下西洋舰队由苏禄驶抵渤泥国婆罗乃港。这是郑和率领的大明下西洋舰队首访渤泥国。

此行，郑和奉永乐皇帝之命册封渤泥国已故国王马合漠沙的世子麻那惹加那乃继任为渤泥国国王，并送上印符诰命及冠服。

在册封仪式结束后，新国王麻那惹加那乃殿下在与郑和的亲切交谈中表示，希望能引进大明的水稻种植技术。

原来渤泥国臣民一直以香蕉、榴莲果、番荔枝以及槟榔树结的蒟酱果为主要食物。这些热带植物的果实受台风影响甚大，每年的6—8月，台风隔三差五地正面袭击渤泥国。

台风过后，香蕉树、榴莲果树、番荔枝树及槟榔树往往被飓风吹得七零八落，果实尽毁。如此，渤泥国的臣民就要闹饥荒。

新国王麻那惹加那乃常听出使大明朝贡的使节说起大明人民常食用的大米饭食，是一种能在水田中种植的水稻所产。

因此，在与郑和的会面交谈中，他提出了希望引进大明的水稻种植技术。

郑和一听渤泥国国王之请，立即满口答应，并表示舰队粮船上就有水稻种子，可用一个月时间培育一批秧苗，并在一个月后亲自为渤泥国国王示范水稻秧苗种植。

……

这是八月下旬的一个阳光明丽的上午，郑和换了一身渤泥国男人装束：头上缠着明黄色的皇家头巾，上身赤裸，只腰间裹着一块绿色的棉布腰衣，膝盖以下是赤裸的。

渤泥国国王在来到水牛大赛现场后，临时决定要随示范水稻插秧的郑和一起下水田，学习大明的水稻种植技术。渤泥国国王也换了和郑和一样的装束，稍有不同的是，国王麻那惹加那乃的棉布腰衣也是明黄色的。

在水牛大赛结束的锣声敲响后，郑和与渤泥国国王携手走下水田。

郑和接过通事费信递上的绿油油的水稻秧苗，手把手地教渤泥国国王插水稻秧苗。

这是历史性的一刻。从此，渤泥国人民再也不会在台风之后闹饥荒，全年都有香喷喷的白米饭吃……

永乐六年（公元1408年）八月，渤泥国国王为感念郑和传授水稻种植技术，使渤泥国物丰民乐，亲自率队来大明回访，向永乐皇帝朝觐。

渤泥国国王一行所乘的福船在泉州港刚一靠泊，永乐皇帝朱棣专派的迎接使臣——中官杜兴等就登船慰问，并在泉州市舶司怀远驿设宴接风。

永乐皇帝对来访的渤泥国国王倍加关怀，诏命渤泥王国贵宾在赴京城南京的途中，所过诸郡皆设宴款待，所过驿站按亲王待遇款待渤泥国国王一行人。

渤泥国国王麻那惹加那乃觐见大明成祖皇帝朱棣时，奉金镂表文并贡奉龙脑、帽顶、腰带、片脑、鹤顶、玳瑁、犀角、龟筒、金银八宝器及犀牛、黑熊、大红猩猩、火鸡、白猴和红绿鹦鹉等诸物。

永乐皇帝朱棣大喜，对渤泥国国王一行人不远万里涉海而来深感欣慰，并嘉劳再三。

渤泥国国王麻那惹加那乃对中国表达了其诚挚的感情，永乐皇帝朱棣对中国与渤泥国两国间友好关系的发展亦深表满意。

渤泥国国王麻那惹加那乃是大明建成后第一位来中国访问的海外国家的国王，这令永乐皇帝朱棣十分高兴，特下旨：“赐渤泥国王仪仗、交椅、水缸、水盆，俱用银；伞、扇，俱用白罗；销金鞍马二，及赐金织、文绮、纱罗、绫绢衣十袭。王妃及王之弟妹男女陪臣赐各有差。自王以下，衣服之制如中国，女服从其本俗。”

渤泥国国王一行人在大明京城南京生活期间，居鸿胪寺之会同馆，享用豪华的亲王仪仗及皇宫所用之宫廷御用物品。

永乐皇帝的皇太子朱高炽及皇太孙朱瞻基经常设宴款待渤泥国国王一行人，并安排国王参加龙舟竞渡、百戏杂技及皇宫杂戏等娱乐活动。

同年十月，渤泥国国王麻那惹加那乃染病，不幸在会同馆逝世。

永乐皇帝朱棣对渤泥国国王不幸逝世深感悲痛，下令辍朝三日，痛悼渤泥国国王。

永乐皇帝朱棣赐谥渤泥国国王为“恭顺”，并遵照渤泥国国王麻那惹加那乃遗愿，以亲王礼葬于南京城南石子冈。

永乐皇帝于悲痛中亦命鸿胪寺春秋致祭。此外，永乐皇帝还诏令已故渤泥国国王之子遐旺承袭渤泥国王位。

永乐皇帝还命中官张谦、行人周航护送新国王遐旺渡海返回渤泥王国。

在渤泥新国王遐旺启程归国的那天，永乐皇帝亲至奉天门设宴为渤泥新国王饯行。永乐皇帝的厚遇，令渤泥新国王遐旺感激涕零。

为表万分感激之心迹，渤泥新国王遐旺恳切地对永乐皇帝奏道：“蒙朝廷厚恩，赐封爵，国之境土，皆属职方，而国有后山，乞封表为一国之旗。”

渤泥王国已故国王麻那惹加那乃在大明访问过程中，处处感受到上自永乐皇帝，下至大明臣民对渤泥王国深厚的友好之情，感激万分之中，多次恳请永乐皇帝为渤泥国后山乞封。此刻，渤泥新国王遐旺在饯行宴会上，又向永乐皇帝提出乞封请求。

于是，永乐皇帝封渤泥国后山为“长宁镇国之山”，命赐黄金百两、白银三千两。

命中官张谦、行人周航等航抵渤泥国后，于后山立碑。永乐皇帝亦为“长宁镇国之山”碑写下了情辞真切感人的碑文。

欧洲传教士进入大明腹地

第2章

澳门：利玛窦与罗明坚神父

明嘉靖三十一年（公元1552年），一艘葡萄牙人的三桅大帆船在澳门十字门水道触礁。于是，葡萄牙人向大明广东海道副使汪柏行贿并声称贡奉大明嘉靖皇帝的贡品全部被海水浸湿，需在濠镜澳登岸晾晒贡品。

汪柏在收了葡萄牙人的一个玻璃三棱镜及一只单筒望远镜后，就同意了葡萄牙人的请求。

于是，葡萄牙人就在大明广东香山县以南的这处名叫“濠镜澳”的小半岛登陆。

当时的半岛北部有一个小渔村，半岛西南角有座天妃海神庙，而十字门水道尚有四个小岛分布。

葡萄牙人询问当地渔民这地方的地名，渔民语言不通，以为葡萄牙人所指的是天妃海神庙，就回答“阿妈庙”。

葡萄牙人就将此地命名为“Macao”，翻译成中文就是“澳门”。

明嘉靖三十六年（公元1557年），大明的官员不得不承认葡萄牙人获得澳门居住权。澳门随即成为葡萄牙商人的天堂。

葡萄牙人在此建起房屋和城堡，修建了大三巴门、水坑门和新开门，以隔开中国人和葡萄牙人的居住区。

明嘉靖四十二年（公元1563年），在澳门居住的葡萄牙人已达900人之多。

明嘉靖四十三年（公元1564年），居澳门的葡萄牙人派出三百士兵协助大明著名将领俞大猷剿灭东南沿海的海盗。通过帮助大明绥靖沿海，葡萄牙人获得了大明越来越多的信任。

还有一件事，令大明的官吏十分欣赏葡萄牙人，这些葡萄牙人接受大明所有官方礼节，并且不拒绝任何表示臣服的仪式，譬如叩头礼。当然，葡萄牙人持这种温顺的态度，其实并不是畏惧大明，多半是出于贪财之心。

大明嘉靖皇帝统治时期，由于日本倭寇对中国东南沿海的侵扰，嘉靖皇帝断然下令，禁止中日直接贸易。如此一来，葡萄牙人便抓住时机，充当了中日之间的贸易中间人：葡萄牙从大明的广州港购买大量的丝绸、生丝和瓷器，用大吨位的三桅大帆船输往日本长崎港，然后再满载中国人喜欢的白银返航。

如此一来，澳门于葡萄牙商船队而言，就显得十分重要了。

明万历元年（公元1573年），大明政府正式批准葡萄牙人在澳门居住，但作为补偿，要求葡萄牙人每年上缴地租500两白银。

明万历二年（公元1574年），大明政府在连接半岛与陆地的沙滩上开设关口并派驻官兵监视往来的葡萄牙人。

由于开门的时间是固定的，葡萄牙人与当地居民可凭官方路引每天往来关口进行商品和粮食贸易。

与葡萄牙商人一样，耶稣会的传教士也在澳门社会中发挥了巨大的作用。

公元1562年，澳门建成了第一座教堂——圣安东尼奥修道院。

此后，耶稣会的传教士又创办了圣拉匝禄教会医院及收养孤儿的仁慈堂。

公元1575年，罗马梵蒂冈教皇格里高利十三世将澳门升格为天主教主教区，并任命耶稣会士加奈罗为澳门首任大主教。在罗马梵蒂冈教皇的教令中，澳门主教区的天主教辖区包括中国、日本和朝鲜。

意大利耶稣会士利玛窦神父和另外三名意大利耶稣会士一起搭乘这艘葡

萄牙三桅大帆船前往澳门。

利玛窦于公元1552年10月6日，出生于意大利罗马梵蒂冈教皇领地内的马切拉塔城。

公元1571年8月15日，利玛窦作为耶稣会的初学修士，于罗马的圣安德鲁·奎林纳莱教堂学习，并于翌年在佛罗伦萨的耶稣会学院学习两年。

公元1578年3月，作为耶稣会的杰出代表，利玛窦受到葡萄牙国王塞巴斯蒂安陛下的接见。

公元1578年3月24日，利玛窦搭乘葡萄牙三桅大帆船“圣路易斯船长号”离开里斯本，奉教皇和葡萄牙国王之命，前往澳门，准备向中国传教。

公元1580年，船抵印度科钦。利玛窦于7月下旬在科钦教堂被任命为神父。与利玛窦同时被任命为神父的还有随“圣路易斯船长号”同时离开里斯本的耶稣会传教士罗明坚、巴范济和孟三德。除了孟三德是葡萄牙人，利玛窦、罗明坚和巴范济皆为意大利人。

公元1581年，利玛窦和巴范济、孟三德随“圣路易斯船长号”抵果阿并休整一年。罗明坚则乘葡萄牙三桅大帆船“圣格里高利号”先行前往澳门。

公元1582年8月7日的清晨时分，“圣路易斯船长号”冲破海上薄雾进入澳门十字门水道时，澳门圣安东尼奥修道院的罗明坚神父已伫立在澳门妈阁庙前的码头翘首迎候了。

当“圣路易斯船长号”那白色的帆影倒映入濠镜澳那湛蓝的海面时，罗明坚神父看见了伫立在“圣路易斯船长号”瞭望甲板上的利玛窦。

利玛窦脸色苍白，卷曲的胡须和深陷的眼睛，都令他看起来十分虚弱疲惫。的确，自“圣路易斯船长号”从印度果阿解缆启航，利玛窦就一直生病。

利玛窦在澳门的圣安东尼奥修道院住了一年，主要是养病。当然，在养病之余，他还抱着极大的热情跟罗明坚神父学习中文。

罗明坚神父颇有语言天赋，在澳门仅仅生活了一年，大明的官话及当地居民讲的粤语都能流利地说与写了。

然而，利玛窦却觉得中文是世界上最难学的语言与文字。他在抵达澳门五个月后写信给远在罗马的老友——新任罗马耶稣会学院院长克劳迪奥·阿夸维瓦的信中是这样解释中国语言的难度和差异性的：“中国语言既不像希腊语，也不像德语。在口语方面它极为含糊，许多词除了四种高低不同的声调之外，在发音上毫无区别，以至于有多达上千种含义。因此交谈之时，他们需要通过书写来帮助理解，因为汉字总是不一样的。”

利玛窦在澳门见到的唯一一名大明官员就是香山县的知县冯生虞。

澳门属于香山县管辖。香山县知县冯生虞是罗明坚神父的朋友。冯知县在香山县衙请利玛窦吃了一顿十分丰盛的酒宴并且指导利玛窦筷子的使用方法。

半年后，冯知县的父亲去世，依大明律，冯知县须辞职回家丁忧三年。

还好，冯知县在递交辞职信的同时，还写了一封信，将利玛窦及罗明坚神父介绍给了管辖香山县的新任知府王泮。知府衙门设在肇庆，那是一幢坐落在西江之畔的开满了鲜花的美丽山城。

北京：利玛窦与万历皇帝

利玛窦一行人由南京乘船沿长江东行，在扬州文峰塔前转入京杭大运河北上，于明万历二十九年（公元1601年）一月靠泊通州燃灯塔前的北京运河码头。

随即，利玛窦一行人骑乘由鸿胪寺派出的毛驴，进入北京城。

利玛窦身穿儒服，头戴儒冠，手捧一本羊皮《圣经》坐在驴背上，脖子深深地缩在儒服衣领里，脑袋晃一下，呼吸的空气就如一股白烟袅袅地腾起。

当晚，利玛窦一行人下榻四夷馆。

北京的四夷馆有一个很大的用青灰砖墙围住的院落，被分成数百个房间来接待来自中亚、东亚和东南亚的给大明朝贡的使者。

每过三五年，突厥人、阿拉伯人、莫卧儿人、波斯人、蒙古人、朝鲜人、琉球人、暹罗人、缅甸人、爪哇人和马来人都要成群结队地带着贡品来北京。这些外国人在大明京城四夷馆居住期间的花费，由朝廷出钱。这些外国人象征性的臣服会得到大明皇帝优厚的奖赏。

朝贡结束，这些外国人满载中国的丝绸、茶叶和瓷器返回本国。丝绸、茶叶和瓷器的贸易，使这些外国人可以获得极大的利润。

然而，利玛窦的野心远远大于那些为了丝绸、茶叶和瓷器的贸易获取暴利的外国人。

利玛窦在其客居的肇庆、韶州、南昌和南京、苏州等地，极力向士大夫阶层颂扬中国文化的博大精深，又用西方的钟表、望远镜、天文仪器、地图等先进科技产品吸引中国士大夫阶层的注意。事实证明，这一策略对利玛窦传播天主教大有好处。

许多大明的士大夫慕名前来，与利玛窦讨论学术。

利玛窦坚信，要使中国人皈依天主教，就必须设法使中国的最高统治者——大明的皇帝陛下成为天主教徒。然后，再利用皇帝的权威去影响他的子民。

而要实现向皇帝传教的理想，就必须要见到皇帝。这便是利玛窦此次进入北京的根本目的。

在当时，进献贡品，几乎是洋人接近大明皇帝的唯一途径。利玛窦亦不例外。

为了准备此次进献给万历皇帝的贡品，利玛窦特意写信给主持澳门天主教区的罗明坚神父，让他从欧洲采购了钟表、望远镜、天文仪器、圣母玛利亚画像及世界地图等。利玛窦此次进北京，就携带了多达40余件的礼品。

这些礼品包括：三幅画，一幅是画着耶稣基督的小画，一幅画着圣母玛利亚与孩童时期的耶稣和圣约翰，还有一幅圣母的老肖像画，这是从罗马梵蒂冈的马杰奥尔圣母堂的贝佳斯礼拜堂复制来的；一本内页中有金色线条的祈祷书；一个用珍珠、圣物和不同颜色的玻璃装饰着的十字架；一部亚伯拉罕·奥特柳斯《地球大观》的复印本；一个大的装饰着龙的铁制机械钟和一个巴掌大的小钟，这个小钟由闪闪发光的金属制成，上面有雕刻；两个水晶棱镜；八面镜子和玻璃花瓶；一架翼钢琴；一个犀牛角；两个自鸣钟表；欧洲的织带、面料和硬币；一架单筒望远镜。

在利玛窦到北京之前，南京礼部尚书王忠铭写了一封介绍信给北京大学士兼内阁首辅沈一贯，让他多关照利玛窦。

沈一贯在收到王忠铭介绍信的次日，就将利玛窦献给万历皇帝的贡品呈进了皇宫。

据宫里主事的太监说，万历皇帝在看到利玛窦呈上的耶稣基督像后，宣称：“这就是菩萨！”万历皇帝被真人似的画像震惊了，把这幅画像送给了他的母亲李太后——一个虔诚的佛教徒。

李太后也同样被这幅画的三维立体感所震撼，将这幅耶稣基督画像存入了皇宫的藏宝库里。

不过，李太后本人更喜欢那幅画着圣母玛利亚和小耶稣的来自马杰奥尔圣母堂的画。李太后认为这幅画是新版的“送子观音”画像，一天要有三个时辰在这幅新版的“送子观音”画像前烧香膜拜。

万历皇帝本人则对钟表、单筒望远镜和那架翼钢琴十分感兴趣。

万历皇帝下诏利玛窦立刻进宫，去调试那两架自鸣钟表，好让皇帝陛下能尽快听到自鸣钟报时的清脆悦耳的声音。

利玛窦的随从庞迪我神父是一名钢琴师和作曲家，也奉万历皇帝诏命进入紫禁城，为那架翼钢琴调音。

利玛窦通过皇宫司礼监挑选了四个懂数学的小太监，亲自教学，用了一个星期教会了这四名太监如何正确使用和维护钟表。

于是，这两架大自鸣钟中午1点击打1下，2点击打2下，午夜12点击打12下，到中午12点又击打12下；而小钟每15分钟击打1下，到整点时则击打4下。

每当皇宫中清脆悦耳的自鸣钟声响起的时候，万历皇帝都会龙颜大悦。

这种声音与时间的神秘吻合，令万历皇帝莫名兴奋和喜悦。

于是，万历皇帝下诏，把利玛窦留在北京并允许他可以随时进宫调试钟表。

然而，此时的万历皇帝因为策立太子之事而与大臣们闹得不可开交，已经很久不上朝了。所以，利玛窦面见万历皇帝传教的事始终没有着落。

万历皇帝念及利玛窦献自鸣钟有功，允许利玛窦在北京的南城建立一座教堂。

利玛窦在北京，一如其在肇庆、韶州、南昌、苏州和南京，深得京城士大夫的青睐。

在北京，任翰林院编修的徐光启就因为跟随利玛窦学习欧几里德的《几何原本》而与其成了朋友。

整整一年的时间里，两人每日早晨会面，逐句逐行地研读克拉维乌斯对欧氏几何的注释本，直到最后修改完成了整部书稿的中文翻译，并将此书于明万历三十五年（公元1607年）出版。

这一年的年底，大明最著名的科学家，翻译了《几何原本》《泰西水法》的徐光启皈依基督教。

利玛窦与沈一贯也成了朋友。两人第一次见面后，利玛窦与沈一贯的友谊一直继续，这给了利玛窦来自朝廷的强大政治支持。

此外，吏部尚书李戴、刑部尚书萧大亨、刑部侍郎王汝训、礼部尚书冯琦，以及工部都水清吏司郎中李之藻等都成了利玛窦十分要好的朋友。

李之藻也是大明杰出的科学家之一。少年时的李之藻曾绘制了一幅包括了大明两京十三行省的地图。

在看了利玛窦所绘的《坤舆万国全图》后，李之藻意识到还有大量的地理和天文知识不为大明所知。因此，在沈一贯为利玛窦举行的欢迎宴会上，李之藻与利玛窦一见如故，从此开始了两人长达九年之久的科学研讨。

利玛窦很欣赏李之藻灵敏的头脑，认为李之藻和徐光启是他在数学方面最优秀的两个学生之一。同徐光启一样，李之藻也皈依了基督教。

明万历三十八年（公元1610年）五月的一个黄昏，利玛窦在应付完一整天的拜访，回到耶稣会住所，躺倒在床上时，感到头疼欲裂，精疲力竭。

随从游文辉神父宽慰利玛窦，说他的身体很快会康复。利玛窦答道："不会了，此乃积劳成疾，将有性命之虞。"

第二天，利玛窦陷入昏迷。

三天后的黄昏，当徐光启和李之藻闻讯赶来的时候，突然清醒的利玛窦让两人将他扶起身，他要最后看一眼北京的黄昏景致：太阳西斜了，紫禁城紫色的肌肤上染了一层金烟。夕阳在金色祥云的缭绕下，从容不迫地一寸又一寸，一分又一分，顾盼着行将离别的世界，悠悠然沉落下去……

第五编

清：丝路帆影

外销瓷

第1章

景德镇：法国传教士殷弘绪一探中国青花瓷器之奥秘

公元1705年（清康熙四十四年），瓷都景德镇。法国传教士殷弘绪从昌江码头下船登岸时已是傍晚时分，眼神中透出一丝好奇。从各处袅袅升起的火焰和烟气，勾画出景德镇宏大的轮廓——像是被火焰包围的一座巨城，也像是一座烟囱林立的大火炉。

明末清初80年间，经荷兰东印度公司之手，从这里运往欧洲的瓷器六千万余件。

重山包围之中的景德镇，隔河望去，对岸低丘上是富商建造的气派坟墓，坡土几乎皆是由碎瓷片堆积而成。本地穷人死后，通常都埋在富户大墓坡底的“万人冢”。每年冬天，佛教僧侣来此捡骨焚化，留出空间以待更多亡魂，若遇上疫疾流行，这份任务尤其折磨人。

昌江迤逦流经坟地与镇区，然后便离开谷地朝西南而去，再度急坠于峭狭的谷壁之间，继续向鄱阳湖前进。

景德镇四面环山，山里盛产木材，以松树、杉树为主要树种，而且长满了一种被当地人称为狼鸡草的蕨类，这些都是景德镇烧瓷、制瓷的主要燃料。另外附近的麻仓山、高岭山、东乡、余干、乐平、星子、祁门等地都盛产瓷土、耐火土等制瓷原料。昌江下游河道水流平缓，流域内多古老变质岩区，岩层质坚，侵蚀较轻，河床也较稳定，江水含沙量甚微，冲淤现象不明显，故水质、水量都适宜于瓷器生产。

除了东河、南河、西河、小北河、梅湖河、建溪河各条支流呈叶脉状分布，由东西分别流入外，还有50多条小支流，形成纵横交错的河网。这些以昌江为主流的大小河流，确保了瓷器用水，给景德镇的瓷器生产、销售、运输带来了许多方便。

按史书记载，瓷都景德镇从唐代景龙初年（公元707—709年），就曾奉唐中宗皇帝李显的诏命赶制中宗皇帝献陵祭器，但无论是在唐、宋还是在元代，不断为皇家提供贡瓷的都还是民窑。

至明代，官窑正式在景德镇建立。

其后至清代，雍正皇帝派唐英任职景德镇皇家官窑督陶官，景德镇官窑达到全盛时期。

公元1728年（清雍正六年），唐英首度奉雍正皇帝旨意至景德镇监督御窑，遂一生与景德镇结缘。

就在法国传教士殷弘绪到达景德镇的同一年，沿着同一条江，在同一个码头，下来了一位朝廷命官——江西巡抚郎廷极。这位高官脱下朝服，一头钻进窑厂。

于是，一座古镇，两个外来人，一个受命于皇帝，一个代表罗马教廷，却都奔向同一种物件——瓷器。

殷弘绪法国名字叫昂特雷科，来中国时搭乘的是法国东印度公司的三桅大帆船“海后号”。“海后号”是当时的法国国王路易十四所购买的，而这家东印度公司则是法国政府出资成立的贸易组织。

派驻景德镇20多年之后，殷弘绪奉命主持法国在中国北京的传教事务，一直到公元1732年（清雍正十年）为止。

其间，殷弘绪译介了多种有关中国医药、币制与行政的著述，还寄送各种报告回法国，描述养蚕之法、丝质及纸质造花的工艺、合成珍珠的制作、天花疫苗的接种防治，以及茶叶、人参和竹子的栽植。

不过，殷弘绪最为耶稣会欣赏的，则是其贡献了一份报告，具体来说，就是最让欧洲人垂涎欲滴的有关中国瓷器烧制秘密的一份绝密报告。

公元1712至1722年十年之间，殷弘绪写过多封长信，向法国政府中印传道事务部的司库欧里汇报中国瓷器的制瓷方法。这些信函很快就被法国政府收入《耶稣会士中国益智奇闻书简》，全书34卷，是第一部可供欧洲人广泛取得中国相关知识的巨著。

其中殷弘绪的这份有关中国瓷器制瓷秘密的长篇报告在公元1738年由英国人韦奇伍德译成英文并在整个英国引起轰动。

英国王室对瓷器和茶十分痴迷，故对来自中国的有关瓷都景德镇的书信非常重视。

殷弘绪的景德镇书信，又称《饶州书简》，为欧洲人带来希望——终于可以破解他们苦寻多少世纪却不得其门而入的中国制瓷秘方了。

展阅殷弘绪的《饶州书简》，欧洲人获得的知识不仅限于黏土、釉药和窑炉的相关技术细节。殷弘绪的笔下还勾勒出中国景德镇这座天下第一瓷都忙碌熙攘的气氛，呈现了中国工匠的生活景象。

殷弘绪在报告中估算当时景德镇有一万八千户人家，十万人口，这个数字和清朝政府的官方记录约略相合。

《饶州书简》中记载："根据清帝国的行政语汇，景德镇其实算不上'城级'编制，因为它四周没有城墙，或许因为若有城墙，这座沿江的处处袅袅升起的火焰和烟气的城市就不能任意扩张或延伸吧。"

殷弘绪的景德镇之行，教会下达的秘密任务有二：一是在陶瓷工匠中传教得到信徒；二是打探制瓷的秘密。

在殷弘绪抵达景德镇不久，荷兰东印度公司开始在广州设置办事处，从此可以更方便快速地向中国窑厂发送来自欧洲的订单。

公元1700年（清康熙三十九年）以后，欧洲订单内容可以说是五花八门，有假发架、画框、有盖便盆、刮胡小盆、漏勺、花瓶、花盆、手杖柄、芥末瓶、盐罐、餐叉柄、酱汁容器、奶酪篮、布丁模型等，更进一步挑战中国陶瓷匠的技艺。此外，荷兰商人还定制了一批痰盂。

……

虽然景德镇烟囱林立，火焰袅袅，却并不是每个制瓷工匠都会交上好运。大多数的制瓷工匠注定贫穷。

他在《饶州书简》中曾记载：“无论工资高低，景德镇所有制瓷工匠，包括画工和珐琅匠在内，日子都极为艰苦贫困。若制瓷过程中出了错误或未能及时缴件，也往往会受到窑主殴打。”

如此，极善传教布道的殷弘绪就有了机会。殷弘绪发展了许多制瓷工匠为信徒，从中一点一点地探听了解瓷器制造的秘密。

公元1722年（清康熙六十一年），殷弘绪一次就为近50名信徒施浸，而这些信徒全部是制瓷工匠。

各式各样的劳工、匠人为陶瓷提供原料和技术。除了揉土工之外，这些制瓷工匠信徒还来自下列工作类别：采土、碾石、劈柴、编篮、结绳、木作、五金作、制桶、制砖、造窑、修窑、制作匣钵、制作陶坯、拍打陶坯、制作模型、旋转陶轮、调釉、施釉、吹釉、送器入窑、添柴看火、中介、包装、挑运和驳船。信徒中也有专门购买有窑粘、裂纹的瑕疵品，成批低价买下，修补美化一番之后，再拿到昌江江心岛上的跳蚤市集出售的。

殷弘绪奔走于工匠信徒之中，慢慢对制瓷流程开始熟悉。

殷弘绪在给法国耶稣会中印传道事务部的司库欧里的信中写道：“我在景德镇培养教徒的同时，有机会研究了传播世界各地博得人们高度赞扬的美丽瓷器的制作方法，我之所以对此进行探索，并非出于好奇心。我相信，详细地记叙制瓷方法，对欧洲会起到一定的作用。”

一天，在景德镇建教堂布道的殷弘绪终于从一个窑工信徒的口中听到了“高岭”一词，于是，寻踪而去，终于在群山之中找到了一座名为“高岭”的村庄。

高岭土产于景德镇附近的高岭、东埠、星子、大洲等地，是一种较松的土状矿物，主要由高岭石以及少量的白云母、绢云母、长石、石墨等矿物组成。

高岭土的耐火度比瓷石要高，为1700℃左右，景德镇俗话常把高岭土称为“高梁”，意思就是指其在瓷胎中能起骨架作用。

公元1722年（清康熙六十一年），殷弘绪在给法国耶稣会的一封信中，详细报告了景德镇釉料配方，以及高岭土的瓷器瓷骨作用的关键信息。当然，高岭土在瓷土中的比例，殷弘绪也在信中提到了。

随后，殷弘绪又一鼓作气，搞清楚了景德镇出口欧洲的最大宗瓷器产品——青花瓷的烧造秘密。

身为法国人，殷弘绪的关注焦点在于来自欧洲的订单，他甚至还居间促成部分交易，却不知景德镇的大部分瓷器销往他的故乡之外的许多地区。

清朝雍正皇帝派往景德镇的督陶官唐英曾撰文描述瓷器装载外销的过程：“粗器用茭草包扎，每30到60件为一包。上等瓷器则用纸和稻草包裹装桶，600件一桶，重达225公斤。再把一包包、一桶桶瓷器送上一排排停泊在昌江边的轻便快船。向南航行80公里抵达饶州，昌江便在不远处流入鄱阳湖。多雨的季节，景德镇附近的峡谷航程险峻；多少世纪以来的瓷片沉积河底，因此河水极浅，急湍处处。”

殷弘绪也很熟悉这段水路，因为他就住在饶州，不时沿河往来传教。

景德镇当地没有客栈，地方官规定外来旅人必须夜宿船上或入住当地民家，由房东负责担保。

此外，饶州生活费用低廉。瓷器买家通常都在饶州落脚，可免自己一趟辛苦的上游航程。

公元1656年（清顺治十三年），一名来到此地的荷兰东印度公司商人记载：“在饶州南北航行的船只，不是专载就是兼载瓷器，多为杯、碗……我们发现陪同我们前来的中国人毫不含糊，也尽量把他们的船上塞满这类瓷器……准备运到南京和其他地方销售；我们也看到一个好机会，可以定制一些稀有瓷器。可惜身上没带适当样本，真是可惜。”

饶州码头的装卸工把瓷器装上吃水深的中式平底船，准备航越鄱阳湖。

鄱阳湖是中国境内最大的淡水湖，也是无数船难发生的地点。遇险船舶若能逃过此劫，多数会继续四天航程开往北岸的九江，这个港埠拥有极大的瓷器市场。从这里，一船船瓷器再度转运，沿长江向东北方向的南京驶去。最后，再经由京杭大运河的接驳，一船船瓷器运抵距离景德镇千里航程之外的帝国京城——北京。

由鄱阳湖南行的装满瓷器的帆船，则驶向江西省会南昌，然后沿赣江而上，准备驳载货物穿越大庾岭的梅关古道。意大利传教士利玛窦曾形容此处是“全帝国境内最知名的穿山古道”。放眼望去，只见无止境如长蛇阵的挑夫、驮骡、肩舆。

从景德镇到广州长达九百里路程，唯一动用陆路的运输就是这一日翻山行程。无数瓷器便是以这种方式，以手推车辗过、在挑夫背上走过这段20公里的路段。好在唐代凿山修路铺设的台阶和步道尚在，多少减轻了挑工们的艰辛。

在大庾岭附近，意大利传教士利玛窦记载：“行旅穿越直接凿山而建的一道巨门，这是标记江西、广东两省的地界。长绳阵似的挑夫挑着瓷器抵达南麓之后，瓷器再度装船，顺北江而下直达广州的黄埔古港码头。”

天气好的时候，这趟航程极快。耶稣会派驻北京宫廷的传教士白晋，于公元1693年（清康熙三十二年）只花了20天的时间便由南京抵达广州，然后由广州黄埔古港乘搭“海后号”三桅大帆船历经四年旅途方才返回法国。其间遭遇风浪，白晋分别在泰国和印度停留甚久。

公元1698年（清康熙三十七年），白晋终于再度搭乘法国东印度公司三桅大帆船“海后号”来到中国，同行带来的伙伴正是后来破解中国瓷器制瓷秘密的法国传教士殷弘绪。

公元1721年（清康熙六十年），荷兰东印度公司又有四艘三桅大帆船各载了2万件瓷器回国。

公元1732年（清雍正十年），一艘瑞典三桅大帆船一口气运了约45万件中国瓷器返航并安全驶抵瑞典哥德堡港。

更加令人吃惊的是，公元1745年（清乾隆十年），另一艘瑞典三桅大帆船“哥德堡号”竟然在广州黄埔古港一次装载了70万件中国瓷器，连同丝绸、茶叶、藤器、珠母贝和香料等货物，来回航期足足两年，航行四万公里，却不幸在驶抵瑞典哥德堡港的进港途中沉没，震惊欧洲。

自公元1777年至1778年的航行季节期间，荷兰、英国、西班牙、葡萄牙及瑞典等欧洲各国的东印度公司，总共用23艘三桅大帆船，从中国广州港运走697吨货物，约合870万件中国瓷器。

从16世纪初叶葡萄牙人来华并在澳门租借土地算起，三个世纪内共有三亿件中国瓷器在欧洲登岸；另外还有数量惊人的中国瓷器运往琉球、日本、朝鲜和东南亚各地。300年间，中国瓷器外销欧亚每年高达300万件。

大多数瓷器产自瓷都景德镇，也有少量广东、福建窑口生产的瓷器供应朝鲜、日本、阿拉伯半岛、伊朗和东南亚等地。这些瓷器品质不及景德镇，但在洋人眼里同样珍贵。

公元1752年（清乾隆十七年），荷兰东印度公司的“迪特莫森号”三桅大帆船由广州驶经巴达维亚（雅加达）途中沉没，船上共载了162000件瓷器，包括27531件餐具、63623件茶杯和杯托、578件茶壶、19535件咖啡杯和杯托、821只大啤酒杯、368件潘趣大碗和606个唾盆。这批瓷器连同另外125块金条，于公元20世纪80年代从南海海底被打捞起来，重见天日。这批中国瓷器品相完好无缺，在英国伦敦拍卖售得2000万英镑。

比利时：爱国侨领吴培收藏中国外销瓷

公元1983年3月，时年43岁、出生于英格兰纽约郡、专业从事海洋沉船打捞的迈克·哈彻船长来到中国南海，在一处地图上未标注的暗礁旁发现了一艘中国古代沉船的残骸，内有一大堆中国瓷器，有盘、碗、壶、花瓶及大量的瓷器碎片。

三周后，迈克·哈彻船长带上亲自潜水打捞上来的80件中国瓷器飞到荷兰首都阿姆斯特丹，请著名的佳士德拍卖行为这80件中国瓷器估价。

迈克·哈彻船长原以为这80件瓷器能卖上几百美元，够他来回亚洲至欧洲的飞机票钱，就知足了。

谁想，佳士德拍卖行竟说这80件中国古瓷器保守估计能值3500美金，这令迈克·哈彻船长大吃一惊。

五个月后，迈克·哈彻船长本人及他重金雇请的10名欧洲潜水员就从20米深的海水中打捞出23000件中国古瓷器。

据历史专家及中国古瓷器鉴定专家考证，这批中国古瓷器来自大约17世纪40年代的一艘中国远洋帆船。

这批中国古瓷器以"迈克·哈彻船长藏瓷"的名义在荷兰首都阿姆斯特丹佳士德艺术品拍卖行拍卖，竟拍出了200万美金的高价。这令迈克·哈彻船长产生了进一步搜寻中国古代沉船的念头。

迈克·哈彻船长先购买了一艘海上潜水打捞专用快艇"野马号"，然后一头钻进欧洲各大博物馆和图书馆，用一年的时间搜集了一批古旧海图。同时，迈克·哈彻船长了解到荷兰东印度公司是一个庞大的对中国贸易的商业集团，与中国曾有着长期的瓷器贸易往来。

迈克·哈彻船长通过查阅荷兰东印度公司贸易档案，了解到历史上有很多远洋贸易商船由于风暴和海盗袭击而沉没在中国至荷兰的海上丝绸之路的航线上，于是就通过关系，找到了荷兰东印度公司档案中的相关沉船详图。

迈克·哈彻船长经过仔细研究，调查到公元1752年荷兰东印度公司的"哥德马尔森号"三桅大帆船在从广州返回荷兰的航海中途触礁沉没在中国南海。据沉船详图上记载，"哥德马尔森号"上装载有100多磅黄金、近24万件中国瓷器和340吨中国茶叶。

迈克·哈彻船长驾驶"野马号"海上潜水打捞快艇载着10名潜水员于公元1985年3月初向中国南海一处神秘海域的暗礁出发。10周后，他们从这艘不幸的荷兰东印度公司沉船中幸运地打捞出125块金锭和17万件完整的中国古瓷器。

公元1986年4月28日至5月2日，在荷兰首都阿姆斯特丹，佳士德拍卖行对迈克·哈彻船长从荷兰东印度公司三桅大帆船"哥德马尔森号"沉船中打捞的中国瓷器进行公开拍卖。

来自世界各地的1500多名竞拍者从全球各地飞抵荷兰首都阿姆斯特丹，

准备参加在阿姆斯特丹希尔顿酒店二层举行的拍卖会。

在这1500多名全球竞拍者中，也有两名来自中国的竞拍人——中国北京故宫博物院的著名古瓷器鉴定泰斗冯先铭和耿宝昌。

据英国伦敦大英博物馆中国古器物部的专家鉴定，这批瓷器是18世纪欧洲国家在中国订购的外销瓷，主要是餐具和茶具。这批中国古瓷器制作精巧，质量上乘，虽然在海底沉睡了两百多年，但出水后仍然光亮如新，恍若刚烧造出窑。

中国国家文物局认定这艘沉船的时代明确，沉船所载中国古瓷器是研究中国18世纪外销瓷的非常重要的实物资料，故派人前往拍卖会现场竞拍，试图买回一些外销瓷。

当时国家外汇紧张，但国家文物局还是派两位专家携带国务院特批的3万美元现金前往阿姆斯特丹参加竞拍，并特别指示可以按照文物底价的3倍价格竞拍购买。

拍卖当天，拍卖师特意将中国来的两位专家安排坐在拍卖席的第一排，还指示工作人员将1号牌给了两位专家。

然而，拍卖刚一开始，第一件中国瓷器首次出价已是7万美元，接着是1万、2万、3万美元往上加。冯先铭和耿宝昌，一个拿着1号牌，一个捏着3万美元，两人手心、额头都是汗，却愣是连一次牌都无法举。

两位专家面面相觑，始终没敢举牌，只好眼睁睁地看着身边的洋人举牌竞买。

同在现场竞拍的香港著名收藏家罗桂祥先生看出了两位中国专家的无奈，于是不惜重金购买了一批外销瓷，随后慷慨地拿出其中的13件捐赠给了北京故宫博物院。这13件瓷器包括5件青花盘、4件青花杯和4件青花碗。

公元1986年5月3日，参加完“哥德马尔森号”沉船出水瓷器的拍卖后，冯先铭和耿宝昌随即前往欧洲其他国家进行文物考察。

在比利时考察时，冯先铭和耿宝昌用那3万美元买下四件康熙时期的外销瓷并携带回国。这四件外销瓷分别为清康熙景德镇窑青花矾红彩描金花戟纹盘、清康熙景德镇窑酱釉开光花卉纹执壶、清康熙景德镇窑青花矾红彩描金花卉纹盖缸和清康熙景德镇窑青花风景图菊瓣盘，是清代康熙时期欧洲国家在中国定制的外销瓷，质量精湛，堪称中国外销瓷中的精品。

在得知国家文物局同意将这四件外销瓷拨给北京故宫博物院收藏时，耿宝昌深深地叹息了一声：“唉，什么时候要能在中国建一个外销瓷博物馆，那就好喽！”这个美好愿望直到2004年，才由旅居比利时的爱国华侨吴培先生携手如皋市委、市政府实现——在中国江苏省如皋市博物馆成立了中国第一家，也是唯一的一家中国外销瓷博物馆。

吴培是江苏如皋人，其祖父与外祖父均从商且爱好收藏，从小耳濡目染，令吴培对收藏情有独钟。20世纪90年代初，一本介绍欧洲人文风情的杂志，促使吴培产生了走出去看世界的想法。1993年，吴培来到比利时布鲁塞尔伊夫卡大学管理专业求学。比利时被称为“欧洲的十字路口”，优越的地理位置，使它的古董市场吸引着全球的目光。这里有始于15世纪的每日露天跳蚤市场，有专业的古董沙龙在每个周末迎接来自各地的古董爱好者。比利时最古老的小镇通厄伦（Tongeren），被称为比利时的古董城，每个周日，小镇都会因为古董市场变得热闹起来。这里有超过350个摊位和25家古董商店，所有爱好古董的人们赶早来这儿淘选、赏玩。有一次，吴培在大萨博隆旧货市场看中了一件瓷器，晶莹的质地、翠绿的色彩让他爱不释手。但是，吴培不能确认这件瓷器的真假，于是他用照相机从不同角度拍照并冲洗出来，标记尺寸、品相及价格等信息寄回国内，请亲人携去江苏如皋文物商店请该店经理鉴定。经鉴定此件瓷器为绿釉凤纹粉彩小花觚，属于晚清时期作品。得到准确的鉴定结果以后，吴培立马将它收入囊中。这件绿釉凤纹粉彩小花觚是吴培收藏的第一件外销瓷藏品。

1996年，吴培的中餐馆在布鲁塞尔开业，生意越做越红火。妻子希望吴培将更多的精力投入餐馆的经营中，因此并不支持其收藏外销瓷的爱好。为了能够攒钱收藏外销瓷，吴培自挖“墙脚”，虚报买菜的价格，一点点地将钱积累下来去旧货市场将外销瓷买回来。稍有时间，吴培就流连于各家古董店、拍卖行及博物馆，一边学习一边购买。2000年，吴培回国探亲，带了几件乾隆时期的外销瓷到上海博物馆请专家鉴定，当时国内对外销瓷了解甚少，其带回的外销瓷由于色彩鲜艳华丽被误认为民国广彩。借助网络平台，吴培开始在各大古玩网站上大力宣传介绍外销瓷，希望这些流落海外的瑰宝能为更多的国人所认识。随后吴培萌生了将宝贝带回家的意愿。2005年，吴培的第一家古董店古洋斋在上海中福古玩城开业了。从此，吴培几乎每月一次往返布鲁塞尔和上海之间，将一件件外销瓷打包带回国。吴培每次回国，都有一帮瓷器爱好者守候在古洋斋内，等待开箱抢购。一次偶然的机会，古瓷器鉴定专家张浦生从朋友口中得知了吴培的古洋斋，特地来古洋斋参观。张老师拿着精美的外销瓷久久不能放下，情不自禁地啧啧赞叹外销瓷的精美与华丽，又与吴培探讨明清各个年代外销瓷的特色，二人从此结下了师生之缘。张浦生不仅多次买了吴培的外销瓷，还一次次地在外讲课时宣传中国外销瓷，介绍吴培和古洋斋，推荐他的学生来古洋斋店里买外销瓷器。

渐渐地，吴培以自己的诚实守信，以手中的藏品在业内树立了自己良好的口碑。

2003年一次偶然的机会，吴培在一位比利时老收藏家的家中看到一套精美的素三彩十八罗汉瓷塑，这令吴培心动不已，向对方表达以10万欧元收购的意愿，但被老先生一口回绝。为了收获这套珍品，吴培此后便时常登门拜访，与老先生共同交流收藏心得，邀请老先生多次到自己家开的饭店吃饭，观赏自己的藏品。随着彼此了解的深入，老先生最终被吴培收藏明清外销瓷的执着精神打动了。四年后的一天，这位老先生邀请吴培到家中，将宝贝交到吴培手中。老先生跟吴培说：“我不缺钱，我只是想给它们找个最好的归宿。”

在比利时，吴培有一位华人朋友，他的太太是比利时人。2015年的一天，这位华人朋友跟他太太受邀去参加他太太一位朋友的家庭聚会，无意间他发现朋友家放在花园角落里用来盛放垃圾的大瓶好像是件中国瓷器，并拍了个图片发给吴培看，吴培一眼就认出这是一个乾隆粉彩大瓶。经过主人同意，朋友带吴培去看了那个大瓶，这个瓶足有120厘米高，器形如此巨大的乾隆大瓶实属罕见。当吴培提出购买的意愿时，主人才意识到他把中国的瓷器当作了垃圾桶，最终吴培以5000欧元的价格买回了一只“垃圾桶”。回家后，吴培用了一个多小时才将其清洗干净，使它露出了原本美丽的容颜。

经过近20年坚持不懈的努力，以藏养藏，吴培目前收藏的精品外销瓷已达3000余件。吴培大量收藏外销瓷并进行深入研究，认为在历史上内销瓷与外销瓷烧制的目的、用途和作用不同，应该客观公正地了解和评价外销瓷，不能因为不熟悉而忽略和否定外销瓷的历史地位和价值。

外销瓷大体可以分为三部分：一是作为一般的商品贸易瓷，二是欧洲王室贵族、家族订烧瓷，三是当时中国政府馈赠外国皇室的礼品瓷。即使是作为一般商品的贸易瓷，明清外销瓷的绝大部分，尤其是在清朝乾隆年间之前，输往欧洲的贸易瓷的销售对象大多是欧洲皇室、贵族和富商巨贾，到乾隆年间之后才开始普及到欧洲中产阶级。中国外销瓷在当时一直是受欧洲人推崇的奢侈品。

针对有些专家认为“外销瓷颜色俗艳，外国味浓及质量不好”等说法，吴培的挚友——著名古陶瓷鉴定家胡雁溪老师认为：“外销瓷精品薄如纸、声如磬、釉如玉、彩如虹，是当时集中了大量的优秀工匠和画师生产制作出来的。”吴培曾看到一篇关于外销瓷的文章，文中对外销瓷的比喻非常形象：“缺失了外销瓷的中国瓷器体系是不完整的，打个比方，官窑体系是嫡子，集万千宠爱尊荣于一身；民窑体系是庶子，朴实无华任劳任怨最接地气；外销瓷体系就是家中千金小姐，远嫁时是体体面面的，嫁的可是欧洲贵族，但是多年以后娘家人都不知道这个当年远嫁的公主了。”

在布鲁塞尔，经常有来自法国及比利时当地的收藏家，手里拿着瓷器或是图录来跟吴培探讨外销瓷的鉴赏。其中有一位来自巴黎的外销瓷收藏家安托万·勒贝尔（Antoine Lebel）先生，他在布鲁塞尔有自己的展厅。这位与吴培同龄的外国友人，致力于研究中国外销瓷已达30多年之久。1998年，他着手写作一本关于法国家族订烧瓷的书籍，花了整整十年时间研究纹饰，查询各家族资料，终于在2008年完成出版了他的著作。

2016年，吴培选取自认为最有代表性的556件藏品，编著了《古洋珍藏——外销瓷图鉴》一书，分上、下两册，共600页，已于当年出版，以图鉴形式与各位收藏爱好者分享，让大家了解和欣赏外销瓷所呈现的多样性、艺术性，以及中西文化交融的特点，为国内专业人士和瓷器爱好者全面和深入研究外销瓷尽一份力。

为了收藏外销瓷，吴培几乎走遍了整个欧洲大陆和英伦三岛。

瑞典王国“哥德堡号”远航大清记

第2章

哥德堡港：“哥德堡号”起航

哥德堡位于瑞典西部，早期居住着哥特人，他们的历史可以追溯到很久以前，文字记载该族产生的时间为公元2世纪。

哥特人对瑞典早期历史产生了相当大的影响。由于面临出海口，哥特人开始了长期而又无所畏惧的海盗航行。

从公元9世纪至11世纪，大约相当于中国的唐朝中后期至北宋年间，瑞典人已经以善于制造龙舟式的高头船而闻名欧洲。

哥特人历经艰辛，于公元1621年在哥德河河口处建立了一座新城。

当时的国王是古斯塔夫二世。他称新城为哥德河的要塞，因此得名哥德堡。

公元1743年3月14日上午10时，地点瑞典哥德堡港。

埃夫斯堡防御要塞的大炮鸣响了12响后，一艘大船起锚驶离克里邦码头。

高头船全长约有40英尺（1英尺约合0.3048米），所有龙骨由一整块橡木构成，结构坚实而有美感。高头船上置方帆，船首又有精细雕刻装饰。船两边的100名划桨手动作整齐地使劲拨动着海浪，风帆被劲风撑得满满的，沐浴着明晰的阳光，缓缓地驶向大海。

这艘巨舶就是瑞典东印度公司的“哥德堡号”商船，1738年，建造于斯德哥尔摩船厂，载重量达1350吨，这是它第三次远航。

商船航线为西北方向，经过挪威海域，再往北经过设德兰群岛，目的地是中国。

与“哥德堡号”一起驶向中国的是瑞典东印度公司的另一艘商船“骑士院号”。

“哥德堡号”此次航行，船上的五名大班分别是：第一大班奥古斯特·塔布图、第二大班克里斯道夫·亨利·布拉德、第三大班尼古拉斯·特罗木、第四大班卡尔·古斯道夫·艾克拜耶、第五大班派·奥斯贝科。

瑞典东印度公司对“哥德堡号”此次出航广州十分重视，又特意为五位大班配备了三名助手。

当船长埃里克·莫伦在确认名单上的每个人都已上船，且没有名单以外的其他人员后，大班们才最后登船、起锚。

在“哥德堡号”鼓起风帆，缓缓地驶离哥德堡港克里邦码头时，第一大班奥古斯特·塔布图就立即从船长埃里克·莫伦手里拿走船员名单和补给物资清单，登记在公司的文书中。

“哥德堡号”此次出航的主要船员名单如下：船长埃里克·莫伦；大副彼特·冯·乌特法；二副伦德·戈廉；三副安德烈雅·哥宪；第一军医托马斯·恩德芒；炮兵少尉安德松·茂斯芒；水手长烈芒；厨师萨米尔·科龙布斯；大班专属厨师约翰·海芒松；舵手拜耶；帆匠乌律和乌蒂夫；木匠容松和彼特·维依拜耶；一级水手尼尔森、艾利亚斯·雅各布松、西蒙·容森、尼尔斯·容达尔、彼得·马勒姆保；军需官马蒂亚斯·赫尔姆斯；牧师彼得·霍尔莫兹。

令大家没有想到的是，在“哥德堡号”航行到设德兰群岛附近的海面时，船上竟陆续发现了三名偷着上船的小孩。

第一大班奥古斯特·塔布图随即把这三个孩子登记在册，他们分别是马格努斯（17岁）、雅各布（11岁）、考尔·乌乐松（13岁）。

加上这三名偷着上船的小孩，“哥德堡号”此次航行共有船员138人。

为了供给这次航行8个月所需的食物，“哥德堡号”采购了大量给养。在有军需官马蒂亚斯·赫尔姆斯签名的补给物品清单上，有如下记载：牛肉11桶，重5490.56公斤，其中2桶为大班和船长专用；猪肉8桶 ，重3740.14公斤，其中1桶猪头和猪脚；稀粥样食品19箱，重2984公斤；大豆26箱，重603.96公斤；稻草10412.36公斤；醋4桶，重429.69公斤；柠檬水3桶，重298.40公斤；牛奶16桶，重2984公斤；芥末1桶，重179公斤；灯油3桶，重238.72公斤；糖4桶，重596.8公斤；面包11346公斤；蜡烛238.72公斤；盐179公斤；烧酒13桶；混合烧酒800罐，重2092公斤；面粉4桶，重596.8公斤；瑞典牛肉6桶；万丹猪肉2桶；绵羊20只；母鸡620只，重917.28公斤；鸭子60只，重68.03公斤；鹅24只，重85.93公斤；柑橘100篓，重380.75公斤；毛芋315.11公斤；咸鱼119.36公斤；野猪32头，重1253公斤；喂羊和牛的麦秸25袋，重280.49公斤；菜根149公斤；胡萝卜179公斤；洋葱238公斤；蔬菜59.68公斤；橙子238.72公斤；活公牛3头；公猪2头；母猪6头。

由于瑞典东印度公司成立时已获瑞典国王授权拥有以暴抗暴的权利，所以此次出航的“哥德堡号”除了配备14门火炮和大量的葡萄弹、长条弹、链条弹、尖弹、环球弹外，还配备了38支滑膛枪、8支大口径枪、9支手枪和38把轻佩剑，以及10箱手榴弹。

这些武器装备，主要供“哥德堡号”在沿途对付海盗时自卫。

“哥德堡号”：随船牧师彼得·霍尔莫兹的航海手记

公元1743年3月29日，“哥德堡号”在航经设德兰群岛和奥克尼郡附近的罗科尔礁石岛附近海域时，遭遇了一场罕见的暴风雨袭击，险些沉没。“哥德堡号”随船牧师彼得·霍尔莫兹在他的航海手记里记录下了这场罕见的风暴。

彼得·霍尔莫兹写道：“一股强大的暴风雪从西北方向夹着冰雹向我们

压来，撕扯着我们艰难升起的几个船帆……八天的坏天气和强烈的暴风雨之后，事情变得更糟。早晨，一阵风先行从西面刮过来，空气转化为厚实、铁灰色的浓雾，这是狂风到来前清晰的预兆，我们在船长埃里克·莫伦的指挥下，立刻开始准备一切必需的措施。暴风渐渐增强，在下午的时候爆发成为十分猛烈的飓风。前桅帆瞬间被吹烂，船也开始大量进水。幸运的是我们已经为招待这位严厉的客人做好了准备，但即使剩余的船帆都被卸下，所有的进出口都已封闭，船仍然大量进水并长时间朝右倾斜，船右舷窗靠着水，泡沫和海水不停地飞过我们的头顶……大副乌特法和水手长烈芒指挥全体船员堵漏排水，船长埃里克·莫伦则下令转舵，舵手拜耶嘎嘎吱吱地艰难转舵，使‘哥德堡号’迎向风暴……”

暴风雨平息后的那个晚上，水手尼尔斯·容达尔死了。他的身体抵抗不住寒冷，得了严重的疟疾，船上的第一军医托马斯·恩德芒没能救活他。

翌日早晨，当太阳升起时，“哥德堡号”的船员们就在随船牧师彼得·霍尔莫兹的主持下，为其举行了海葬。

当晚，彼得·霍尔莫兹在航海手记中写道：“水手尼尔斯·容达尔死去了。也许，‘哥德堡号’的苦难航程才刚刚开始……”果然，在水手尼尔斯·容达尔死后的第三天，死神也降临到第一军医托马斯·恩德芒的身上。

船上所有的医疗器材和药品都无济于事。托马斯·恩德芒的两名同事——两名随船航行的年轻军医也无能为力。

“哥德堡号”的全体船员再一次集中在甲板上，但这次海葬用的不是木板。

木匠容松做了一口棺材。第一军医托马斯·恩德芒的尸体被亚麻布裹起来，放入棺材内。棺材里还放进了煤块和沙子，这样棺材可以迅速地沉入大海。

牧师彼得·霍尔莫兹为死者做祷告，然后大家一起唱了一首圣歌，祝愿托马斯·恩德芒的灵魂早日升入天堂。

之后，炮兵少尉安德松鸣炮四响。（瑞典东印度公司的所有远航商船有一个不成文规定：航行中死去的军士、牧师和军医以上级别的高级船员，鸣炮四响，其他人员鸣炮两响。）

……

公元1743年4月17日，“哥德堡号”驶抵西班牙加的斯港。

在进港前，西班牙的检疫船先靠上“哥德堡号”船舷，一名检疫官和一名军医攀绳梯登上“哥德堡号”，检查船上是否有人生病。

如果有，任何人都不能登岸。还好，此刻的“哥德堡号”上，所有人都是健康的。

船长埃里克·莫伦首先被送上岸。当天，五名大班和三名大班助理也随后上岸。稍后，牧师彼得·霍尔莫兹和军需官马蒂亚斯·赫尔姆斯也随小船上岸。

“哥德堡号”其余船员站在船舷边，纷纷眺望加的斯城。

这是一座看上去非常漂亮的西班牙小城。一座座白色的小房屋环抱在郁郁葱葱的山坡上，一道厚厚的城墙围绕着整个城市，漂亮的教堂耸立在城市的中心。

在加的斯港码头，“哥德堡号”从瑞典运来的货物全部卖给了西班牙人。西班牙人用于交易的金钱全部是西班牙银比索。（因为“哥德堡号”航行的目的地是中国，中国人经商贸易最喜欢欧洲各种形式的银质币。）

在随后的几周时间里，“哥德堡号”一直都是熙熙攘攘的，码头上也不例外。船上的食品得到补充，水仓里的淡水也得到更换。在从哥德堡港出来后的三周漫长的航行中，船上的百来名人员已用完了很多东西，现在得为下一站航程做准备了。

在军需官马蒂亚斯·赫尔姆斯和牧师彼得·霍尔莫兹的张罗下，一条接一条的货船划了过来，船上堆满了货物。它们停泊在“哥德堡号”舷旁，奶酪、黄油、水果、葡萄酒、糖等物品统统被吊上船。

在一天早晨，牲口也被运来了，装着母牛、绵羊、鸭子、母鸡和猪的船一艘接一艘地划过来。牲口也被吊上甲板。

那些空笼子、空圈栏和空板条箱也很快都装满了新的“居民”。

在牧师彼得·霍尔莫兹的航海手记中，详细记载了“哥德堡号”在西班牙加的斯港加载的补给物品清单。清单上记录了船上所需补充的物品外，还为船上的五名大班和三名大班助理及船长埃里克·莫伦这九人特别补充了一批熏牛胸脯肉、牛舌、腌牛舌、猪蹄、熏火腿和高质黄油，以及药草、咖啡和麦芽粉。

第一大班奥古斯特·塔布图由加的斯城回到船上时，还把一个加的斯城的泥瓦匠带上了船，让他造了一个烤箱。

随船牧师彼得·霍尔莫兹在航海手记中有如下记述："船员们的饮食，每人每周的定量是1.3公斤牛肉、0.2公斤猪肉、2升豌豆、2升大麦、0.6公斤鳕鱼、0.4公斤黄油、0.3升油、100克盐、2.6公斤面包、9升淡啤酒或葡萄酒及9升淡水。每日的饮食主要是腌牛肉、猪肉、布丁和卡尔湾豆，以及米粥和奶酪。卡尔湾豆种植于山的干燥坡面，是瑞典特有的一种豆类，可以取代豌豆。船上除了一日三餐，每日还提供一次茶水或咖啡。如果工作辛苦，加餐会很频繁，例如在暴风雨天气或靠码头及起锚的日子里。每当铃声响起，就意味着会有斯纳普酒（Snaps）及美味的烤小牛排……"

"哥德堡号"在西班牙加的斯港停留大约一个月。

公元1743年5月6日，在吊上来43箱银光闪闪的西班牙银币之后，身强力壮的水手们就扯起船帆并使劲推动绞盘，"咣当当"地将船锚从海水里升上来。

很快，"哥德堡号"的船帆鼓满，在凉爽的晨风中快速驶向远海。

在海上航行时，如果海面风平浪静，水手们喜欢在船舷以钓鱼为乐。

"哥德堡号"还没有到达赤道，船员们就已看到了鲸鱼。这些巨大的哺乳动物在海浪中上下翻滚，有时还向空中喷出十几米高的白花花的水柱。

一天早晨，水手马勒姆保站在主桅杆的瞭望台上，手搭凉棚四处张望，忽然发现南面航行着一艘神秘的船。他立即报告给乌特法大副。

乌特法大副立即叫水手雅各布松向船长埃里克·莫伦报告。埃里克·莫伦接报后，立即查看海图，对照二副伦德·戈廉画的航线，发现船已航行到了北非附近的海域。

公元18世纪初叶，北非海盗兴起。海盗在摩洛哥、阿尔及利亚、突尼斯和利比亚的活动，严重影响了从地中海至直布罗陀的北非沿海的航运。船长埃里克·莫伦来到甲板上，通过望远镜对这艘可疑的船只观察了一番，接着和身旁的大副乌特法商量了一下，最终还是下令敲响船钟，“哥德堡号”立即进入一级防护状态。

炮兵少尉安德松立即在左右船舷的炮位上安置了炮号。火力强大的葡萄弹和长条弹也准备好了。船员们还搬来了手榴弹和火药桶。水手长烈芒还把滑膛枪分发给水手们，以备不时之需。

果然，几乎在一瞬间，这艘陌生的神秘船的顶部升起了海盗旗。旗上绣着北非大海盗乔利·罗杰的名号。

船长埃里克·莫伦立即命令炮兵少尉安德松开炮。“哥德堡号”的右舷大炮立即开了两炮。炮弹落在海盗船前面的海里，击起两柱巨大的火花。

海盗船在平静的海上和“哥德堡号”并排航行了320海里之后，转弯向西航行，很快消失在海天之际。

随后的两天，海上起风了，越刮越大的风迫使船以弧形的航线驶向南非——穿过赤道无风带——然后驶入非洲暴风肆虐的南部顶端。

在“哥德堡号”穿过赤道前，随船牧师彼得·霍尔莫兹在航海手记中作了如下观察记录：“南十字星座的核心由人马星群后的四颗星星组成，其中两颗是二级亮度，两颗是三级亮度，当北极星隐匿时，就可以在南赤道看到它们。现在，我们就可以清楚地观测到它们。暴风雨持续了三天三夜，这是可怕的三天三夜。当第四天暴风雨平息时，大多数船员平安无事。但是，小考尔·乌乐松却没有顶住。在暴风雨的第二个晚上，他就病倒了。他只吃面包块，且只喝水，24小时后他变得更加虚弱。因为高烧和寒战，他全身发抖。船上随行的两名军医用上了所有医疗器材和药品，但仍无济于事。五天后，小水手考尔·乌乐松被裹在帆布里，从那块倾斜的木板上滑入海水中。在牧师彼得·霍尔莫兹的祈祷中，船员们的眼里都噙满了泪水。船长埃里克·莫伦命令炮兵少尉安德松也为小水手考尔·乌乐松鸣炮两响，以哀悼这位逝去的小兄弟。”

由于瑞典东印度公司和荷兰东印度公司存在激烈的贸易竞争，为了避免受到袭击，公元1758年前的瑞典东印度公司的商船都避行南非好望角。“哥德堡号”的第三次远航也不例外。

一天，“哥德堡号”附近飞翔着一群雪白的海角鸽群，船长埃里克·莫伦知道离南非好望角不远了。

他下令全船保持戒备状态，同时下令炮兵少尉安德松率领炮兵们做好开炮准备。

“哥德堡号”警惕地穿过非洲南端，随后驶过圣保罗火山岛，横穿印度洋，北上印尼爪哇。

当航船经过圣保罗岛时，牧师彼得·霍尔莫兹写下了这样一段文字：“南纬36度54分的印度洋海面，海水可怕地旋转着……从波涛的颜色和高度来看，就好像是巨型雪堆一样……六只海豚跟在大船的后面，它们大部分时间露出海面。我从来没有见过比这些蓝色精灵更美的大鱼了……”

“哥德堡号”的海上旅程又持续了许多天。终于在一天黄昏，“哥德堡号”的水手又看见了陆地。

在金色的夕阳辉映下，水手们能看见海滩岸边的棕榈树及一棵棵结满了又大又黄的香蕉的香蕉树，还有一棵挨一棵的高大椰子树，树上有许多的猴子在摘椰子。

老水手们都知道，这个大岛就是著名的爪哇岛。

“哥德堡号”在爪哇岛重新补给淡水和粮食。

军需官马蒂亚斯·赫尔姆斯和牧师彼得·霍尔莫兹跑了一个星期，除采购大量牲畜之外，还购买了40只大海龟和600个海龟蛋。

由于航船长期航行，缺乏蔬菜和水果的给养，“哥德堡号”的许多船员缺乏维生素而得了败血症，所以军需官马蒂亚斯·赫尔姆斯和牧师彼得·霍尔莫兹还采购了大量新鲜而又美味的热带水果。

彼得·霍尔莫兹在航海手记中是这样描述爪哇岛的椰子、菠萝和香蕉的：“椰子比人的头颅还大，有些则一半大，当打开它们那层硬壳，就是清澈、美味、适度甜味的椰汁了，虽然有些微微的天蓝色，但清澈如至清的水……香蕉则像豆荚一样，尽管有如手指般长且弯曲，但实际上里面的果实是松软的黄色美味，有点像草莓，它们通常成串地生长，顶端有六只手掌那么宽，70到80个一枝或一串紧贴在一起，有些果实厚如十岁小孩的手臂……爪哇岛最美味的水果是菠萝，和欧洲产的冷杉球果差不多，只是更大些，菠萝吃起来很有口感，有种特殊的香味……”

“哥德堡号”在爪哇岛外海湾里停泊的这些日子，气候既炎热又潮湿，许多船员由于忍受不了这种致命的炎热，就得了痢疾、疟疾及其他疾病，一个接一个地死去。

死去的船员被埋葬在爪哇岛红黑的土地下，但好消息是，活下来的船员由于补充了大量新鲜的热带水果，竟治愈了败血症。

在爪哇岛停留了六周的时间后，公元1743年9月12日，“哥德堡号”继续航行，进入中国南海海域……

在“哥德堡号”离开越南沿海的一个岛屿后，遇到了从北部吹来的东北季风，许多水手再次受到疾病的折磨。

在如此恶劣的气候条件下，“哥德堡号”大班意识到无法顺利抵达广州，于10月4日决定往回走，并在12月28日抵达巴达维亚港。

为了等待中国南海的夏季季风，“哥德堡号”一直等待了5个月才离开巴达维亚，于公元1744年夏天开始进入旅途的最后一程——穿越中国南海，朝目的地广州港驶去。

关于“哥德堡号”在中国南海的航行，随船牧师彼得·霍尔莫兹在其航海手记中也有详细记述：“在中国南海，一年里会有两种季风，每种季风持续半年。一种季风把我们吹向广州，另外一种则会帮助我们回程。在风向转变的季节，就会有可怕的台风。任何商船在9月之后才到达中国南海的话，可能就没有办法在来年之前穿越它。‘哥德堡号’驶入中国南海后，雷雨就变得十分常见，闪电也非常多。这里不像欧洲那样，最多只连着两三次闪电，而是会连着七八次。闪电可以令你清晰地看到船舱里最细小的物件。暴雨也可以连续下个三天三夜，我以前可从来没有遇到过这么多的暴雨……船在马来群岛最北端的岛屿——提苗岛（Tioman，现在地图上叫作雕门岛）调整了航向。它位于赤道以北3度，东面有纳土那和亚南巴两个群岛，形成一个80多海里宽的海峡……海峡两边的岛屿，据说有食人族的存在……昨晚绕过庞永岛，在这片海域，我们又碰到了一艘海盗船，炮兵少尉安德松亲自操炮开了两炮，把海盗船吓跑了……”

公元1744年9月7日，“哥德堡号”终于进入澳门水域，在十字门附近海域对接上了一名中国领航员，“哥德堡号”就朝虎门驶去。

经过一夜缓慢而又谨慎的航行，“哥德堡号”终于在9月8日黎明时分在广州黄埔岛外放下铁锚，收起了船上所有的船帆。

由虎门进入珠江口的这一段航行，随船牧师彼得·霍尔莫兹在航海手记中也有详细记载：“一个中国领航员由水手长烈芒接上了船，他负责协助船只进入珠江一个悬崖线似的入口，左边是一个圆形的、高墙围绕的炮台，右边则是矮护墙和石洞里圆圆的排炮。葡萄牙人称这里为‘虎门’。这个峡口的海水非常深，潮水在这个狭窄的空间里涨落得十分厉害，几乎比一门大炮的射程还远……在虎门，中国官员上船拿检查文件及通关文件。接着船继续向珠江上游航行，最后伴随着全体船员的欢呼声到达离广州15公里外的黄埔岛。因为船太大且吃水太深，直到我们离开中国，船都会一直停泊在这里。一种中国人叫‘舢板’的小船，将负责从黄埔到广州之间的交通运输……到达黄埔古港的欧洲船有十几艘，‘哥德堡号’抵达时，鸣响了八响礼炮以示致意，这些欧洲商船也一一向我们回敬，礼炮鸣个不停，一个紧接一个，一时间黄埔古港充满了愉快的轰鸣声。‘哥德堡号’裹在礼炮散发的烟雾中，这是我见过最迷人的情景，特别是在晴朗的天气里，烟雾在空气里作圆形的扩散，螺旋形地慢慢上升……”

广州：十三行

“洋行”是由大清政府特许的商人——洋商所设立的类似行会的组织，俗称“十三行”。由于大清承袭自大明，故十三行亦是沿袭自大明以来的旧称，实际上不止十三家，因常有旧行倒歇和新行增添。十三行的设立是在大清康熙皇帝下旨设立粤海关的翌年，即康熙二十五年（公元1686年）五月。

地址在广州西濠迴澜桥至靖远街一带。

行商是垄断性的商业组织，一切外国进口货物均由其承销；大清内陆出口货物也由其代购，并负责规定进出口货物的价格。

外国商人来中国贸易，并不直接向粤海关纳税，而是一律由行商代收代纳，若有漏税欠税的情况，则由行商负责赔偿。所以，行商也叫洋商。

此外，十三行一带，亦建有十三夷馆。夷馆由十三行行商出资修建，租给夷商住宿、办理商务和堆储货物。

十三夷馆自东向西排列。第一、第二家是荷兰东印度公司的义和行、集义行；第三、第四、第五家是英国东印度公司的保和行、丰太行、隆顺行；第六、第七家是瑞典东印度公司的瑞行、帝国馆；第八家是奥地利东印度公司的宝顺馆；第九家是美国东印度公司的广源行；第十家是挪威东印度公司的中和行；第十一家是法国东印度公司的高公行；第十二家是西班牙东印度公司的吕宋行；第十三家是丹麦东印度公司的黄旗行。

十三夷馆只是十三行的一个组成部分。同一个行，分作两处展开贸易活动：一处是行商与本国商人交易的地方，另一处是行商与外国商人交易的地方。

十三行实际上是一个由多家商行、洋行组成的拥有商业特权的官商组织。当然，组成十三行的商行数目亦是经常变化的。十三行设立伊始，是由怡和行、广利行、同文行、同兴行、天宝行、兴泰行、中和行、顺泰行、仁和行等商行组成的。

十三行的鼎盛时期是大清乾隆皇帝统治时期。

十三行最多时达几十家，其中以著名的四大巨富潘启官、卢观恒、伍秉鉴、叶上林创办的同文行、广利行、怡和行、义成行最为著名。瑞典东印度公司与广州十三行打交道、做贸易的行商恰恰就是著名首富潘启官。

“哥德堡号”抵达广州黄埔港后，第一大班奥古斯特·塔布图、第二大班克里斯道夫·亨利·布拉德、第三大班尼古拉斯·特罗木、第四大班卡尔·古斯道夫·艾克拜耶、第五大班派·奥斯贝科及三名大班助理和船长埃里克·莫伦就乘坐小舢板溯珠江进入广州城，入住广州十三行的帝国馆。

瑞典大班们在帝国馆甫一放下行装，立即前往同文行拜见潘启官。

大班们要与潘启官一起挑选货物并进行价格谈判。

“哥德堡号”的一众人等在广州逗留期间，一方面通过十三行里的行商出售带来的货物，另一方面还要对“哥德堡号”进行整修、补给。

“哥德堡号”此次来广州，主要目的是采购中国瓷器、茶叶、丝绸、扇子和漆器。和其他欧洲国家相比，瑞典东印度公司进口的瓷器是最多的。这与瑞典几任国王和王后及王公贵族们极喜爱中国瓷器有极大关系。

一艘满载而归的瑞典东印度公司的商船上往往载有15万到60万件瓷器。

广州：广彩瓷

大清外销瓷的白瓷胎产于景德镇，运到广州后，在广州的珠江以南的瓷器作坊里完成彩绘和彩烧，俗称广彩瓷。

在广州的十三行里，为了便于外商订货，甚至曾专门制作过样品瓷盘。这种瓷盘的周边绘有四种不同的图案，以便外商指定其所中意的。

美国商人威廉·希基于乾隆三十四年（公元1769年）参观广州珠江南岸的广彩瓷器作坊后，曾描述说：“在一间长廊里，约200名工人正忙着往瓷器上描绘图案，并敷以各种色彩，有老年人，也有六七岁的童工。”

当时广州珠江以南这类广彩作坊竟有100多个，这充分说明外销广彩瓷的数量之大。

“哥德堡号”此次靠泊广州，第一大班奥古斯特·塔布图就完成了瑞典王室及贵族烧制徽章瓷的指令。所谓徽章瓷，是指欧洲各国在中国订烧的绘有王室、贵族、军团、都市、公司、团体等徽标或甲胄等图案的瓷器。

公元18世纪，欧洲人通过瑞典东印度公司订烧的徽章瓷大约有300种，其中包括一些在瑞典活动的英国贵族订烧的，例如绘有科林·坎贝尔和克罗马蒂的约翰·麦肯齐甲胄的徽章瓷，以及绘有戴德·卡梅吉和罗斯家族族徽的徽章瓷。

此次，瑞典国王弗雷德里克和王后优利卡·伊丽诺阿夫妇就委托第一大班奥古斯特·塔布图携带了由瑞典两位著名艺术家克里斯琴·普雷奇和琼·埃里克·里恩设计的徽章瓷图案。

第一大班奥古斯特·塔布图在刚见到潘启官时，就将这些美丽的徽章瓷图案展示给潘启官看。

潘启官看后，认为有些徽章瓷图样须由景德镇烧制，另一些徽章瓷图样，则在广州可以烧制。

随后的几天，潘启官雇了几顶官轿，载着“哥德堡号”的众人一起浩浩荡荡地到广州珠江之南的龙导尾村和龙田村一带的广彩瓷作坊参观。

那地方围绕一个大水塘，建了一溜儿的广彩瓷作坊，离海幢寺不远。

潘启官为了瑞典商人烧制徽章瓷的事情，还特地率领第一大班奥古斯特·塔布图等人去海幢寺烧香祈祷。洋人本不信佛，但入乡随俗，便也随潘启官在海幢寺朝拜，祈望这批徽章瓷能早日烧成。

在其中一家广彩瓷作坊参观时，第一大班奥古斯特·塔布图十分惊讶地发现，这家广彩瓷作坊竟是一家专门烧制潘趣酒碗的广彩作坊。

最早的潘趣酒起源于印度，主要由五种原料调和——酒、糖、柠檬、茶、香料。公元17世纪早期，英国东印度公司的水手从印度把这种饮料带到了英国，后来很快就传遍欧洲大陆和美国。

早期潘趣酒是用果酒（白葡萄酒）和白兰地作为基底调制而成的。公元17世纪中叶，潘趣酒开始用原产于美洲牙买加的朗姆酒（甘蔗酒）作为基底。后来配方不断变化，又加入热水、牛奶等。

潘趣酒碗出现于公元17世纪初叶，由欧洲人在中国广州和景德镇大量定制，口径从25厘米至60厘米不等。

潘趣酒碗一般配有舀酒的勺和盛酒的杯子，用勺将酒从潘趣酒碗中舀至高足杯内饮用。

乾隆年间，广州河南（今珠江以南的海珠区）烧制的广彩潘趣酒碗极受欧洲人喜爱。

第一大班奥古斯特·塔布图曾在瑞典王宫参加宫廷宴会时看到过一只印有希腊神话纹的潘趣酒碗，没想到竟在这家专做潘趣酒碗的广彩瓷小作坊里看见了相同图案的漂亮潘趣酒碗。

第一大班奥古斯特·塔布图立即掏出1000两白银，叫潘启官订烧一批同样图案的潘趣酒碗。

广彩瓷器曾被誉为“式多奇巧，岁无定样”，因为广彩瓷纯属欧洲王室及贵族私人定制。

据史料记载，与乾隆皇帝同时代的法国国王路易十五的宠妃蓬巴杜夫人和路易十六的王后安东瓦内特皆是广彩瓷的私人定制鼻祖。

广州：美食

大清乾隆九年（公元1744年）十月初的一天，与瑞典王国“哥德堡号”大班们的生意做得十分顺利的潘启官心情大好，就邀请瑞典大班和船长埃里克·莫伦等人去潘宅赴宴。

这一天的巳时，轿队来到十三行街帝国馆前停下，潘启官陪同第一大班奥古斯特·塔布图乘坐一顶六人抬大轿，第二大班克里斯道夫·亨利·布拉德、第三大班尼古拉斯·特罗木、第四大班卡尔·古斯道夫·艾克拜耶、第五大班派·奥斯贝科和船长埃里克·莫伦分乘四人抬轿，三名大班助理则和十三行之同文行派出的一名通事骑马随在轿队之后。

轿队经十三行街往东至西濠，左转上桥，下桥经过木匠广场不远，就来到了潘启官的宅邸。

曾在潘启官宅邸做过客的瑞典东印度公司董事科林·坎贝尔大班是这样描述潘宅的：“潘启官宅邸是一座漂亮的两层高的大房子，二楼是一些开满了方格子花玻璃窗的大厅，用作餐厅或起风时乘凉的地方。这些房子中间是一个有拱桥、鱼池的方形花园，种有五六棵芭蕉树和一小丛凤尾竹。”

潘启官宴请瑞典客人们的地方，就是当年瑞典东印度公司董事科林·坎贝尔做客饮宴的宴会大厅。

为了迎接尊贵的瑞典王国客人，潘启官特意吩咐仆人在宴会大厅喷洒了产自阿拉伯的蔷薇水。

每位进入宴会大厅的瑞典客人，额头都被点了一点产自希腊的苏合香油。

在清香四溢的宴会大厅里，潘启官招待这些远道而来的瑞典客人品尝海参、燕窝、鱼翅，甜点是朱槿渍荔枝，主食是油炸荷花饼。

海参是海鲜中的极品之一，营养丰富，然而，这种极品海鲜烹饪时候的难度之大，却也是出了名的。因为海参气味腥，沙子多，要烹制成美味十分不易。如果用清汤煨，其腥味是掩盖不住的，极大地影响食用的体验。《随园食单》说："海参，无味之物，沙多气腥，最难讨好。然天性浓重，断不可以清汤煨也。"

潘府烹饪海参是怎样操作的呢？

最好是选择小刺参，第一步工序是浸泡，将泥沙泡掉，让海参清洗干净。接下来，要用猪肉汤滚泡三次，这样既能软化海参，也是第一次入味，让猪肉汤渗入海参的味道。

肉汤滚过之后，就用鸡汁、肉汁来煨它，将海参倒入其中，要煨至烂熟。然后再用泡发好的香菇和木耳与海参搭配。之后加入笋丁和香蕈丁再煨一小会儿，就可起锅食用了。

这道菜端上来时，第一大班奥古斯特·塔布图只尝了一口，就立即喊其味鲜美。

潘府的燕窝烹饪也是一绝。

选二两左右的一个燕窝，先用白云山九龙泉之清亮泉水浸泡，接着用银针挑去燕窝里的黑丝，再泡，然后用嫩鸡汤、火腿汤、新蘑菇汤这三样汤滚泡燕窝，需滚泡至燕窝呈玉色为度。

燕窝是一种十分娇贵的食材，不能和硬的食材一起烹饪。潘府用冬瓜与燕窝搭配，烹饪出的燕窝色如雪，味极鲜。燕窝与冬瓜煨好后，就用广彩汤盅盛好，一人一盅。

埃里克·莫伦船长只尝了一啖，竟摇头晃脑，大赞潘府燕窝快赶上瑞典的御厨手艺了。

潘启官闻言，大悦，笑着说："尊贵的埃里克·莫伦船长，待会鱼翅上来，你这个老资格的远洋船长，可以评价一下。”

潘府的鱼翅烹饪更是拿手。

鱼翅烹饪起来最大的难处就在于它不容易烂，所以一定要提前煮两天。

潘府做鱼翅，是用火腿汤、鸡汤，外加鲜笋、冰糖，将鱼翅煨烂。潘府煨出的鱼翅，清香鲜嫩。

吃完鱼翅之后，是甜点——朱槿渍荔枝。

朱槿花是广州开遍竹篱茅舍边的平民花，荔枝则是闻名遐迩的岭南佳果，鲜花与佳果相伴，别有一番风味。潘府厨师会将朱槿花瓣碾压成泥，拌上一点点盐卤，制成红浆，再以红浆腌渍荔枝。朱槿花腌渍的荔枝色红而甘酸，是餐后消食的绝佳甜点。

主食则是油炸荷花饼。潘府的做法是将新鲜的莲花摘下来，拣最完整的花瓣，和在加了鸡蛋的面粉中，再加些鸡汤调味，一片片用油炸透，吃起来酥脆可口，还带着莲花的清香。

此次宴请瑞典贵宾，潘启官准备的是一种甘蔗酒，清冽甘甜，用潘趣广彩大碗盛酒，用高足广彩杯饮酒。

是日宴会，全体瑞典来宾皆吃得高兴，喝得酩酊大醉……

广州：花埭

大宋统治时期，珠江已不再是茫茫大海，而是成了河道纵横的湿地。流经广州的各个支流，河道里都长着许多莲花、慈姑、菱角等水生植物，白鹭从清澈的水面上凌空掠过，水鸭和鸳鸯在莲叶间穿梭，河道之间的原野上，是一片雪白的花海。

这个拥有一片雪白花海的地方就是广州的花埭。

在宋代，广州将壅水堤岸称作“埭”。所以说，开满鲜花的堤岸，也就被称作“花埭”了。

清乾隆十年（公元1745年）一月初的一个曙光如鲜花般绽放的早晨，有十几顶绿呢轿子就在花埭停了轿。轿子里钻出来了九位金发碧眼的洋人和一位身穿官服，头戴青金石帽顶，帽子下面还垂着一个皇帝特赏的花翎的大清官员。这是潘启官邀请瑞典王国“哥德堡号”上的众人一起来花埭赏花。

大清统治时期，广州花埭最受宠爱的花卉是素馨花。从宋代开始，素馨花就是广州花埭当仁不让的主角。

素馨花又名耶悉茗，原产于西域，是大唐时代来广州贸易的波斯商人沿着海上丝绸之路带到广州的，因其娇柔袅娜的姿态而深得广州人的喜爱。每逢过年，广州城内家家户户还要做素馨花灯、素馨花球，以装点门楣和庭院。

广州气候温润，极少下雪，然素馨花在花埭盛开时，一望无际的花田就如一片雪野，暗香浮动。

花埭另一大花种是茉莉，也是来自西域的“外来花”。这种芬芳馥郁的白色小花也是唐朝时期由大食商人通过海上丝绸之路携来广州的。所以，唐代时期，广州人又把这种小花称作“抹丽”“末利”。

随着一口通商，广州引入的外国花卉越来越多，花埭渐渐从只有素馨、茉莉两种外来花卉变成百花齐放。

花埭附近有一间观音庙，自雍正年间开始在观音庙前有花农摆花圩，便一直保持每天清晨一花圩。花埭的花农们每天凌晨驾着自家小艇，沿着纵横交错的河涌，把一盆盆精心栽种的花卉运到观音庙花圩。微曦的晨光中，花农与熙熙攘攘来此购花的来自全国各地的花卉客商一边交易花卉，一边拉拉家常。

潘启官邀请瑞典王国客商前来花埭赏花时，牡丹花已盛开。潘启官和瑞典王国“哥德堡号”一众人等踏着花埭的香气伫立在花埂上时，似乎融入了花丛中。隐隐约约，就觉得牡丹花开得妖娆，花叶也碧青如染了绿漆，起亮泛光。

几只杜鹃飞过花海，声声啼叫，声音里也似乎有了清香。

“尊敬的瑞典王国客商们，看见远处那片白雪似的花海了吗？”潘启官扬手朝远处蓮水堤岸一指，“那片雪白的花海，就是素馨花。”

果然，远处的壅水堤岸盛开了一片雪白的素馨花，皆盈尺高，都开了淡淡的白花，就像壅水堤岸铺了一层寒烟，香气浓烈极了。

这一天，瑞典王国“哥德堡号”的众人皆在花埭玩得十分尽兴。

临了，潘启官得知“哥德堡号”将于1月11日起航回国，就自己掏银子，购买了九盆水仙花送给他们。

水仙花原产于拂菻国，根大如鸡卵，苗长三四尺，叶似蒜叶，中心抽条，茎端开白花，花心鹅黄，冬生夏死。水仙花亦是广州花埭专供广州双门底春节花市的主打花卉，无论是在大清抑或是欧洲，都寓意家庭团聚、合美。

潘启官送水仙花给瑞典王国客商，亦含有一路顺风，早日与家人团聚的惜惜送别之情意……

哥德堡港：汉那巴丹暗礁

除了瓷器，茶叶也是“哥德堡号”此次购买的主要货物。瑞典东印度公司主要从中国进口红茶，特别是薄荷茶。当然，绿茶也是必不可少的品种。

茶叶是在公元17世纪末才第一次出现在瑞典的，也就是说在瑞典东印度公司开展对华贸易之前。但是，有种饮料叫“瑞典宾治”，是船员们在船上常喝的一种热饮。调制这种“瑞典宾治”的烧酒，却是在中国采购的。

关于“哥德堡号”此次采购的茶叶，随船牧师彼得·霍尔莫兹在航海手记中也有详细记述：“茶叶并不产在广州一带，而是在其邻近省份，经过挑选和包装后被运往广州销售。据中国人说，所有的茶叶都长在同一棵树上，不同的是，越靠近根部的茶叶颜色越深和越厚，而越接近顶部的茶叶越绿，也越好……”

除了瓷器和茶叶，第三大宗货物是中国丝绸。一捆一捆包扎好的丝绸也由牛车驮来，第二大班克里斯道夫·亨利·布拉德负责在点数后装船。

除了这三大宗货物之外，购买的其他货物有：胡椒、姜干、肉桂、西米、玳瑁、白藤，以及大黄、奎宁根等草药。这些货物由第四大班卡尔·古斯道夫·艾克拜耶负责采购。

第五大班派·奥斯贝科负责采购象牙雕、贝雕、扇子、漆器、家具、绣品、通草画和镜画。这些中国风格的奢侈品在欧洲也能卖一个非常不错的价钱。

军需官马蒂亚斯·赫尔姆斯和牧师彼得·霍尔莫兹采购的补给品随后也装上了船。最后，还有几吨锌锭被运上船，作为压舱物配载在船的底部。

公元1745年1月1日，瑞典东印度公司的“哥德堡号”和“骑士院号”一起升起风帆，缓缓地驶离广州黄埔港，开始了回国之旅。

2月初，两艘船一起经过赤道。“骑士院号”在好望角遇到了几次暴风雨。

6月底，“哥德堡号”停泊在大西洋的复活节岛，船员们捕捉了大量的海龟作为食物。

7月5日，“哥德堡号”再次经过赤道。

公元1745年9月3日，“哥德堡号”和“骑士院号”相继驶入英国的多佛尔港，此时他们都急需食物。

9月4日，“哥德堡号”与“骑士院号”重新起程，两艘船一前一后穿过英吉利海峡，经过北海向挪威南端行驶，眼见就要到达瑞典哥德堡群岛的维加岛。

9月12日，“哥德堡号”和“骑士院号”同时返回瑞典。两艘船都驶向维加岛，驶向故乡的港口。

这里天气十分好，晴空万里，柔和的风鼓起风帆朝西南方向吹送。航行了一年多的船员们就要回家了。然而，意外发生了。满载茶叶、香料、丝绸和瓷器从中国返航的“哥德堡号”在驶入瑞典哥德堡港哥德河口时，在距离新埃尔夫斯堡要塞900米处，一声巨响，“哥德堡号”撞上了尼帕拉·博罗岩石。当时，哥德堡港的克里邦码头已聚集了许多人，一大半是船员的亲属。

大家被眼前这一幕惊呆了。

这次意外事故使“哥德堡号”葬身海底，并且沉睡了两百多年。

“哥德堡号”随船牧师彼得·霍尔莫兹的航海手记，详细地描写了“哥德堡号”的沉船过程：“9月4日，在从中国回航的途中，我们离开了英国的多佛尔港，并带上了一名叫约翰·哈里的领航员。风是从东南面吹来的，之后成了疾风，这意味着领航员不能下船，只能留在船上。9月12日早上4时，我们在斯卡根灯塔下，5时我们起程前往维加岛。风从西南和西南偏西方向吹来。早上9时，为了叫领航员登上甲板，船员发炮和用旗帜来传递信息，领航员果然上来了。由于在领航员的眼里一切正常，之后甲板上的一切安排都交给了这位名叫加斯帕·玛蒂森的领船员。10时，维加岛就在我们身后，在领航员的指引下，伴随着柔和的海风和晴朗的天气，船在群岛中前行。到了离新埃夫斯堡要塞0.25海里时，主帆已卷起的‘哥德堡号’撞上了一块在航道中间、离水面有14英尺的暗礁石，领航员把它称为‘尼帕拉·博罗’。撞击力如此巨大，以致触礁的船首被抬离水面4.5英尺。由于船舷的侧面有缺口，船身很快大量进水。从抽水机的水准仪可以看到，船里的水深很快就达到二三十英寸，不到几分钟就到了60英寸。船员通过开炮和打信号来求救，接着紧随其后回程的“骑士院号”单桅帆船立即赶到，把船员救起，没过多久，海军上尉罗斯·博格曼带着船员和帆船赶到现场，许多船只也纷纷赶到。救援人员马上决定透过船舱的窗户，尝试拉住船尾的锚，看看能否把船拖离礁石，结果失败了。之后，数名东印度公司的董事也来到了船上。由于抽水机无法抽空船内迅速上涨的积水，船员奋力抢救上层和中层甲板上的货物，把它们搬到几艘快艇和一艘下午5时才从海上驶来的英国船只上，以便加大抽水量和减轻船身的重量。领航员加斯帕·玛蒂森由于严重失职，被警察带走并扣留在新埃尔夫斯堡要塞。东印度公司的董事科林·坎贝尔、萨格仁、休·坎贝尔和特多·克里斯多夫·安卡克罗那经紧急协商，迅速采取行动，陆续从岸上派来更多的支援和抢救人员，并从河流调来快艇和船只。但是，由于船身破坏的程度过于严重，四台抽水机也无法将水抽干，而且船内的积水每小时就上涨1英尺，到9月13日早上，船内的水深已达10英尺。把船拖走已经无望了，我们只能集中精力尽快抢救货物。在公司秘书长拉格斯多姆和执行官以色列·埃克曼船长及雅各布·茅勒船长、海军上尉克隆斯特和彼得·维斯特曼、大副弗雷德里克·彼德森以及许多救援人员的帮助下，货物抢救夜以继日地持续进行着。9月14日，由于担心‘哥德堡号’会倾覆，人们把船桅全部砍倒。之后，抢救货物的工作一直持续至9月16日早上，当时船尾已经完全被水淹没，没有适当的救援设备，不可能拿到和抢救出更多的货物了。随后，哥德堡潜水协会的资深潜水员赛缪尔·巴戈来到现场，负责打捞工作。此前抢救出来的货物由救援船上的一名长官看守，并监督运到东印度公司的回程船‘弗雷德里希斯号’上，由彼得·丹斯船长负责接收和看管。9月6日，‘哥德堡号’最后沉没……阿门！”

“哥德堡号”沉没260年后……

公元2005年10月2日，星期天，这是一个特别的日子。在明媚的阳光下，瑞典哥德堡港盛况空前。数万瑞典民众挤满了弗里汉斯皮伦码头，为瑞典王国政府新造的“哥德堡号”远航中国举行欢送仪式。

作为“哥德堡号”此行目的地的中国广州也专门派出代表团参加这一隆重的起航仪式。

哥德堡港外的新埃尔夫斯堡要塞岸发炮向即将远航的“哥德堡号”致意，船上也鸣礼炮回应，一切蓄势待发。

一面面瑞典国旗迎风飘扬，人们争相挥手鼓掌——从哥德堡市中心的弗里汉斯皮伦码头延伸到沿途的港口、码头、桥梁、山丘，直到兰戈扎格。

上午10时，“哥德堡号”在一支由数百艘大小船只组成的船队的簇拥下，解开前后缆绳，缓缓收起铁锚，主桅升起白色的主帆，乘着猎猎的海风，在一声炮响之后，缓缓地驶离码头，朝哥德河口驶去。

正午时分，鼓满帆的“哥德堡号”驶入了湛蓝的大海。

几只白色的海鸥绕着“哥德堡号”的雪白船帆上下翻飞，瞬间又落到海面上，在“哥德堡号”倒影在湛蓝海面的雪白帆影中欢快地畅游……

参考书目

《中国印度见闻录》（［阿拉伯］苏莱曼，中华书局1983年8月版）
《中国古代对外贸易史》（沈光耀，广东人民出版社1985年6月版）
《宋代广州的海外贸易》（关履权，广东人民出版社1987年2月版）
《隋唐五代社会生活史》（李斌城等，中国社会科学出版社1998年7月版）
《景德镇民窑》（方李莉，人民美术出版社2002年12月版）
《大唐西域记》（唐·玄奘，上海社会科学院出版社2003年7月版）
《明钞本〈瀛涯胜览〉校注》（明·马欢，海洋出版社2005年7月版）
《明代社会生活史》（陈宝良，中国社会科学出版社2004年3月版）
《论郑和下西洋》（郑一钧，海洋出版社2005年11月版）
《瑞典藏中国陶瓷》（故宫博物院，紫禁城出版社2005年9月版）
《大元帆影》（沈琼华，文物出版社2012年12月版）
《中国外销瓷》（［英］柯玫瑰，上海书画出版社2014年4月版）
《青花瓷的故事》（［美］罗伯特·芬雷，海南出版社2015年1月版）
《唐长安醴泉坊三彩窑址》（陕西省考古研究院，文物出版社2008年10月版）
《海上丝绸之路》（国家文物局，文物出版社2014年6月版）
《长安时代——唐人生活史》（庄申，香港大学美术博物馆2008年10月版）

《在大清帝国的航行》（［英］爱尼斯·安德逊，电子工艺出版社2015年7月版）
《元代社会生活史》（史卫民，中国社会科学出版社1996年1月版）
《丝绸之路》（刘迎胜，江苏人民出版社2014年9月版）
《极简亚洲千年史》（［美］斯图亚特·戈登，湖南文艺出版社2017年1月版）
《瑞典“哥德堡号”再度扬帆》（［瑞典］英格丽·阿伦斯伯格，广州出版社2006年7月版）
《海捞瓷——收藏与鉴赏》（陈逸民、陈莺，上海大学出版社2013年3月版）
《大英博物馆藏中国明代瓷器》（［英］霍吉淑，故宫出版社2014年6月版）
《外销瓷器与颜色釉瓷器研究》（中国陶瓷学会，故宫出版社2012年11月版）
《外邦来朝——朝贡制度史论》（李云泉，新华出版社2014年5月版）
《海与帝国——明清时代》（［日］上田信，广西师范大学出版社2014年6月版）
《丝绸之路——考古十五讲》（林梅村，北京大学出版社2006年8月版）
《日本建筑史图说》（［日］藤井惠介、玉井哲雄，南京大学出版社2017年1月版）
《蒲寿庚考》（［日］桑原骘藏，中华书局2009年5月版）
《扬州画舫录》（清·李斗，中国画报出版社2014年9月版）
《越窑青瓷与邢窑白瓷研究》（中国古陶瓷学会，故宫出版社2013年10月版）
《中外船史图说》（辛元欧，上海书店出版社2009年5月版）
《哥德堡号带我到中国》（［瑞典］阿妮达·斯丹勒，译林出版社2006年7月版）
《利玛窦的记忆宫殿》（［美］史景迁，广西师范大学出版社2015年10月版）
《利玛窦——紫禁城里的耶稣会士》（［美］夏伯嘉，上海古籍出版社2012年4月版）

《唐韵胡音与外来文明》（葛承雍，中华书局2006年5月版）

《古代外销瓷器研究》（冯小琦，故宫出版社2013年11月版）

《鉴真和尚东征传》（［日］真人元开，商务印书馆2016年1月版）

《绍兴十二年》（夏坚勇，江苏凤凰文艺出版社2015年3月版）

《丝绸之路新史》（[美]芮乐伟·韩森，北京联合出版社2015年9月版）

《宋——现代的拂晓时辰》（吴钩，广西师范大学出版社2015年9月版）

《隋唐五代——绚烂的世界帝国》（［日］气贺泽保规，广西师范大学出版社2014年7月版）

《英使谒见乾隆纪实》（［英］斯当东，群言出版社2014年3月版）

《中瑞友谊奇葩——哥德堡号访问广州全纪实》（顾涧清，吴东峰主编，第一章、第二章由丁炜撰写，世界图书出版公司2012年7月版）

《郑和下西洋考·交广印度两道考》（［法］伯希和，上海古籍出版社2014年3月版）

《南宋建筑史》（郭黛姮，上海古籍出版社2014年12月版）

《日本建筑与生活简史》（［日］西和夫、穗积和夫，清华大学出版社2016年9月版）

《马可·波罗行纪》（［意］马可·波罗，东方出版社2011年10月版）

《马可·波罗》（［美］劳伦斯·贝尔格林，海南出版社2014年8月版）

《波斯人、阿拉伯商贾、室利佛逝帝国与印尼Belitung海底沉船》（钱江，《国家航海》2011年12月版）

《旧唐书》（后晋·刘昫，中华书局1999年3月版）

《新唐书》（宋·欧阳修、宋祁，中华书局1999年3月版）

《宋史演义》（蔡东藩，中央编译出版社2008年5月版）

《唐史演义》（蔡东藩，中央编译出版社2008年5月版）

《元史演义》（蔡东藩，中央编译出版社2008年5月版）

《大唐西市》（王彬，陕西人民出版社2009年9月版）

《西市宝典》（胡戟，陕西师范大学出版社2009年9月版）